Liebesroman

Late Summer Hope

Highland Gentleman

Jo Berger

Late Summer HOPE – Highland Gentleman
Ist ein in sich abgeschlossener Roman. Ohne Cliffhanger, mit garantiertem Happy End.

Die Autorin

Jo Berger, geboren 1965, studierte Betriebswirtschaft und arbeitete als Controllerin und Kolumnistin. Heute schreibt und lebt sie mit ihrer Familie am Rande des idyllischen Odenwaldes.

Die Leser lieben ihren Witz, der in keinem Roman fehlt. Denn wenn Jo Berger zu ihrer Feder greift, dann meist mit viel Humor und Herz. In ihren Romanen geht es um die ganz große Liebe, um Lebenslust, Glück und große Gefühle. Natürlich immer mit Happy End. Es geht um Frauen in den Achterbahnen des Lebens, um Traummänner, beste Freundinnen und Lebensträume.

Und eines ist garantiert: Lachen, weinen und seufzen, wunderbare Bilder im Kopf und große Gefühle. Ganz einfach Bücher, die ein gutes Gefühl hinterlassen.

Mehr Information zur Autorin unter
www.jo-berger.com

Late Summer Hope

Highland Gentleman

Finde dich selbst,

dann findest du dein Glück.

Impressum

Roman, 1. Auflage

Jo Berger
c/o Papyrus Autoren-Club
Pettenkoferstr. 16–18
10247 Berlin

Der direkte Kontakt zum Leser ist mir wichtig.
Daher freue ich mich über Anregungen, Kritik und Austausch unter:

kontakt@jo-berger.com
www.jo-berger.com
www.facebook.com/JoBergerAutorin

Lektorat & Korrektorat:
Sabine Steck
Umschlaggestaltung: Jo Berger
Unter Verwendung von:
Depositphotos@gstockstudio_172844948
Depositphotos@uskovanatalya_59691111
Depositphotos@konradbak_46726477

Ein Liebesroman, der emotional berührt und mitten ins Herz trifft. Aber Achtung: Es ist die Gefahr gegeben, dass gelegentlich gelacht wird.

In wenigen Augenblicken lernst du faszinierende Romanfiguren kennen, die ich wahnsinnig gern auf ihrem Weg begleitet habe. Im Laufe der letzten Monate habe ich mit den Charakteren gelacht, gelitten, geliebt, gehasst … und gebangt.

Diese Story wird dich in ein Karussell der Gefühle werfen.

Wer meine Romane kennt, weiß, dass ich alles gebe, meine Leser nicht einfach nur Lesen zu lassen. Mittendrin statt nur dabei. Mitfühlen, mitlachen, mitseufzen. Es kommt durchaus vor, dass ich mich nicht nur gedanklich, auch körperlich in die Lage meiner Protagonisten versetze, um sie überzeugend agieren zu lassen. In diesem Roman habe ich versucht, an unserem Badesee in ein Schlauchboot zu klettern. Unter verschärften Bedingungen. Die allerdings verrate ich noch nicht. Du wirst es lesen.

In meinen Geschichten lernst du die ganz große Liebe kennen, erfährst Lebenslust, Glück, Sinnlichkeit und große, ganz große Gefühle. Natürlich immer mit einem zum Seufzen schönen Happy End.

Wundervolle Lesestunden wünscht
Jo Berger

Kapitel 1

»Treppe oder Fahrstuhl?«

»Kommt drauf an, welches Stockwerk.«

»Fünf von Fünf.« Rob grinst mich an.

Ich werfe ihm einen vernichtenden Blick zu und deute auf den Trolley neben mir. »Gerne Treppe, wenn du den hier hoch schleppst, Rob.«

Mit einem schweren Rollkoffer und im Designeranzug bei dreißig Grad Außentemperatur fünf Etagen zu erklimmen, muss nicht sein.

»Und? Wie gefällt dir Nottingham?«, fragt er, als wir nach oben fahren und ich mich gegen den kühlen Stahl der Fahrstuhlwand lehne.

»Ganz nett, so auf den ersten Blick.« Ich lockere den Knoten meiner weinroten Krawatte und lege die Hand auf den Griff des Bordcase, in dem sich neben Prospekten und Flyern drei Flaschen Grantfinnan aus meiner Distillery befinden. »Die kurze Strecke vom Flugplatz mit der Limousine hierher ließ ja wenig Zeit für Eindrücke.«

Noch bevor Rob etwas erwidern kann, sind wir oben angekommen und treten in ein lichtdurchflutetes Großraumbüro, das Herz des Frauenmagazins Lady Lifestyle, geführt von Robs Schwester Susann.

»Respekt!«, sage ich bewundernd.

»Ja, Susan hat sich viel Mühe gegeben, alles hell und freundlich zu gestalten. Ich persönlich hätte auf die verglasten Wände zum Chefbüro verzichtet.«

Ich setze zu einer Antwort an, komme jedoch nicht mehr dazu.

»Ach, wie schön, Sie wiederzusehen, Rob!« Eine ältere Frau mit grauen, zu einem Dutt gebundenen Haaren trippelt auf uns zu und ergreift Robs Hand. »Ihre Braut, unsere Sarah, ist auch schon da. Also, ich muss schon sagen, Mr Forrester … Ihr Töchterchen hat Ihre Augen, aber die Schönheit von der Mutter. Sie wird alle Herzen brechen. Also Männerherzen, Sie wissen schon. Und, ach Gott, was freue ich mich, dass wir alle auf Ihre Hochzeit eingeladen sind.« Sie zwinkert und schüttelt nach wie vor Robs Hand, der auch den folgenden Wortwasserfall gentlemanlike über sich ergehen lässt. Mich scheint sie gar nicht zu bemerken.

Gut so, das gibt mir mehr Zeit, meinen Blick auf eine Frau mit feuerrotem Haar zu fokussieren, die gerade mit einem lasziven Hüftschwung von einem Schreibtisch hinüber zu Sarah schlendert. Was für ein Prachtweib! Wie von selbst heftet sich mein Blick auf den tiefen Ausschnitt ihres schwarzen, eng anliegenden Shirts. Pralle Brüste über einer schmalen Taille, wohlgeformte Hüften, die sie perfekt in Szene setzt – gerade so, als wüsste sie, dass ich sie beobachte. Aber sie blickt nicht zu mir, dreht mir ihre Rückseite zu. Himmel, hat die Frau einen Arsch! Wie gemacht dafür, ihr den schwarzen, kurzen Lederrock hochzuschieben, ihr die Hände auf die Pobacken zu legen und sie genüsslich zu spreizen. Die Frau ist eine Wucht! Ich wäre kein Mann, wenn ich nicht zwangsläufig hinsehen müsste.

Rob hätte mich auf diesen Anblick vorbereiten können.

Gelegentlich schenke ich ja einer Dame mehr Aufmerksamkeit. Manchmal für eine Nacht, hin und wieder auch für zwei. Aber noch nie hat mich ein Anblick so elektrisiert wie heute. Dieses Weib strahlt Erotik pur aus, und zwar auf eine Weise, die förmlich danach schreit, versaute Sachen mit ihr anzustellen.

Sie hat unglaublich viele Haare, die locker am Hinterkopf zusammengesteckt sind. Einzelne, sehr lange Strähnen hängen lose heraus und am liebsten hätte ich ihr die Klammern aus der Mähne gezogen und gesehen, wie diese Haarpracht lang und wallend auf ihre Hüften fällt. Verdammt, diese Frau übt eine bislang völlig fremde Wirkung auf mich aus. Ein Wahnsinnsweib, aber keines, auf das ich mich länger einlassen würde. Zu aufgestylt, zu offensichtlich schamlos. Definitiv Sex pur! Sicher ist sie eine, die auf ausgefallene Techniken steht, keine Hemmungen kennt und bereit ist, alle sexuellen Wünsche zu erfüllen. Eine Art skrupellose Faszination lullt mich ein. Gerade vor dem Hintergrund, dass mein letztes Erlebnis in dieser Beziehung eher ernüchternd gewesen ist.

»Und Sie sind?«

Scharf wie ein Rettich?

»McGrant, Calan McGrant«, sage ich mit belegter Stimme. Die ältere Dame hat meinen Freund losgelassen und stattdessen nach meiner Hand gegriffen. Schüttelalarm! Nun, zumindest bringt mich das auf andere Gedanken. Ich kann ja schlecht mit einem prominenten Ständer ein Interview für einen Bericht über meine Distillery geben. Ich hüstle in meine freie Hand.

»Hallo Mr McGrant! Ich bin Ann Terry. Sagen Sie einfach Terry zu mir, ja? Das tut hier fast jeder!«

»Wieso nur fast?«

»Bis auf Mrs Winters, natürlich.«

»Also dann, sehr gerne, Terry. Sie arbeiten bei Robs Schwester in der Redaktion, nehme ich an?«

Rob legt einen Arm um Anns Schultern, was den Vorteil hat, dass sie mich loslässt, und drückt sie schmunzelnd an sich. »Ann Terry ist sogar die gute Seele der Firma, nicht wahr, Terry?«

»Ach, Sie alter Charmeur …« Sichtlich verlegen windet sie sich aus seinem Arm und zwinkert mir zu. »Aber heute hat die gute Seele Jobpause, zumindest so lange, wie dieses zauberhafte Baby hier ist. Und genau da gehe ich jetzt wieder hin.« Eilig entfernt sie sich Richtung Kinderwagen und streckt die Arme aus. »Na? Wo ist mein kleiner Wonneproppen? Komm zu Oma Terry!«

Rob geht voraus zum Büro seiner Schwester. Nur unwillig reiße ich mich von dem Anblick der rothaarigen Granate los, die sich jetzt ebenfalls über den Kinderwagen beugt. Himmel, hat die Frau einen aufreizenden Po! In diesem Augenblick richtet sie sich auf, dreht sich um und sieht mich direkt an! Der Blick geht mir durch und durch, denn in ihren grünen Augen steht definitiv eines geschrieben: Dich vernasche ich noch heute Abend!

Zugegebenermaßen ist das wahrscheinlich mehr Wunschdenken als alles andere. Außerdem bin ich heute Abend schon wieder in meinem Landhaus am Ufer des Loch Shiel.

Wir treten durch die verglaste Tür in Susans Chefbüro.

»Da seid ihr ja endlich!«, sagt sie mit einem Blick auf die Uhr an ihrem Handgelenk. »Ich dachte schon, ihr wollt vor der Tür eure Zelte aufschlagen.«

»Sorry, Susan.« Ich nehme sie zur Begrüßung in den Arm, wie man es eben bei Freunden tut, und lege das Bordcase auf den Besprechungstisch. »Ab sofort stehe ich dir uneingeschränkt zur Verfügung. Möchtest du den Single Malt jetzt probieren oder erst später?«

»Kein Bier vor vier!«, wirft Rob schmunzelnd ein, geht hinüber zu einer Kommode und nimmt drei bauchige Gläser von einem Tablett.

Lächelnd öffne ich den Trolley. Vor mir liegen drei Flaschen Grantfinnan. Zehn Jahre jung, zwölf und ein Fünfzehner. »So ist es, Rob. Aber wer will denn Bier?«

Ich schenke uns vom ältesten der drei Whiskys ein und sehe, wie Susan an ihrem Glas schnuppert und anerkennend nickt. »Wenn er so schmeckt, wie er duftet, wird der Artikel in der Lady Lifestyle eine Hommage an deine Distillery, Calan.«

»Abwarten«, werfe ich ein, freue mich jedoch über das Lob.

»Kaum zu glauben, dass die Distillery nur ein Hobby von dir ist. Kostet das nicht jede Menge Zeit?«

»Nicht wirklich, ich habe gute Mitarbeiter.«

»Drei, oder?« Sie nippt am Glas. »Gott, der ist genial. Gar nicht torfig.«

»Ich weiß eben, was Frauen mögen«, sage ich mit einem Seitenblick aus dem verglasten Büro. Es ist wie ein Zwang, ständig zu dieser Rothaarigen hinsehen zu müssen. Was fasziniert mich nur so an ihr?

»Das ist Annie Fairfield«, merkt Susan trocken an. »Fähiger Kopf, scharfer Verstand, gute Texterin. Aber die hast du nicht für dich allein, fürchte ich.«

Abrupt drehe ich mich so, dass ich aus dem Fenster nach draußen auf einen Kirchturm blicken kann, und nippe am Glas. Warm läuft mir der Grantfinnan die Kehle hinunter.

»Kommen wir zum Interview, Susan!«, wechsle ich das Thema. »Ich muss heute noch zurück.«

»Ein Date?«, fragt Rob und spitzt die Lippen.

»Wie man es nimmt. Abendessen mit Fiona und meiner Mutter.«

»Ah, Fiona …«, sagt er wie beiläufig und ich verdrehe die Augen.

»Jetzt fang du nicht auch noch an!«

»Was ist mit Fiona?« Susan nimmt die beiden anderen Flaschen aus dem Case, stellt ihn auf den Boden und setzt sich an den Besprechungstisch.

»Unwichtig!«, brumme ich und nehme gegenüber Susan Platz. Rob setzt sich neben mich. »Können wir anfangen?«

»Aber natürlich! Der Artikel soll ja diese Woche noch raus, und wegen Robs und Sarahs Hochzeit haben wir ab Donnerstag geschlossen. Mir bleiben bis dahin knappe vier Tage. Also …« Sie greift sich den Block vom Tisch und zückt einen Stift. »Wie kam es dazu, dass du deinen eigenen Whisky brennst? Nötig hat es DER Calan McGrant, Earl of Cheshire, definitiv nicht.«

»Susan …« Tief atme ich ein. Und wieder aus. »Du weißt das alles. Musst du mich das fragen?«

Sie wirft mir über den Rand ihrer Brille einen vorwurfsvollen Blick zu. »Aber natürlich muss ich das, wenn ich deine, und nicht meine Worte benutzen möchte.«

Es klopft. Fast zeitgleich geht die Tür auf.

»Soll ich Ihnen und Ihren Gästen Kaffee bringen, Mrs Winters?«

»Danke nein, Annie. Wir sind versorgt.«

Mir wird heiß. Sehr heiß!

In der Stimme dieser Annie liegt viel mehr Sex, als ich erwartet hätte.

»Calan?«

Verwirrt drehte ich den Kopf wieder zu Rob und Susan. »Ja?«

»Sie ist schon draußen, falls du das bemerkt haben solltest.«

»Äh, ja … Die nächste Frage bitte, Susan.«

Ungefähr fünfzig Fragen später brummt mir der Kopf. Ein Schwall Wasser im Gesicht würde mir jetzt guttun.

»Hier kommt die letzte, Calan«, sagt Susan und stellt mir ein Glas Mineralwasser hin. »Danach gehen wir eine Kleinigkeit essen?«

»Gern«, antworte ich und reibe mir den Nacken. »Aber nur kurz. Mein Jet wartet. Um 16 Uhr fliegen wir zurück.«

Annie

Mit einer Tasse frischgebrühten Kaffees kehre ich an meinen Arbeitsplatz zurück, setze mich auf den Drehstuhl und schlage ein Bein über.

Verdammt! Aus der Nähe hat der Typ noch viel besser ausgesehen. Fast wie Thor aus dem gleichnamigen Film. Groß, breitschultrig, blond. Nur die Haare sind nicht so lang wie bei dem Schauspieler Chris Hemsworth. Und diese Augen! Stahlblau, mit relativ langen Wimpern, ein dunkler Rand um die Iris. Sehr ungewöhnlich. Dieser Mann ist kein glattrasierter Schnösel. Trotz des Maßanzuges wirkt er irgendwie … rau. Vielleicht liegt das an dem Drei-Tage-Bart? Ich muss Thor kennenlernen. Unbedingt!

»Sag mal, wartest du, bis der Kaffee in deiner Hand kalt wird?« Ann Terry, die wir nur Terry nennen, weil sie das irgendwie cool findet, wiegt das gerade mal sechs Wochen alte Baby von Sarah und Rob im Arm und wippt auf der Stelle.

»Was? Kaffee? Oh, Kaffee! Danke, Terry.«

So kenne ich mich nicht. Einen Kaffee kalt werden lassen! Wo gibt´s denn so was? Ich nehme zwei Schlucke, dann noch einen, und drehe mich zu Terry um.

»Was ziehst du eigentlich zur Hochzeit an?«, will ich wissen, denn darüber, was ich auf dem Fest tragen soll, habe ich mir bis jetzt noch keine Gedanken gemacht.

»Ein schickes Kostüm. Ich habe es mir extra für diesen Anlass gekauft. Rock, Blazer. Hellblau. Sehr edel. Feiner Stoff. Darunter eine Kurzarm-Bluse. Es soll ja richtig warm werden. Und du?«

»Keine Ahnung. Irgendein Kleid, nehme ich an. Muss mal im Schrank wühlen.« Ich trinke den letzten Schluck aus der Tasse und stelle sie neben der Tastatur ab.

Erst jetzt merke ich, dass Terry stillsteht und mich entgeistert ansieht.

»Irgendein Kleid?! Schätzchen, du kannst da nicht in so einem Lederfummel auftauchen. Du wirst auf *Glenlaggan Castle* sein. Bei einer Trauung und großem Bankett. Hast du auch etwas … Schickeres als das, was du üblicherweise trägst? Ein Etuikleid vielleicht? Das passende Handtäschchen dazu? Aber nichts Schwarzes, wir sind ja nicht auf einer Trauerfeier. Und Weiß ist der Braut vorbehalten.«

»Etuikleid? Was ist das?«

»Du liebe Güte! Aus welchem Universum kommst du?« Terry verdreht die Augen. Und als hätte ich etwas unerhört Dämliches gefragt, verzieht die kleine Felicia ihr Gesicht. Sofort beginnt Terry wieder zu wippen. »Das sind gerade geschnittene Kleider. Meist gehen sie bis knapp über das Knie. Die Klassiker schlechthin, dezent elegant und …«

»Ah, verstehe. So was wie ein Pencil Skirt, nur mit Oberteil.« Hm, von diesen Pencil Skirts habe ich jede Menge. In Rot, Dunkelbraun, Schwarz. Die meisten davon aus Leder.

»Ein was?«

»Wer kommt hier jetzt aus dem falschen Universum?« Grinsend deute ich auf meinen Rock. »Das ist ein Pencil Skirt.«

»Ah. Ich sage dazu Bleistiftrock. Kommt aus dem Deutschen. Mein Mann kam ja aus Heidelberg. Oh je …« Sie blickt mich hilfesuchend an.

»Oh je?«

»Ich muss mal wohin. Genau dorthin, wo Sarah gerade ist. Kannst du Felicia einen Moment übernehmen, bitte? Bin gleich wieder da.«

»Äh, ich …« Keine Chance. Ohne meine Antwort abzuwarten, legt sie mir das Baby in den Arm und trippelt hinaus. Na toll.

Das kleine Wesen liegt in meinem Arm, sieht mich neugierig mit seinen großen blauen Augen an, und wie von selbst beginne ich, es hin und her zu wiegen. Ich bin den Umgang mit kleinen Kindern gewohnt, meine Schwester hat zwei davon. Allerdings sind ihre Zwillinge schon sieben Jahre alt, und das mit Windeln wechseln und Karottenbrei ausspucken ist schon eine Weile her.

»Na, du Süße?«, sage ich leise. »Gefällt es dir auf dem Schoß von Tante Annie?«

Wie zur Bestätigung bekomme ich ein Lächeln von dem blonden Würmchen. Kinder sind etwas Wunderbares. Wenn man sie jederzeit wieder abgeben kann. Um keinen Preis der Welt würde ich mit meiner Schwester tauschen wollen. Durchwachte Nächte, dunkle Augenringe, ständig ein Kind in der Bettritze. Unabhängig vom Rest, mit dem sie zu kämpfen hat.

Vielleicht tickt meine Uhr auch irgendwann, so wie es bei Mella war. Aber meine Schwester ist ja auch schon fünfunddreißig. Zehn Jahre älter als ich. Und die Kids sind sieben. Hm … drei Jahre. Ach was! Ich konzentriere mich wieder auf das rosa Bündel in meinen Armen. Die Kleine sieht mich immer noch an. Der zarte, hellblonde Flaum auf ihrem Köpfchen ringelt sich. Sie ist wirklich ein schönes Kind.

»Du bist so hübsch wie deine Mama, weißt du das?«

»Oh, danke für das Kompliment.« Sarah steht vor mir. Ihre Worte klingen freundlich, doch ihre Miene ist wie in Stein gemeißelt.

Ich schlucke und stehe auf, gebe ihr Felicia. »Terry musste aufs Klo.«

»Kein Problem … Annie«, sagt sie, weicht meinem Blick aus und legt Felicia in den Kinderwagen. Ich recke den Hals und sehe, wie das Baby die Augen schließt und offenbar sofort einschläft.

Kurz überlege ich, ob ich mit Sarah ein Gespräch beginnen soll, lasse es jedoch. Sarah ist nur für eine kurze Zeit in Nottingham, hat sie am Vormittag erzählt, während wir ein paar Artikel zur neuesten Ausgabe von Lady Lifestyle und der neuen Zeitschrift – eine für junge Mütter – durchgegangen sind. Eigentlich lebt Sarah jetzt in den schottischen Highlands in einem Haus am See. Dort arbeitet sie ein paar Stunden in der Woche und kommt zweimal im Monat in die Redaktion, um wichtige Dinge abzustimmen. So wie heute. Ein Hoch auf das Homeoffice. Tja, so kann`s gehen. Von der Tippse zur Millionärin. Sarah hat das große Los gezogen. Insbesondere aber, weil man deutlich sieht, dass sie und Rob sich über alles lieben.

Die Stimmung zwischen Sarah und mir jedoch ist kaum auszuhalten.

Seit wir im April im Restaurant Wildwood aufeinandergeknallt sind, herrscht Eiszeit zwischen uns. Und ich war daran schuld. Rückgängig kann ich das alles nicht mehr machen.

Aber abmildern vielleicht.

»Sarah …«, beginne ich und greife zur Kaffeetasse. »Weißt du, ich …«

»Ja?« Sie blickt vom Kinderwagen hoch.

Schlagartig verlässt mich der Mut. Die richtigen Worte wollen mir einfach nicht einfallen. So kenne ich mich nicht! Das ist nicht Annie Fairfield! Definitiv nicht! Aber … was soll ich zu dem Thema, das ja bereits eine Weile her ist, jetzt noch sagen? Hey, dein Rob interessiert mich nicht, wollte damals nur austesten, ob er auf mich steht? Das gleiche übrigens bei Emilio?

Am besten, ich bringe die Angelegenheit gar nicht mehr zur Sprache. Gras drüber wachsen lassen wird das Geschickteste sein.

»Danke. Danke, dass du mich zu deiner Hochzeit eingeladen hast. Ich …« Verdammt, jetzt suche ich schon wieder nach Worten! »Ich finde das wirklich groß von dir.«

Puh! Sie wird die Anspielung verstehen. Hoffe ich.

»Die ganze Redaktion ist eingeladen …«

Okay, das hat gesessen. Ein Schlag ins Gesicht wäre mir lieber gewesen.

Das Baby scheint die gespannte Stimmung zu spüren, wird wach und fängt an zu weinen.

»Scht, meine Süße«, sagt Sarah sanft über den Kinderwagen gebeugt und steht auf. »Für uns wird es Zeit. Sie hat Hunger und ich stille lieber im Park als hier. Ich mach mich mal auf den Weg.«

»Du stillst lieber in der Öffentlichkeit als hier in einem ruhigen Büro?«

»Ja«, kommt die knappe Antwort.

Pah! Soll sie doch gleich sagen, dass sie keine Lust mehr auf meine Gegenwart hat. Stinksauer sehe ich ihr hinterher.

Bevor sie geht, streckt sie den Kopf in Mrs Winters Chefbüro, die immer noch mit Rob und dem heißen, blonden Hünen redet. Was trinken die da? Whisky? Um diese Zeit?

Na, die Hochzeit scheint alle Routinen auszuhebeln.

Ich greife zur Kaffeetasse. Leer. Mist. Trotzdem muss ich über den Spruch darauf lächeln:

Kaffee erreicht Stellen, da kommt Motivation gar nicht hin.

Vollkommen korrekt! Kaffee geht immer. Morgens, mittags, nachmittags. Auch nachts. Zur Beruhigung, zur Aufmunterung, zur Belohnung, bei Langeweile. Coffee makes the world go round. Ein Arzt hat mir mal geraten, dieselbe Menge Wasser wie Kaffee zu trinken. Ich habe ihn ausgelacht. Sechs Liter Flüssigkeit am Tag ist dann doch zu viel.

Ich brauche Kaffee! Viel Kaffee. Zur Aufmunterung. Ich wäre dann jetzt bereit, mir eine intravenöse Kaffee-Zuleitung legen zu lassen.

Auf dem Weg bleibt mein High Heel in irgendwas hängen, ich knicke um. Gerade so kann ich mich fangen. Ein Babyspucktuch … Muss Sarah aus dem Kinderwagen gerutscht sein. Himmel! Fast wäre mir die Tasse entglitten und womöglich auf den Fliesen zerbrochen. Das wäre schlimmer als jeder abgebrochene Absatz.

Bemüht, mein Gleichgewicht zu halten, eiere ich den nächsten Meter zur Wand und stütze mich erleichtert ab.

»Hoppla!«, sagt die Wand.

Ruckartig ziehe ich meine Hand zurück. Vor mir steht Thor! Groß, breitschultrig, blond.

»Hi. Na so was? Da habe ich Sie doch glatt mit einer Wand verwechselt. Kein Wunder, so wie Sie … Möchten Sie vielleicht einen Kaffee? Ich bin gerade auf dem Weg in die Küche. Oh, ich habe mich noch gar nicht vorgestellt. Ich bin Annie!«

Check: Kommunikation funktioniert. Die Körpersprache allerdings nicht. Wie von allein lege ich eine Hand auf die Hüfte, drücke den Rücken durch, hebe meinen Busen etwas höher und senke leicht das Kinn.

»Ich weiß, Mrs Fairfield.« Verdammt! Seine Mimik bekommt etwas sehr Verschlossenes, fast schon Hochnäsiges.

»Und Sie sind?«, frage ich nach, nehme die Hand von der Hüfte und weiß gar nicht, wo ich mit ihr hin soll. Also streiche ich damit übers Haar. Auch nicht besser! Kette! Gute Idee. Ich fasse an den herzförmigen Anhänger, der an einem ledernen Band auf dem Dekolleté liegt. Bin ich bescheuert? Blöde Hand. Wohin damit? Wieder auf die Hüfte. Was soll´s.

»McGrant. Angenehm. Wenn Sie mich jetzt bitte vorbeilassen würden?«

Die ersten Sekunden sind die wichtigsten. Und die habe ich auf der ganzen Linie versaut! Andererseits … jetzt ist es auch egal. Ich ärgere mich über mich selbst.

»Sind Sie zu Damen eigentlich immer so unhöflich?«, gifte ich ihn an und trete einen Schritt zurück.

»Nicht, dass ich wüsste. Aber sehen Sie in diesem Raum eine Dame?« Er zieht eine Augenbraue hoch.

Seine Antwort macht mich sprachlos. Aber nur kurz. So ein Widerling!

»Hören Sie mal, Sie billige Hemsworth-Kopie! Ihre Arroganz können Sie sich in ihr schwules Köfferchen stecken. Und wenn Sie doch mal einen Kaffee wollen, sagen Sie Bescheid, damit ich noch schnell reinspucken kann. Pah!«

Schwungvoll mache ich auf dem Absatz kehrt und setze mich in Bewegung.

»Wollten Sie nicht in die Küche?«

»Habs mir anders überlegt!«

Natürlich wollte ich in die Küche, will ich immer noch. Aber lieber an Koffeinmangel sterben, als das jetzt zugeben. Kichert der Idiot etwa?

Beim darauffolgenden Wimpernschlag stolpere ich. Worüber? Ich blicke nach unten. Spucktuch!

Einen verzweifelten Brüller unterdrückend, hebe ich es auf und drehe mich noch mal zu diesem McGrant um. »Ihr gehässiges Lachen können Sie sich … Oh, hallo Terry. Schon von der Kaffeepause zurück?«

Terry da, Thor weg. Ein Spucktuch zuviel. Und Wut im Bauch auch.

Hauptsächlich auf mich selbst.

Das ist definitiv nicht mein Tag.

Kapitel 2

Reisen ist anstrengend. Auch wenn es nur die kurze Flugstrecke zwischen Nottingham und Fort William in den Highlands ist.

So ein Jet macht das Leben viel entspannter. Die Cessna habe ich mir erst vor einem halben Jahr gekauft. Ein kleiner Jet, aber mehr als sechs Sitzplätze braucht kein Mensch. Meistens fliege ich allein, heute sind Rob und Sarah, die bis kurz vor Start an ihrem Handy hing, und die kleine Felicia dabei.

»Calan?« Nach Erreichen der Flughöhe schnallt Sarah sich ab und beugt sich vor. »Ich weiß, wir sind nur knapp eine Stunde unterwegs, aber gibt es die Möglichkeit, dass ich mich irgendwo hinlegen kann? Ich bin todmüde.«

»Sicher doch, Moment.« Ich stehe auf, ziehe ihr einen der hinteren Sitze zur Liegefläche aus und reiche ihr Kopfkissen und Decke. Sofort kuschelt sie sich mit dem bereits schlafenden Baby ein.

»Danke dir«, sagt sie leise und schließt die Augen.

Als ich wieder zu Rob zurückkehre, schenkt er in diesem Moment je zwei Fingerbreit Grantfinnan in zwei Gläser.

»Gehe ich falsch in der Annahme, dass du auch einen möchtest?«, grinst er.

»Aber immer doch.«

Er hebt das Glas. »Slàinte, mein Freund. Ich freue mich auf das Tasting am Sonntag. Und jetzt … auf dich, und dass auch du bald eine Frau findest, die zu dir passt.«

»Eine, die weder auf mein Geld noch auf meinen Titel aus ist. Gibt es solche Frauen überhaupt?« Ich kippe den Whisky hinunter und stelle das Glas hart auf dem Tisch zwischen uns ab.

»Ich heirate eine am Freitag.« Er schenkt mir nach. »Im Übrigen kenne ich eine, die nicht nur auf dein Geld scharf ist.«

Verwundert lehne ich mich nach hinten und lege die Fingerspitzen aneinander. »Ach ja? Wer soll das sein?«

»Fiona.«

»Fiona … Also bitte, Rob! Fiona und ich sind Freunde, das weißt du genau. Wir haben uns im Sandkasten schon Schaufeln und Förmchen geteilt.«

»Sie macht das Catering bei der Verkostung, richtig?«, lenkt er ab und ich bin froh, dass er nicht weiter auf dem Thema herumreitet. Es genügt, wenn meine Mutter gelegentlich die Sprache darauf bringt.

»Mhm.«

»Du bist nicht sehr gesprächig heute, Calan.«

Ich winke ab. »Ein langer Tag. Ich denke, ich mach ebenfalls einen Moment die Augen zu.«

»Mach das. Ich leiste dem Piloten ein bisschen Gesellschaft. Diese Cockpits faszinieren mich immer wieder. Jetzt bin ich neugierig, wie das Herz deiner Citation Latitude aussieht.« Er klopft mir auf die Schulter und steht auf, das Glas in der Hand.

»Wie soll es schon aussehen? Wie ein Cockpit eben.

Jede Menge Schalter, bunte Knöpfe, leuchtende Zeichen.«

»Ganz genau. Wahnsinnig interessant.«

Dann bin ich allein. Hinter mir höre ich die gleichmäßigen Atemzüge von Sarah. Das wirkt einschläfernd. Ich schließe die Augen und versuche, mich zu entspannen.

Mit Fiona etwas anzufangen, wäre wie mit einer Schwester zu vögeln. Außerdem kann ich mir nicht vorstellen, dass sie im Bett eine Granate wäre. Fiona ist eine bildhübsche, aber biedere Frau. Eine, die Sex wahrscheinlich nur zur Zeugung ihrer Kinder über sich ergehen lässt. Ich erinnere mich, dass sie mir vor vielen Jahren, wir waren gerade mal knapp volljährig, verraten hat, dass sie das erste Mal mit einem Mann geschlafen hätte. Es wäre irgendwie nicht so prickelnd gewesen. Ich habe sie ausgelacht und sie gefragt, ob ich sie mal ordentlich durchvögeln soll, damit sie weiß, wie es prickeln kann, wenn der Meister Hand anlegt.

Unwillkürlich muss ich schmunzeln. Fiona hat mir eine runtergehauen und mich ein perverses Arschloch genannt. Trotzdem sind wir bis heute Freunde geblieben.

Ob mir diese Annie Fairfield auch eine runterhauen würde? Mit Sicherheit nicht. Aber Frauen wie sie scheiden bei mir von vornherein aus. Sie hat auf den ersten Blick wie eine Frau gewirkt, die unbedingt einen Mann abschleppen will. Solche Frauen kenne ich zur Genüge. Vielleicht ist sie ja eine Nymphomanin?

Automatisch drängt sich in mir die Vorstellung auf, wie ich sie an den Hüften packe, umdrehe, den ledernen Rock hochziehe und sie hart von hinten nehme. Der Gedanke macht mich scharf und ich stöhne unwillkürlich auf.

»Alles okay mit dir, Calan?«

Verdammt, Sarah muss mich gehört haben.

»Alles bestens, habe mir nur das Knie am Tisch gestoßen.«

»Soll ich dir einen Eisbeutel holen lassen?«

»Nein. Nein, das geht schon. Ist nicht so schlimm.«

Einen Eisbeutel … ja, den könnte ich mir auf den Schritt legen.

Seufzend nippe ich am Whisky und starre aus dem Fenster.

Vögeln könnte ich diese Annie, mehr aber auch nicht. Allerdings ist sie eine Angestellte von Robs Schwester Susan, also lasse ich besser die Finger von ihr.

Annie

Nicht in diesem Leben! Sollen sie doch alle auf diese bescheuerte Traumhochzeit gehen! Ohne mich. Ohne Annie Fairfield!

Wütend pfeffere ich meine Tasche in eine Ecke meines Flurs, kicke die Schuhe von den Füßen und will ins Schlafzimmer gehen, mich umziehen.

Das Klingeln meines Handys bremst mich ab. Wer kann das sein? Mella?

Ich hechte zur Handtasche und ziehe das Telefon heraus. »Ja?«

»Hallo Annie, hier ist Sarah. Bevor ich zurückfliege, wollte ich noch … Also, wir konnten vorhin unser Gespräch nicht weiterführen, weil … na ja, ich irgendwie mies drauf war. Und auch ungerecht und …«

»Ich muss nicht kommen! Deine fadenscheinige Entschuldigung nehme ich dir nicht ab«, grätsche ich in ihren Satz und trete die Flucht nach vorn an. Mit dem Telefon in der Hand gehe ich in die Küche, lehne mich an die Arbeitsplatte und stemme eine Hand in die Hüfte. Angreifen kann ich. Darin bin ich gut! »Nur weil alle eingeladen sind, ist das kein Grund, jemanden einzuladen, den du nicht ausstehen kannst! Und nein, ich wäre keinesfalls beleidigt, falls du das jetzt denkst. Lade mich also gern wieder aus. Das ist mir definitiv lieber als diese Nummer, die du in der Redaktion abgezogen hast!«

So, Baby. Du bist dran!

Soll sie mir doch ins Gesicht, äh, am Telefon sagen, dass sie mich nicht dabeihaben will. Damit könnte ich umgehen.

Am anderen Ende räuspert Sarah sich. »Okay … Unabhängig davon, dass ich meine Entschuldigung wirklich ernst gemeint habe … lass uns einfach reden, okay?« In ihrer Stimme liegt tatsächlich ein versöhnlicher Klang.

Verwundert setze ich mich an den Tisch.

Einen Moment schweigen wir uns beide einfach nur an. Keine weiß, wie sie beginnen soll. Gut, dann mache ich den Anfang. Das sollte jetzt funktionieren, denn ich bin geladen wie eine Kanone und ich habe das Thema satt. Endgültig.

Leider zeigt sich meine Nervosität in meinem hektisch wippenden Fuß. Ich umfasse mit einer Hand mein Knie und versuche, das Kippeln zu unterdrücken. Mit magerem Erfolg.

»Reden ist gut. Tacheles hilft immer«, sage ich. »Eines vorweg: Es …«

»Nicht hier, okay? Komm einfach auf die Hochzeit. Dort haben wir ja ein paar Tage zum Reden.«

»Du willst also tatsächlich, dass ICH komme? Ausgerechnet ich?!«

»Ja.«

»Warum?«

»Weil jeder eine zweite Chance bekommen soll.«

»Und was, wenn ich gar keine will?«

»Kommst du oder nicht?«

Angestrengt stehe ich eine halbe Stunde später vor dem Bett und starre in den aufgeklappten Koffer. Drei Paar High Heels. Oder doch nur zwei?

Bis jetzt liegen nur die Schuhe darin und der Koffer ist schon fast voll.

Das geht so nicht!

Die schwarzen Pumps mit niedrigem Absatz für den Tag der Hochzeit müssen mit. Dezent, hat Terry gesagt, und das heißt: keine High Heels. Brauche ich Chucks? Oder nur die schicken Sommersandalen? Völlig ohne Absatz. Wie auch immer, sechs Paar Schuhe sind eindeutig zuviel. Schweren Herzens nehme ich die roten und die knallgrünen High Heels heraus. Die roten würde ich ja in einer Stunde sowieso noch benötigen.

Auf den Knien ziehe ich aus einer unteren Ecke meines Kleiderschrankes eine Sommerjeans heraus und lege sie zusammen mit einem lockeren hellbraunen Shirt auf die Schuhe. Dann noch ein Lederrock, schwarz, passendes enges Shirt dazu, ein locker fallendes Sommerkleid mit Spagettiträgern, das ich ewig schon nicht mehr anhatte. Aber ich weiß, dass ich darin aussehe wie eine brave Studentin. Morgen werde ich losziehen und ein Kleid für die Hochzeitsfeier kaufen, denn mein Kleiderschrank gibt für diesen Anlass definitiv nichts her, was dezent und edel ist.

Eine halbe Stunde später ist alles Weitere gepackt, was ich für vier Tage benötige. Oder auch nicht benötige, denn man packt ja immer viel zu viel ein.

»Jetzt geh schon zu, du verdammter …!« Fluchend knie ich auf dem Koffer, presse mit aller Kraft meine Hand darauf und ziehe den Reißverschluss zu. Geschafft! Völlig fertig wische ich mit dem Handrücken über die Stirn. Dann stöhne ich auf. Es muss ja noch das Kleid rein, das ich noch nicht habe!

Ein Königreich für ein Hirn! Aber ich habe keine Zeit, mich zu ärgern, ich bin spät dran. Es reicht gerade noch für eine schnelle Dusche.

Und dann ab ins *Feelings*. Ich habe heute keine Lust dazu, aber was tut man nicht alles …

Die Dusche hätte ich mir sparen können!

Als ich im *Feelings* ankomme, bin ich trotz Klimaanlage im Auto so erhitzt, dass kleine Schweißtropfen auf meiner Haut glitzern. Die Strecke ist eben einfach zu kurz, als dass sie den Innenraum richtig runterkühlen kann.

Ich parke im Hinterhof der Bar, springe aus dem Wagen, schließe die Holztür auf, die nur noch an einem Scharnier hängt, und beeile mich.

»Jetzt aber schnell! Meg ist gleich fertig!«, zischt Archie und tippt auf seine Uhr.

»Hetz mich nicht. Davon wird der Auftritt sicher nicht besser.« Ich schiebe mich an ihm vorbei und stelle fest, dass der Hubschrauberlandeplatz auf seinem Kopf immer größer wird. Die Lücke wächst sozusagen gleichmäßig mit dem Bauch, den Archie vor sich herschiebt.

»Beeil dich! Die Kunden warten nicht gern«, ruft er durch die Tür, die ich vor seiner Nase zugemacht habe, und ich höre ihn fluchen und meckern, während er sich entfernt. Wahrscheinlich, um Meg ein Handzeichen zu geben, dass sie noch ein, zwei Minuten verlängern soll.

Eilig ziehe ich Shirt, Shorts und Flip-Flops aus, nehme von meinem Kleiderständer eine knappe rote Panty sowie das passende Bustier dazu und schlüpfe hinein. Leder hält perfekt und rutscht weder an der Poledance Stange noch sonst wie.

Als ich vor vielen Jahren im Fitnessstudio mit Poledance anfing, habe ich schnell gemerkt, dass Baumwollshorts nicht nur an der Stange, sondern auch im Schritt zusammenrutschen. Beispielsweise bei einem Elbow-Stand, bei dem ich kopfüber hänge, die Beine weit spreize und ungefragt Einblicke auf Stellen bieten könnte, die besser verborgen bleiben. Im Gegensatz zu Meg bekommen die Kerle von mir weder Brüste noch meine Muschi zu sehen. Trotzdem stecken sie mir Kohle in die Shorts.

Ich ziehe das Haargummi aus meinem Zopf und fahre mit den Fingern durch die Haare. Zum Abschluss gebe ich eine kleine Menge Dry Hands in die Handflächen und verreibe das flüssige Magnesium gleichmäßig. Es gibt mir den nötigen Halt an der Stange. So, jetzt nur noch die roten High Heels, und der fünfzehnminütige Spaß kann beginnen.

Als ich in die Schuhe schlüpfe, spüre ich das Prickeln, das mich jedes Mal vor einem Auftritt ergreift. Poledance ist meine Leidenschaft, seit ich sechzehn Jahre bin. Seitdem gehe ich zweimal die Woche ins Studio. Ab und zu trainiere ich an meiner eigenen Poledance Stange, die mitten in meinem großen quadratischen Flur aufgebaut ist.

Die Tür geht auf. Meg stürzt herein. Sie trägt ihr Maleficent-Kostüm. Nur, dass ihres im Gegensatz zu Angelina Jolies Outfit vorne offen ist. Megs volle Brüste sind eine Augenweide. In einer Hand hält sie ihren Slip, in der anderen ein Bündel Pfundnoten.

»Beeil dich, Annie. Die Jungs sind heiß!«, strahlt sie und zählt das Geld noch im Stehen.

»Da werden sie bei mir dann wohl abkühlen. Hast du dich wieder befingern lassen?«

Sie zuckt mit den Schultern. »Einer hat mir sogar seine Finger in die Pussy gesteckt. Ein süßer Typ. Die anderen durften nicht. Aber als er mich lecken wollte, habe ich ihn weggestoßen. Ich überlege noch. Wenn er das nächste Mal wieder da ist, kann er das gern tun, bis ich komme, wenn er will. Hauptsache, die Kohle stimmt.«

»Du bist echt schräg drauf, Meg.« Die Vorstellung, dass sie sich auf der Bühne von einem wildfremden Typen befriedigen lässt, hat trotz allem etwas Erregendes. Vielleicht sollte ich mir das bei Gelegenheit einmal ansehen.

»Mag sein, Annie. Neben der Kohle, die da locker gemacht wird, ist es irgendwie total heiß, wenn die Männer mich anstarren, sich die Lippen lecken oder sich sogar einen runterholen, während mir einer davon seine Finger in meine nasse Muschi schiebt. Das hat was.«

»Du wirst nass?!«, frage ich ungläubig und Meg lacht.

»Ich tropfe wie ein Kieslaster. Und das macht die Jungs geil, glaub mir.«

»Nichts für mich«, schließe ich, wünsche ihr noch eine angenehme Pause und mache mich auf den Weg zur Bühne.

In einer Bar zu tanzen ist gar nicht so schlimm. In dem Moment, in dem ich auf der Bühne stehe, gibt es für mich nur noch die Musik und den Tanz an der Pole. Alles andere blende ich aus. Die schummrige Beleuchtung an den Tischen und die Spots, die auf mich gerichtet sind, lassen mich die Umgebung kaum erkennen. Aber ich weiß, dass die Männer, die um die kreisrunde Bühne herum sitzen, mich anstarren. Der eine oder andere ruft mir obszöne Dinge zu. Sie wollen, dass ich mich ausziehe, aber da können sie lange drauf warten.

Fünfzehn Minuten gehen wahnsinnig schnell vorbei. Meine Haare kleben mir feucht an der Stirn, mein Atem geht schwer. Poledance sieht von außen so mühelos aus, aber es erfordert jede Menge Kraft.

Als letzte Figur zeige ich den Butterfly. Ich stelle mich vor die Pole, umfasse die Stange in der Mitte und lege einen Fuß weit über meinem Kopf an der Stange ab. Im Publikum stöhnt es, und ich weiß, dass sich die Kerle jetzt vorstellen, ich hätte kein Höschen an, denn jetzt stehe ich fast im Spagat an der Pole. Lasziv lächelnd senke ich den Oberkörper waagrecht zur Seite und greife mit einer Hand an das untere Ende der Pole, hebe mein Bein vom Boden ab und bringe es nach oben zu meinem anderen. Jetzt hänge ich kopfüber, die Beine um die Stange geschlungen. Langsam spreize ich ein Bein nach hinten ab, bis es fast meinen Hinterkopf berührt. Dann greife ich mit der unteren Hand nach dem Fuß und strecke das Bein so weit wie möglich nach hinten. Das alles vollziehe ich mit erotischer Langsamkeit, passend zu dem Song Heat Miser von Massive Attack. Einer der erotischsten Songs für mich.

Am Ende der Show lasse ich mich langsam auf den Boden gleiten, drücke meinen Rücken durch, schließe die Augen und lecke mir über die geöffneten Lippen. Ein kleines Zugeständnis an die Kunden, die sich nackte Brüste und Muschis wünschen, es aber von mir nicht bekommen. Sie fahren trotzdem auf mich ab. Das weiß ich, denn auch dieses Mal stecken sie mir jede Menge Scheine in die Lederpants, als ich reihum gehe. Endlich kann ich den schummrigen Raum verlassen.

In der Garderobe plumpse ich auf den Stuhl.

»Anstrengend an der Pole, hm? Werde nie verstehen, wie du dich an dieser glatten Stange halten kannst.« Meg hat sich umgezogen. Sie steht auf, greift von oben in die Brustschalen ihres Domina-Kostüms und schiebt ihre Brüste etwas weiter hoch. Im Schritt stört nicht ein Stückchen Stoff.

»Alles Training, Meg«, sage ich, zupfe die Scheine aus dem Hosenbund, lege sie zur Seite und knete meine Waden.

An der Butterfly-Variante habe ich zwei Wochen lang jeden Tag gearbeitet. Die Beine waren mit blauen Flecken versehen, ich war genervt und frustriert und dann, auf einmal, klappte es. Ein unbeschreiblich gutes

Gefühl, etwas zu schaffen, auf das man wochenlang hintrainiert hat. Eine Meg würde das nie verstehen.

»Ich erlöse die Jungs jetzt von ihren Qualen, die du ihnen bereitet hast, Hase.« Sie zwinkert anzüglich, fährt sich mit dem Zeigefinger zwischen ihre Schamlippen und betupft anschließend eine Stelle unter ihrem Ohrläppchen. Gerade so, als würde sie Parfüm auftragen.

»Meg! Das ist …« Angewidert verziehe ich das Gesicht.

»Eklig?« Sie lacht lauthals. »Mag sein, aber wenn ich die notgeilen Kerle an meinem Hals schnuppern lasse, machen sich die Scheinchen wie von selbst auf den Weg in meinen Ausschnitt.«

Ich blase die Backen auf. »Na dann, viel Spaß.«

Kaum ist sie draußen, platzt Archie herein und läuft wie ein aufgescheuchtes Huhn – ein aufgescheuchtes dickes Huhn – im Raum herum. »So geht das nicht. So geht das einfach nicht!«

»Was meinst du, zur Hölle?!«, will ich wissen, ahne aber bereits, was er mir gleich sagen wird.

»Du musst wenigstens deine Titten zeigen, Annie!«

»Vergiss es!« Kurzerhand kicke ich die High Heels von den Füßen und ziehe die Baumwollshorts und mein Shirt über das Pole-Outfit.

»Sie haben sich beschwert!«

»Sollen sie doch. Bei Meg bekommen sie fast alles, was das Herz begehrt, oder? Außerdem finden sie mich gut, auch mit Klamotten.« Zum Beweis wedle ich mit dem Bündel aus Pfundnoten, stecke es weg und schlüpfe genervt in die Flip-Flops. Dann schultere ich meine Tasche.

»Du gehst? Du kannst nicht gehen! Du hast noch einen Auftritt!«

»In dem ich deine Kundschaft vergraule, wie du sagst. Also brauche ich auch nicht mehr raus!«

Plötzlich wird er zahm wie ein Katerchen. »Ach Annie, so war das doch nicht gemeint. Es wäre nur schön, wenn du …« Er hebt die Hände. »Okay, okay, ich habe verstanden. Keine freien Titten und kein Fummeln bei Annie.«

»Ganz genau!«

»Also bleibst du?«

Ich seufze. Spontan kommt mir eine Idee. »Wenn du fünfzig Pfund drauflegst für einen Abend, dann ja.«

»Bist du von allen guten Geistern verlassen? Weißt du, wie schlecht die Geschäfte laufen? Ich habe …«

»… neulich einen Maserati gekauft?«, antworte ich spöttisch. »Meg bekommt fünfzig mehr als ich. Pro Auftritt!«

»Aber …«

»Wie du meinst.« Ich wende mich zur Tür.

»Okay, okay. Fünfzig mehr pro Abend, du Halsabschneiderin!«

Eine Stunde und einen zweiten Auftritt später plumpse ich hinter das Steuer meines Wagens, öffne den Umschlag mit dem Geld und zähle durch. Zweihundertfünfzig Pfund Lohn und hundertzwanzig Trinkgeld. Keine schlechte Ausbeute.

Ich schließe den Umschlag wieder, ziehe einen Kugelschreiber aus dem Handschuhfach und schreibe groß »Mella« darauf.

»Game, Set and Match! Fiona Dewar!«, brüllt Andrew, unser Butler, und steigt vom Hochsitz. Dabei meckert er leise und ganz butleruntypisch vor sich hin. »In meinem Alter noch auf so ein Ding zu klettern … Aber wessen Idee war das? Meine! Also darf ich auch nicht jammern.«

»Du musst da nicht hoch, Andrew«, rufe ich ihm zu und gehe vor ans Netz, an dem Fiona bereits steht und grinsend ihren Tennisschläger schwingt.

»Das gehört sich so, Mylord«, sagt er mit unbewegter Miene. »Ich werde nun den Tee auf der Terrasse servieren, wenn es genehm ist. Lady Chesire wird ebenfalls anwesend sein.«

Ohne eine Antwort abzuwarten, geht er stocksteif davon, der Gute.

Am Netz schüttle ich Fiona die Hand. »Du hast gut gespielt. Glückwunsch.«

»Und du warst mental sonst wo, aber nicht hier auf dem Tennisplatz.« Argwöhnisch blickt sie mich an, löst das Band aus ihrem blonden Haar und schirmt anschließend mit der Hand ihre Augen vor der Sonne ab. »Was ist los? Schon gestern beim Abendessen warst du seltsam wortkarg. Bist du krank?«

»Nur ein bisschen viel Arbeit die letzte Zeit«, weiche ich aus.

»Wer´s glaubt, Calan. Ich kenne dich lang genug. Arbeit hat dich noch nie davon abgehalten, beim Sport bis an deine Grenzen zu gehen. Du hast heute gespielt wie ein Anfänger. Und dich nicht mal aufgeregt, dass ich gewonnen habe. Das erste Mal übrigens. Also erzähl mir nichts von Arbeit.«

»Es ist nichts, Fiona«, erwidere ich kurz angebunden.

»Schon in Ordnung, ich frage nicht weiter nach, okay?« Sie kennt mich und den Ton, den ich anschlage, wenn ein Thema für mich beendet ist.

Gemeinsam schlendern wir zu unseren Taschen. Es tut verdammt gut, sich körperlich auszupowern, obwohl ich heute tatsächlich nicht auf der Höhe bin. Meine Gedanken kreisen permanent um diese verdammte Rothaarige, aber das kann ich Fiona unmöglich sagen, obwohl es mich dieses Mal seltsamerweise drängt, mich ihr mitzuteilen. Für gewöhnlich erzähle ich ihr nie etwas von den Frauen, die ich abschleppe. Das geht sie nichts an. Trotz unserer langjährigen Freundschaft.

Verdammt, und ich habe jede Menge damit zu tun, diesen aufreizenden Rotschopf aus dem Kopf zu verbannen. Am Vormittag schon konnte ich mich kaum auf meine Aktien-Investments konzentrieren. Der Broker, der extra angereist war, hatte mehrmals nachhaken müssen.

Mit dem Handtuch reibe ich über Stirn und Brust und lege es mir um den Nacken. Für September ist es ungewöhnlich warm, die Sonne brennt erbarmungslos von einem wolkenlosen Himmel. Mein weißes Shirt ist durchgeschwitzt. Ich nehme eine Wasserflasche aus der Tasche, öffne sie und gebe sie zuerst Fiona. Als sie ihren Durst gestillt hat, setze ich die Flasche an, trinke den Inhalt komplett leer und wische mit dem Handrücken über die Lippen.

»Tee auf der Terrasse?«, frage ich Fiona. »Mutter wird

auch da sein. Sie hat vorhin nach dir gefragt, möchte das Catering für das Whisky-Tasting mit dir durchgehen.«

»Deine Mutter? Ich dachte, wir beide …«

»Natürlich wir beide. Sie ist eben nur dabei«, versichere ich ihr. »Sie hat sich wohl in den Kopf gesetzt, mir Arbeit abzunehmen. Zumindest sagt sie das. Vermutlich ist ihr langweilig.«

Wir nehmen den schattigen Weg, der vom Tennisplatz zu dem riesigen Landhaus führt, in dem ich und meine Mutter leben. Mein Vater ist leider schon verstorben, als ich zarte sechzehn Jahre alt war. Zu diesem Zeitpunkt hatte ich auch beschlossen, die Grantfinnan Distillery wieder zum Leben zu erwecken, mit der mein Vater begonnen hatte.

»Kann ich mir nicht vorstellen.« Skeptisch sieht sie mich an. »Wenn jemand das Wort Langeweile aus seinem Wortschatz gestrichen hat, dann ist das Brianna.«

»Vielleicht will sie sich einfach nur nützlich machen.« Ich zucke mit den Schultern und schiebe die Sonnenbrille auf die Nase, denn jetzt treten wir aus dem Schatten der Tannen. Vor uns glitzert das Wasser des ovalen Pools verlockend in der Sonne.

»Was meinst du? Wollen wir eine Runde schwimmen wie immer nach dem Match?«

»Aber klar! Glaubst du, ich habe mir völlig umsonst den Bikini eingepackt?« Sie lacht auf, klemmt ihre kleine Tasche unter den Arm und spurtet los zur Dusche. »Wer zuerst im Wasser ist, hat gewonnen!«

»Du kriegst den Hals auch nicht voll. Reicht dir einmal gewinnen nicht?«

»Kommt drauf an, was!«, ruft sie und verschwindet hinter der gemauerten Trennwand an der Pooldusche.

Lächelnd stelle ich an der Sitzgruppe ein paar Meter

vor dem Pool die Tasche ab und entledige mich meiner verschwitzen Sportkleidung. Die Badeshorts habe ich wohlweislich schon vor dem Match angezogen.

Als Fiona heraustritt, stehe ich bereits unter der Dusche. Das Wasser ist eiskalt und erfrischend.

»Hey, neuer Bikini?« Ich nicke anerkennend. Die weinrote Farbe steht ihr gut, passt zu ihrem hellblonden Haar, und die Schalen des Oberteils lassen ihre Brüste größer aussehen, als sie sind.

»Findest du?« Kess blickt sie mich von unten herauf an und bindet sich dic Haare am Hinterkopf zusammen.

»Ja, finde ich.« Im nächsten Moment mache ich zwei lange Schritte an ihr vorbei, springe ab und lande mit einem Köpfer im Pool.

Prustend tauche ich auf und reiße eine Faust hoch. »Gewonnen!«

Mit verschränkten Armen steht sie am Rand und hängt die Fußspitzen ins Wasser. Ihre leicht gebräunte Haut schimmert in der Sonne. Ihre Figur ist immer noch etwas knabenhaft.

»Es sei dir gegönnt«, sagt sie mit gespielt gnädiger Miene. »Das Match zu gewinnen, war viel erhebender. Brr. Ganz schön kalt.«

Fiona ist eine attraktive Frau. Der Mann, der sie einmal bekommt, darf sich glücklich schätzen.

»Jetzt komm schon rein, Weichei!«

Kapitel 3

Annie

Gegen Acht Uhr am Abend überquere ich die stark befahrene Southchurch Street.

Aus unterschiedlichen Richtungen pfeifen Männer durch die Finger und rufen mir dämliche Dinge zu, wie: »Hey, Honey, heute Abend bei mir?«, »Komm, ich besorgs dir!«, »Verdammt hübsche Lady in unserer Ecke!«

Meine Schritte beschleunigend ziehe ich das Basecap tiefer in die Stirn und vergrabe meine Hände in den Taschen der Jeans.

Fuck! Da habe ich schon extra meine Haare weitgehend unter die Mütze gequetscht und das Shirt angezogen, das ich nur zu Hause zum Putzen trage, und trotzdem pfeift man mir noch hinterher. Scheiß Viertel. Warum muss Mella ausgerechnet in so einer heruntergekommenen Gegend wohnen!? Woanders gibt es auch günstige Wohnungen. Aber nein, ihr Scheißtyp will in der Nähe seines Bruders leben. Nur hat er nix davon, weil der Arschlochbruder seit Jahren im Knast sitzt und so schnell nicht mehr rauskommt. Versuchter Mord. Das war, nachdem er Mella geheiratet hat.

Ich lege noch einen Zahn zu, achte aber darauf, dass ich nicht zu auffällig wirke. Um keinen Preis will ich noch mehr Aufmerksamkeit erregen. Wenn die Typen, die hier rumlungern, wüssten, dass ich knapp vierhundert Pfund mit mir spazieren trage, würde ich im Handumdrehen mit durchgeschnittener Kehle in einem Müllcontainer liegen.

Eilig gehe ich um einen Penner herum. Der hockt mitten auf dem Gehsteig und setzt gerade eine Flasche Wein an den Hals. Die Hauswand am Store42, über dem meine Schwester mit ihrer Familie wohnt, stinkt nach Urin. Ich drücke auf die Klingel.

»Wer ist da?« Mellas Stimme tönt blechern aus der Sprechanlage. Mich wundert, dass die Anlage überhaupt funktioniert.

»Ich bin´s.«

Kurz darauf geht der Türsummer, und ich schlüpfe schnell hinein.

Drei Stockwerke, kein Fahrstuhl. Mella wohnt in der zweiten Etage. Irgendjemand hat direkt unter die Briefkästen gepinkelt. Bis ich oben bin, halte ich mir die Nase zu und atme durch den Mund. Dann schlüpfe ich durch die Tür in Mellas Wohnung. Drei Zimmer, eines davon für die Kids.

»Tante Annie, Tante Annie!« Mit ausgestreckten Armen und freudig strahlend stürmen die Zwillinge auf mich zu.

»Hey, langsam, Jungs. Ihr haut mich ja aus den Chucks.« Ich lache, gehe in die Knie und drücke Jay und John an mich. Abwechselnd wuschle ich ihnen durch die dunklen Locken. »Was macht die Schule? Gefällt euch die erste Klasse?«

»Prima«, sagt Jay. Oder ist es John? Ich kann die beiden einfach nicht auseinanderhalten.

»Ich kann schon meinen Namen schreiben«, sagt John. Oder ist es Jay? Wie auch immer. Kann Mella ihnen nicht wenigstens unterschiedliche Schlafanzüge anziehen?

»Na, das ist ja der Hammer! Kaum in der Schule und schon schreiben sie!« Aus der Tasche ziehe ich zwei mit Buntstiften gefüllte Boxen. Damit es keinen Streit gibt, steht auf der einen Jay, auf der anderen John.

»Boah, danke!«, rufen die beiden beinahe gleichzeitig und verschwinden mit ihrem Geschenk im Zimmer.

»Die sind jetzt eine Weile beschäftigt«, sage ich und komme hoch.

»Ach, Annie …« Meine Schwester nimmt mich zur Begrüßung in den Arm. »Ich weiß gar nicht, was ich sagen soll …«

»Wie wäre es mit: Der Kaffee ist fertig?«

Sie geht vor mir in die Küche, nimmt eine Tasse aus dem Oberschrank. Die Tür hängt schief und die popelgrüne Beschichtung ist an den Ecken abgeblättert. »Ist er auch. Aber wie kannst du abends um Acht noch Kaffee trinken?«

Lachend lasse ich mich auf einen der vier wackeligen Küchenstühle fallen. Puh, er hält noch. »Ganz einfach. Tasse in die Hand nehmen, zu den Lippen führen, trinken.«

»Deinen Humor hätte ich gern, Annie.« Sie setzt sich mir mit einem Glas Tee gegenüber.

»Hättest du, wenn du mal das Loch hier verlassen würdest!« Wortlos schiebe ich ihr den Umschlag über den Tisch. Genauso wortlos, aber mit einem dankbaren und etwas verschämten Lächeln steckt sie ihn in ihren Hosenbund und zieht das Shirt darüber.

»Du verdienst echt gut bei dieser Zeitschrift, Annie.«

»Hm, ja. Willst du nicht reingucken?«

Sie schüttelt den Kopf. »Mach ich nachher, wenn Ian weg ist.«

»Ist er etwa da?«, will ich wissen, denn ich hatte gehofft, ihn nicht zu Gesicht bekommen zu müssen.

»Im Wohnzimmer.« Mella sieht auf die Uhr. »Er geht aber gleich.«

Kritisch mustere ich meine Schwester. Sie wirkt erschöpft, mutlos, verzweifelt. Darüber kann auch ihr gepflegtes Äußeres nicht hinwegtäuschen. Sie und die Kids wirken in dieser Umgebung wie Diamanten, die vom Himmel gefallen und einfach liegen geblieben sind.

Mella gehört nicht in dieses Leben, in dieses Viertel. Und Jay und John auch nicht.

»Ah, er geht zur Fabrik. Klar. Beginnt die Nachtschicht nicht später? Ach, unten hat jemand unter die Briefkästen uriniert. Das ganze Treppenhaus stinkt«, sage ich, ohne darüber nachzudenken, was das mit Mella macht.

Sofort schießen ihr Tränen in die Augen. »Ich weiß, das war Ian. Er hatte seinen Schlüssel vergessen und ich war nicht da, habe die Kinder in die Schule gebracht.«

»Er ist von der Schicht gekommen?«

»Nein … Nein. Er … er hat schon seit Monaten keinen Job mehr. Aber das weiß ich erst seit letzter Woche. Seit … seit ein Anruf von der Bank kam. Das Konto ist komplett leer, Annie!«

Fassungslos blicke ich sie an und bekomme keinen Ton raus. Nicht mal mein Fuß wippt, so sehr erschüttert mich diese Information. Das also auch noch …

»Er …«, beginnt sie leise und beugt sich vor, gerade so, als habe sie Angst, er könne sie hören. »Er ist jede Nacht weg, verspielt die letzten Pfund, die ich angespart hatte. Es … es wird immer schlimmer!«

»Ey, Mella …« Ich greife über den Tisch und nehme ihre Hand. Eine einsame Träne rinnt über ihre Wange.

»Du musst ihn endlich verlassen, dein eigenes Leben aufbauen.«

»Gar nichts baut sie auf! Dafür hat sie mich!« Plötzlich steht Ian im Türrahmen, einen Arm abgestützt, in der anderen eine Flasche Bier, und sieht auf mich herunter wie auf einen Wurm. Ian riecht nach Alkohol und Rauch. Mir wird fast übel. »Mella, gib mal ein paar Scheine rüber, ich muss los.«

»Wir haben für den Rest der Woche noch dreißig Pfund zur Verfügung, Ian!«, sagt Mella bestimmt und kneift in der Folge die Lippen zusammen.

»Dann gibt zehn her, aber ein bisschen zackig!« Er setzt die Bierflasche an und trinkt sie leer.

Am liebsten würde ich … würde ich …

Mit Wut im Bauch schnelle ich vom Stuhl hoch, stelle mich vor diesen Arsch und will ihm sagen, was ich von ihm halte, da wuseln die Kinder in die Küche.

»Daddy, guck mal, was Tante Annie uns mitgebracht hat!« Beide strecken sie ihre kleinen Händchen mit dem Geschenk hoch.

»Nett …«, grunzt das Arschloch, kratzt sich im Schritt und verlässt die Küche. Aber nicht, ohne zu rufen: »Mella, ich hol mir die zehn Pfund aus der Vase im Flur.«

»Woher weißt du ….?!«

Der Arsch kichert.

Ich beuge mich zu den Kids, die mehr als enttäuscht aussehen. »Wollt ihr mir jeder ein Bild malen und eure Namen dazuschreiben? Darüber würde ich mich sehr freuen.«

Mein Vorschlag wird mit Begeisterung angenommen, ihre Gesichter hellen sich auf und sie rennen zurück in ihr Zimmer.

Kurz darauf fällt die Wohnungstür ins Schloss. Ian ist gegangen.

»Jetzt hat er auch dieses Versteck gefunden …« Mella ist richtig sauer, das sehe ich ihr an. Das ist gut, sehr gut sogar! Der erste Schritt in Richtung Loslösung. »Ich werde das Geld in Zukunft an meinem Körper rumtragen. Er fasst mich sowieso nicht mehr an.«

»Was ein Glück!«, platzt es aus mir heraus. »Wer will schon von so was angefasst werden. Oh, verzeih.«

Sie winkt ab und steht auf. »Du hast ja recht. Deshalb habe ich was vorbereitet.«

»Du hast was vorbereitet?« Ein Funke Hoffnung keimt in mir auf. Vielleicht schafft sie endlich den Absprung aus diesem Loch.

»Ja, hier. Lies bitte mal drüber, ob das in Ordnung ist.«

»Ein Job?«

»Ja, Teilzeit. In Nottingham-Mitte! Und auch noch in meinem Beruf als Fremdsprachenkorrespondentin. Ein Glückstreffer!«

»Oh, Mella … Das wäre so fantastisch!« Ich überfliege die Zeilen ihres Bewerbungsschreibens und gebe es ihr mit einem zufriedenen Nicken zurück. »Sehr gut. Und ab damit! Ich drücke dir die Daumen. Vielleicht ist das die Chance für dich … aufzuwachen.«

Stirnrunzelnd steckt sie das Schreiben in ein Kuvert und klebt es zu. »Wirfst du es bei dir in der Stadtmitte in einen Briefkasten? Hier werden die Teile manchmal aufgebrochen, weil ja Geld in den Umschlägen sein könnte.«

»Genau das meine ich, Mella!«, sage ich aufgebracht und stecke das Kuvert in meine Tasche. Mit dem Arm beschreibe ich einen Halbkreis. »Du und die Kinder, ihr … ihr solltet nicht hier wohnen. Doch das habe ich dir schon tausendmal gesagt. Du hättest diesen … diesen …«

»Ja. Ich hätte ihn nicht heiraten sollen. Möglich. Aber wo die Liebe hinfällt …«

»Du liebst ihn noch?« Meine Stimme überschlägt sich fast.

Mella zuckt mit den Schultern. »Ich weiß es nicht. Die Kinder lieben ihren Dad.«

»Er schlägt euch aber jetzt nicht, oder?«, frage ich misstrauisch. »Ich weiß, bisher ist es noch nicht vorgekommen, aber Menschen ändern sich. Besonders wenn sie so drauf sind wie dein … Typ.« Das letzte Wort spucke ich aus wie ein Stück faules Fleisch.

Plötzlich legt Mella eine Hand an ihre Lippen und sieht an mir vorbei. Ihr Gesichtsausdruck bekommt etwas sehr Weiches. Mella ist eine schöne Frau in der Blüte ihrer Jahre.

»Wir haben die Bilder gemalt, Annie. Kommst du gucken und bringst du uns ins Bett?«, fragt Jay. Oder ist es John?

»Und du auch, Mummy? Lest ihr uns was vor?«

»Ein Lied, bitte. Ein Einschlaflied. Bitteeeeee!«

»Ihr zwei kleinen Herzensbrecher …« Ich packe sie – einen links, einen rechts – unter meine Arme, trage sie in ihr Zimmer und lasse sie in die Bettchen plumpsen. »Und jetzt wird gelesen, bis Tante Annie dabei einschläft.«

»Erst ein Lied, ja?«

Mella setzt sich dazu und sagt leise: »Aber erst unter die Decken und die Augen zugemacht.« Dann fängt sie an zu singen. Lullaby von Louis Armstrong. Ich bekomme Gänsehaut.

Verdammte Hacke! Mella und ihre süßen Bengel

müssen aus diesem Drecksloch raus! Und aus dieser Gegend! Besser heute als morgen!

Zwei Stunden war ich unterwegs. Normalerweise ist Freitag mein Tag für eine ausgedehnte Joggingtour, doch diesen werde ich auf Robs Hochzeit sein. Himmel, das ist ja schon übermorgen.

Erhitzt und mit durchgeschwitztem Shirt trete ich auf die Terrasse unseres Landhauses, das den Namen *Granthouse* trägt, und begrüße meine Mutter, die in einem Korbstuhl am Pool sitzt und sich die Fußnägel lackiert.

»Hallo, Màthair.« Grinsend drücke ich ihr einen Kuss auf die Stirn. »Ein herrlicher Tag. Was hast du heute vor?«

»Gott! Calan! Hast du mich erschreckt! Sieh nur, jetzt hab ich quer über den Fußspann gemalt! Danke auch!« Sie hebt die Hand an die Stirn und blinzelt zu mir hoch. »Du tropfst! Warst du joggen?«

»Ja, gerade eben durch den Pool.«

»Witzbold«, sagt sie verschmitzt und wedelt mit der Hand. »Hinten auf dem Tisch steht der Nagellackentferner. Sei so lieb und bring ihn mir.«

»Was bekomme ich dafür?«

»Einen Klaps auf den Hintern?«, ruft sie über die Schulter. »Warst du am Viadukt?«

»Ja, heute habe ich einen kleinen Umweg hoch zur Saint Finnan Church genommen. Hier, der Entferner.«

»Ein wunderbarer Ausblick dort oben, über den Loch Shiel, die Berge … Vielleicht kann ich meine Freundinnen überreden, die Walkingtour leicht abzuändern.« Sie verdreht die Augen. »Flach walken kann ja jeder. Und immer nur am See entlang ist langweilig. Kommt Fiona heute?«

»Nein.« Das T-Shirt halb über den Kopf gezogen, stocke ich kurz, dann ziehe ich es ganz aus und werfe es auf den Boden. »Wieso fragst du?«

»Och … Nur so.«

»Màthair … lass es, ja?« Das blaue Poolwasser lockt. Eilig ziehe ich Sportshorts und -schuhe aus und springe nur mit dem Slip bekleidet ins Wasser. Ich tauche unter, halte die Luft an, durchquere mit langen Zügen die Hälfte der fünfundzwanzig Meter und kraule anschließend zurück.

Einen Arm am Rand abgestützt, wische ich mir mit der Hand das Wasser aus dem Gesicht.

»Was soll ich lassen?«, sagt meine Mutter und guckt unschuldig. Dabei weiß sie genau, was ich meine.

»Den Versuch, mich mit Fiona zu verkuppeln. Wir sind Freunde, mehr nicht.«

»Aber ihr seid so ein reizendes Paar, Calan. Ich …« Seufzend schraubt sie den Nagellackentferner zu. »Okay, ich höre schon auf. Aber ich verstehe mich so gut mit ihr, weißt du?«

»Das kann ja so bleiben. Muss ich etwa jede heiraten, mit der du dich gut verstehst? Da hätte ich viel zu tun.« Weit hole ich mit dem Arm aus und schaufle ihr einen Schwall Wasser gegen die Beine.

»Hey, bist du verrückt?«

»Oh! Dein Bikini hat ein paar Tropfen abbekommen! Wie furchtbar.«

»Na warte …«

Im nächsten Moment springt sie mit einem eleganten Köpfer ins Wasser, taucht neben mir auf und drückt mich runter.

Prustend und gleichzeitig lachend komme ich hoch. »Respekt! Dein Köpfer sieht immer noch klasse aus. Genau wie deine Figur.«

»Na hör mal, ich trainiere täglich. Außerdem bin ich erst Mitte Fünfzig und nicht Mitte Achtzig.«

Bevor ich mich aus dem Pool stemme, werfe ich ihr einen tiefen Blick zu. »Du siehst aus wie höchstens Mitte Vierzig, Mathàir.«

»Hach, mein Sohn … Er kann so schöne Komplimente machen. Isst du mit mir zu Mittag? Andrew serviert gleich im Gartenpavillon.«

Nach dem Mittagessen gehe ich den lang gezogenen Kiesweg vom *Granthouse* zu meiner Distillery hinüber.

»Hey, Boss. Gerade ist eine Lieferung der Biogerste gekommen.« Ed biegt um die Ecke, zieht sich die Gummihandschuhe aus und schüttelt mir die Hand.

»Kommt ihr klar, oder soll ich helfen?«

»Nein, keine Hilfe nötig, wir sind heute zu viert. Einer mehr stört nur.«

»Schön zu hören, dass ich störe,« sage ich grinsend.

Eds Augen weiten sich erschreckt. »Sorry, Mylord, so war das nicht gemeint, ich …«

Lachend klopfe ich ihm auf die Schulter. »Lass doch das blöde Mylord, Ed. Es reicht, wenn Andrew nicht davon abzubringen ist, mich anders zu nennen.« Ich schätze ihn sehr. Seit vielen Jahren steht er schon in den Diensten der Distillery. Als Chauffeur meines Vaters hat er angefangen und als Whisky-Liebhaber, wie viele von uns Schotten, hat er förmlich darum gebettelt, sich um die Distillery kümmern zu dürfen. Seitdem ist er meine rechte und linke Hand und ich verlasse mich voll auf ihn. »Zudem solltest du mich nach über zehn Jahren besser kennen, Ed. Alles gut. Wie ist die Qualität des Getreides?«

»Bestens. Wie immer.« Erleichtert lächelnd tippt er sich mit zwei Fingern seitlich an die Schläfe. »Ich geh dann mal zurück zu meiner Gerste.«

Und ich runter in den Keller zu den Fässern.

Der Laden läuft auch ohne mich gut, aber ich lasse es mir nicht nehmen, ab und zu vorbeizusehen, die Reihen der Marsala- und ehemaligen Bourbonfässer aus amerikanischer Weißeiche abzugehen und den würzigen Duft einzuatmen. Es war schwierig, die seltenen Marsala-Fässer zu bekommen, für sie bin ich extra nach Sizilien gereist. Aber es hat sich gelohnt. Für den einzigartigen Geschmack meines Grantfinnan ist mir kein Aufwand zu groß.

Ich schließe die Augen, lege eine Hand auf das alte Holz eines Fasses und nehme das Aroma in mich auf, das den Lagerraum im Keller des steinernen Gebäudes schwängert. Alles hier erinnert mich an meinen Vater, dessen Anfänge einer eigenen Whiskybrennerei erst mit mir ihren Abschluss gefunden haben. Leider kann er es nicht mehr erleben.

»Mylord?« Andrew steht plötzlich vor mir, als wäre er aus dem uralten Steinboden geschossen. »Entschuldigen Sie die Störung, aber ich sollte Sie an Ihren Termin um 19 Uhr mit der jungen Lady, deren Namen ich mir bedauerlicherweise nicht notiert habe, erinnern. Ich bin untröstlich.«

»Ach du Sch…« Mit der Hand schlage ich mir an die Stirn. »Danke, Andrew.«

»Keine Ursache.« Offensichtlich erleichtert, dass ich ihm das kleine Malheur nicht übel nehme, geht er so lautlos, wie er gekommen ist, die Treppe wieder hinauf.

Um Punkt sieben Uhr am Abend betrete ich das Grannog Seafood in Fort William am Ufer des Town Pier. Unabhängig von meinem Date mit der attraktiven Teresa freue ich mich auf den unvergleichlichen Ausblick auf das ruhige Wasser des Loch Linnhe, die warme, wenn auch nicht unbedingt edle Atmosphäre des Grannog und auf eine Riesenportion Muscheln aus den West Highlands. Wohlweislich habe ich bereits vor einer Woche einen der begehrten Fensterplätze reserviert. Eine gute Entscheidung, denn das Restaurant ist voll besetzt.

Schon von Weitem sehe ich sie am hintersten Fensterplatz auf einem der mit rotem Leder bezogenen Stühle sitzen und ihre Fingernägel begutachten.

Je näher ich komme, umso mehr wird mir bewusst, einen Fehler begangen zu haben. Was hat mich nur geritten, diese Einladung auszusprechen? Kein Zweifel: Ich muss mir diese Dame schöngetrunken haben.

Ihre gesamte Erscheinung wirkt billig und gewollt elegant. Ähnlich wie bei dieser Annie Fairfield. Teresa hingegen legt noch einen drauf. Ihre blonden Haare sind seit unserer ersten Begegnung in einer Kneipe, in der ich mit Rob ein paar Bier getrunken habe, noch blonder geworden. Fast weiß und stumpf sehen sie aus, als hätte sie in eine Steckdose gegriffen. Dazu trägt sie ein moosgrünes glänzendes Kleid, wahrscheinlich Polyester. Der Ausschnitt fällt ungleichmäßig und ist zu groß. An seinem Saum blitzt die schwarze Spitze eines BH hervor.

Spontan will ich umdrehen, doch ich bin zu sehr Gentleman. Und außerdem sieht sie mich in diesem Moment.

»Huhu!« Ihre Hand schnellt nach oben und sie winkt hektisch. »Huhu, Calan!«

Tief atme ich ein. Gut, jetzt kennen mich auch die Gäste an den anderen Tischen. Verdammt, ich hätte auf Rob hören sollen, der mir von einem Date abgeraten hat. Jetzt weiß ich, warum. Teresas Aufmachung ist schon eine Herausforderung für die Augennerven, ihre Stimme jedoch zieht mir schmerzhaft das Trommelfell zusammen. Spontan verwerfe ich meinen ursprünglichen Plan, mit meiner Verabredung eine heiße Nacht in einem Hotel in Fort William zu verbringen.

»Hallo Teresa.« Ich deute eine Verbeugung an und setze mich ihr gegenüber. »Entschuldige bitte, dass ich etwas verspätet bin, die Parkplatzsuche hat sich in die Länge gezogen.«

»Ach«, lacht sie gekünstelt und zwinkert mir zu. »Das macht doch nix, Süßer. Auf ein Sahneschnittchen wie dich warte ich auch länger, kannste glauben.«

Wir bestellen Getränke und wechseln einige Höflichkeitsfloskeln und bei jedem Satz, den sie sagt, denke ich: Gott! Danke! Danke, dass ich an dem Abend im Pub zu betrunken war, um sie abzuschleppen.

Schweigend studieren wir die Speisekarten. Ich lediglich aus Höflichkeit, denn ich weiß, dass ich mir die Muscheln bestellen werde.

»Jakobsmuscheln? Wasn das? Gibts dann auch Johannmuscheln oder Calanmuscheln?« Viel zu laut lacht sie über ihren eigenen Witz. Und echauffiert sich als Nächstes mit doppelter Lautstärke. »Heilige Kuhscheiße! Was zur Hölle isn ein Lammsattel? Haben die hier etwa kein Haggis?«

Um uns herum ist leises Kichern zu hören. Sofort tritt ein Kellner zu uns an den Tisch und ich verstecke mich hinter der Speisekarte. Die Situation ist so peinlich, dass sie schon wieder komisch ist.

»Das ist ein Seafood-Restaurant«, näselt der Ober

vornehm. »Neben Fisch und Meeresfrüchten gibt es hier eine kleine Auswahl an hochwertigen Gerichten. Der Lammsattel wird auch Lammcarré oder Lammrücken genannt. Haben Sie schon gewählt?«

Ich zolle dem Mann Respekt. So viel Selbstbeherrschung muss man im Blut haben oder sich in jahrelangem Training aneignen. Er wird ein fürstliches Trinkgeld von mir bekommen. Ich nippe an meinem Mineralwasser.

»Calan? Was isst du denn?«, spricht sie mich unerwartet an.

Ich zucke zusammen, lasse die Speisekarte sinken und nicke dem Ober freundlich zu. »Ich nehme die Westküsten Muscheln, gedünstet mit Weißwein, Knoblauch und Sahne, bitte.«

»Sehr wohl. Und die Dame?«

»Die Dame«, flötet sie und reckt das Kinn. »Die Dame nimmt auch die Muscheln.«

Kaum ist der Ober weg, beugt sie sich mit verschwörerischem Augenaufschlag zu mir herüber. »Schmeckt das Zeug? Ehrlich … ich hab noch nie Muscheln und so Meeresviecher gegessen.« Dann lehnt sie sich wieder zurück und leckt sich über die roten Lippen. »Das mach ich nur für dich, Süßer!«

Im nächsten Moment bleibt mir die Spucke weg. Ein nackter Frauenfuß legt sich unter dem Tisch auf meinen Schritt. Mit ihren Zehen massiert Teresa meinen Schwanz.

»Würdest du das bitte lassen?!«, zische ich und lege die Serviette auf meinen Schoß.

Erschrocken nimmt sie ihren Fuß von meinem Schoß, gleich darauf hat sie sich jedoch wieder im Griff und startet einen weiteren Versuch.

»Aber warum denn? Ich mach dich jetzt scharf und dann schlotze ich die Muscheln aus. Du kannst dir dann vorstellen, dass ich dir einen blase und du mir zwischen die Titten spritzen darfst. Das ist heiß, oder? So heiß …« Wieder leckt sie sich über die Lippen. Zu allem Überfluss berührt sie jetzt mit den Fingerspitzen ihre rechte Brustwarze. Gottseidank sitzen wir am Fenster ganz hinten und ich hoffe inständig, dass niemand mitbekommt, was hier am Tisch gerade abgeht. »Und dann setze ich mich auf deinen prallen Edelschw…«

»Es reicht!« Abrupt stehe ich auf. »Tut mir leid, Teresa, aber wir beide hatten von diesem Abend wohl gänzlich unterschiedliche Vorstellungen. Es ist besser, wenn ich jetzt gehe. Die Rechnung geht natürlich auf mich.«

Ohne eine Reaktion von ihr abzuwarten, drehe ich mich um, ziehe den Geldbeutel aus der Sakkotasche und drücke dem Kellner einhundert Pfund in die Hand. »Der Rest ist für Sie.«

»Und so einer nennt sich Gentleman! Pah!«, kreischt sie hinter mir her. »Morgen habe ich ein Date mit einem milliardenschweren Jachtbesitzer, nur dass du es weißt, du eingebildeter Vornehmtuer! Der hat mich auf seine Jacht eingeladen. Na, da staunste, was?!«

Beherrscht drehe ich mich zu ihr um. »Wie schön, Teresa, das freut mich für dich. Nicht auszudenken, wenn du vor dem Milliardär noch mit mir in die Kiste gesprungen wärst. Er soll ja nicht denken, du wärst leicht zu haben, nicht wahr?«

»Worauf du einen lassen kannst«, sagt sie, spitzt die Lippen und sieht demonstrativ aus dem Fenster.

Fluchtartig verlasse ich das Restaurant.

Auf dem Weg nach Hause nehme ich mir fest vor, mich niemals wieder auf Dates im Bierrausch einzulassen. Und schon gar nicht mit einer Frau, die ich mir schöntrinken muss und die Niveau allerhöchstens für eine Creme hält.

Annie

Es ist ein seltsames Gefühl, wenn der Mittwoch schon der letzte Arbeitstag der Woche ist. Ab morgen wird die Redaktion für die kommenden fünf Tage geschlossen bleiben.

Ich blicke auf die Uhr. Kurz vor fünf am Nachmittag.

Heute hat keiner wirklich etwas gearbeitet. Außer unsere Chefin Susan, die unbedingt noch den Artikel über die Distillery von diesem McGrant fertigstellen will. Selbst jetzt sitzt sie noch hoch konzentriert an ihrem Computer.

»Wir sehen uns dann Freitag.« Terry schultert ihre Tasche und wirkt schon jetzt aufgeregt bis zum Anschlag.

»Ja, bis Freitag«, rufe ich ihr hinterher, und schalte meinen PC aus.

Ob ich heute noch ein passendes Kleid für die Hochzeitsfeier finden werde? Am besten, ich gehe gleich in irgendeine exklusive Boutique.

Endlich, der Rechner ist aus. Dann kann es ja losgehen. Ich winke Susan zu und bin schon fast aus der Tür, als mein Telefon klingelt.

Im Gehen ziehe ich das Handy aus der Tasche. Nanu? Hat Mella es sich anders überlegt? Das würde mich freuen, denn gestern hat sie mein Angebot, sofort mit den Kindern zu mir zu ziehen abgelehnt. Der Schulweg wäre für die Jungs zu weit. Und überhaupt, wie sollte das gehen, zu viert in einer Zwei-Zimmerwohnung.

»Hey, Süße!«, begrüße ich sie und steige in den Fahrstuhl. »Wann kommt ihr? Ich kann euch zwei Luftmatratzen richten. Soll ich euch holen?«

Der Moment des Schweigens meiner Schwester lässt mich Übles ahnen.

»Mella? Alles in Ordnung? Du hast es dir nicht anders überlegt, stimmt´s? Das ist okay, wirklich. Deine Entscheidung …«

»Annie. Jetzt hör doch mal auf, zu quasseln. Nein, ich bleibe mit den Kindern hier. Aber ich wollte dich um etwas bitten …«

»Ja?«, frage ich ungeduldig. Mittlerweile bin ich unten angekommen, trete ins Freie und wende mich nach links.

»Gute Nachricht«, beginnt sie. Aber ihre Stimme hört sich nicht danach an. »Ich habe einen Termin zum Vorstellungsgespräch!«

»Das ist ja genial!«, freue ich mich für sie. Dann hat sich der kleine Umweg doch gelohnt. Gestern Abend noch habe ich das Schreiben direkt in den Briefkasten der Firma eingeworfen. Je schneller Mella einen Job hat, umso eher kommt sie vielleicht hier raus.

»Ja, fantastisch, nicht wahr? Sie haben es heute Mittag bekommen und mich gleich angerufen. Ich wäre ihre Wunschkandidatin.«

»Gratuliere!«, antworte ich und biege um die Ecke. Der nächste Satz bremst mich abrupt ab.

»Kannst du am Freitagnachmittag auf die Jungs aufpassen, Annie? Ich weiß … ich weiß … Du bist eigentlich auf dieser Hochzeit … auf die du aber noch viel eigentlicher gar nicht gehen magst, hab ich recht? Deswegen traue ich mich auch, dich zu fragen. Wenn du allerdings nicht kannst, muss ich die Kinder mitnehmen.« Sie wartet auf meine Antwort.

Ich lehne mich gegen meinen Wagen. Ein Vorstellungsgespräch in Anwesenheit von Jay und John würde ein Fiasko geben, so quirlig wie die beiden sind.

»Annie? Bist du noch da?«

»Ja … Wieso passt dein toller Ian denn nicht auf die Jungs auf?«, frage ich gedämpft und fechte einen Kampf mit mir selbst aus.

»Er hat keine Zeit«, sagt sie und ich höre deutlich die Wut aus ihrer Stimme heraus.

»Zum Glück!« Die Vorstellung, dieser heruntergekommene Trinker würde allein mit den Kindern in der Wohnung sein, war keine angenehme. Der hat doch überhaupt kein Interesse an den Jungs, dieser Wichser!

»Wieso zum Glück?«

»Egal. Wann soll ich am Freitag bei dir sein?«

»Oh, du bist ein Schatz, Schwesterlein. Tausend Dank! Wenn du um halb drei kommst, reicht das in jedem Fall.«

Kismet. Karma. Schicksal.

Keine fünf Minuten später stehe ich vor dem Schreibtisch meiner Chefin und teile ihr den Grund mit, warum ich nicht zur Hochzeit erscheinen werde.

Verblüfft zieht sie die Brauen hoch und nimmt ihre Brille ab. »Hat deine Schwester niemanden, der eine Stunde auf die Kinder aufpassen kann?«

Ich zucke die Schultern. »Leider nein. Und es ist verdammt wichtig, dass sie diesen Job bekommt.«

Susan bläst die Backen auf. »Schade, aber dann wirst du nicht mitfeiern können. Und wenn du einen Tag später kommst?«

An die Möglichkeit hatte ich noch gar nicht gedacht, aber …

»Wäre das nicht irgendwie … unpassend? Nicht zur Hochzeit erscheinen, aber alles andere nutzen? Hotelzimmer, Mahlzeiten … Nein, da hätte ich ein schlechtes Gewissen.«

Susan wiegt den Kopf leicht hin und her. »Ja. Ja … kann ich verstehen. Ach, so schade, Annie.«

»Schade … ja. Aber ich könnte dann am Freitag und Montag arbeiten. Bin ja da.«

»Das kommt überhaupt nicht infrage. Du hast die Tage frei wie alle anderen auch.«

Nach einer harten Trainingseinheit an der Pole im Studio stapfe ich, immer noch stinksauer auf Mella, die knarzenden Stufen zu meiner Wohnung in den dritten Stock hoch. Sie kann ja nicht wirklich was dafür, dass sie außer mir niemanden für die Kids hat. Dieser Volldepp von Mann, den Mella geheiratet hat, taugt keinen Schuss Pulver. Sie sollte ihn verlassen! Ich frage mich zum tausendsten Mal, was sie an dem Kerl findet. Ein Job für Mella wäre möglicherweise der erste Weg, sich von ihm zu lösen.

Immer noch aufgebracht stopfe ich die verschwitzten Trainingssachen in die Waschmaschine und stelle das Sportwäscheprogramm ein. Anschließend gehe ich mit langen Schritten ins Schlafzimmer, wuchte den gepackten Koffer aufs Bett und zerre die Klamotten heraus. Je eher ich diesen Koffer wieder unsichtbar verstaut habe, umso weniger erinnert er mich daran, wo ich morgen hätte sein können: In dem wundervollen Schlosshotel *Glenlaggan Castle* in den schottischen Highlands! Obwohl mir eigentlich die Lust auf so eine Hochzeit gefehlt hat, ein paar Tage Urlaub in einem Nobelhotel wären schon was Feines gewesen.

Zielsicher pfeffere ich die flachen Sommersandalen in den Schrank. Ganz nach hinten.

Aus den Augen, aus dem Sinn.

Am nächsten Morgen bin ich um sieben Uhr hellwach. Noch vor dem Weckerklingeln. Wohlweislich habe ich ihn am Abend davor nicht gestellt, denn ich habe heute frei. Und trotzdem bin ich wach! Darf das wahr sein?

Aufstöhnend drehe ich mich auf den Rücken und ziehe mir die Decke über den Kopf. Ich. Will. Schlafen!

Eine knappe halbe Stunde später gebe ich auf.

Übellaunig trotte ich ins Bad, drücke mir Zahnpasta auf die Zahnbürste und sehe in den Spiegel. Es gibt schönere Anblicke als eine Frisur, die aussieht, als hätten die Elstern darin genistet. Ich werde ewig brauchen, bis die hüftlange Mähne entknotet ist. Ob ich mir die Haare kurz schneiden lassen soll? Oder ich gehe künftig mit Flechtzopf ins Bett. Gute Idee.

Gegen Mittag habe ich nicht nur meine Haare entwirrt, auch Fenster geputzt, Wäsche gewaschen, staubgewischt, ein Stück Schokolade aus dem Sofastoff gekratzt – ich habe es wohl plattgesessen – und alle Shirts farblich sortiert. Zufrieden stemme ich die Hände in die Hüften und sehe mich in meiner blitzblanken Wohnung um.

Jetzt ist es Zeit für den Wochenendeinkauf. Gestern Abend habe ich noch einen Einkaufszettel geschrieben. Ohne einen solchen Zettel vergesse ich mindestens die Hälfte. Immer.

Im Supermarkt angekommen, schnappe ich mir einen Einkaufswagen und schiebe ihn entschlossen Richtung Gemüsetheke. Praktischerweise muss ich da mittendurch. Im Vorbeigleiten werfe ich Salat, Tomaten und Paprika in den Wagen. Und Bananen. Meine Nervennahrung. Süß und kalorienreich. Am besten schmecken sie, wenn ich sie mit flüssiger Schokolade übergieße und einen Moment stehen lasse. Was brauche ich noch?

Mein Blick heftet sich auf den Einkaufszettel und ich spüre förmlich, wie sich eine steile Falte zwischen meine Augenbrauen gräbt.

Brot, Rotwein, Nagellack, Paprika, FPZ, kleines D-Mittel für HT.

Was zur Hölle ist FPZ oder D-Mittel für HT? Ich schreibe in Rätseln, stelle ich fest.

»Kann ich behilflich sein?« Eine dienstbeflissene Verkäuferin steht vor mir. Ich halte ihr den Zettel unter die Nase.

»Gerne. Wenn Sie mir sagen können, was ich mit FPZ und HT meine? Auf das D-Mittel bin ich mittlerweile gekommen.«

»Desinfektionsmittel?«, kommt ihre pfeilschnelle Antwort. Ich bin verblüfft! Sie bekommt in Sekunden hin, wofür ich über eine Minute gebraucht habe.

»Korrekt! Und HT?«

»Hm …«, überlegt sie und legt einen Finger ans Kinn. »Da steht ja kleines Desinfektionsmittel. Vielleicht für die Handtasche?«

Am liebsten hätte ich sie gefragt, ob es heute Hirn im Sonderangebot gibt, ich hätte meines gerade verlegt. »Natürlich! HT. Handtasche! Gott, bin ich dämlich! Danke! Sie sind ein Schatz. Und FPZ?«

Sie bläst die Backen auf und zieht die Schultern hoch. »Keinen Schimmer!«

»Da sind wir schon zwei. Danke noch mal. Vielleicht fällt es mir noch ein.« Ich schiebe weiter Richtung Weinregal und seufze.

So langsam wird es Zeit, dass ich den Wein bei mir zu Hause mal wieder mit einem Mann teile, der mein Herz schneller schlagen lässt. Seit über einem Jahr bin ich jetzt Single. Die ersten drei Monate habe ich das toll gefunden und nichts vermisst. Ich habe mich frei und ungebunden gefühlt. Mittlerweile jedoch fehlt mir ein Mann an meiner Seite. Einer, der mich auf Händen trägt. Einer, der auf Augenhöhe mit mir ist, mit dem ich mich unterhalten kann. Okay, vielleicht nicht über Einkaufszettel mit Abkürzungen, die nicht mal ich mehr entschlüsseln kann, aber … Ach, ein Mann in meinem Leben wäre schon schön. Ich muss nur aufpassen, dass ich nicht in eine ähnliche Falle trete wie Mella und mich von schönen Worten und gepflegtem Äußeren blenden lasse. Ich sehe ja, was für ein Arsch aus ihrem Traummann geworden ist.

Drum prüfe, wer sich ewig bindet. Aber Mella zieht solche Typen an. Sie sieht mir zwar ähnlich, aber sie ist doch so anders. Ein Heimchen am Herd, eine, die für ihren Mann alles tut und sich selbst dabei vergisst.

Ich lache auf und ernte von einer älteren Dame einen skeptischen Blick. Ja, guck du nur. Mir passiert das nicht. Garantiert nicht! Denn ich bin alles andere als ein Hausmütterchen, und die Kerle, die auf solche Frauen abfahren, die machen schon beim ersten Sichtkontakt einen Bogen um mich.

Und genauso soll es sein!

Allerdings habe ich allmählich die Nase voll von oberflächlichen Nicht-Beziehungen, die zwar meinen Körper, aber nicht mein Herz berühren. Egal! Lieber allein, als in die Mella-Falle zu treten.

Trotzig zerknülle ich meinen Einkaufszettel, denn ich würde nie daraufkommen, was FPZ bedeutet, und packe alles Mögliche in den Wagen: Wein, Nugatschokolade, Taschentücher für Liebesfilme, Faltencreme für die Gräben um die Augen.

Wie aus dem Regal geschossen, steht plötzlich die Verkäuferin von vorhin vor mir.

»Ich habs!«, strahlt sie mich an.

»Was? Im Lotto gewonnen? Eine Hormonstörung? Recht?«

»Fensterputzzeug!«

Gequält stöhne ich auf und danke ihr überschwänglich. Die Frau ist genial! Einfach nur genial!

Supermarktkassen ziehen das Elend an, da bin ich unumstößlich sicher. Entweder irgendeiner vor mir bezahlt seinen Einkauf mit den gesammelten Centstücken oder die Kassierinnen haben Schichtwechsel oder das Telefon klingelt, wenn man gerade dabei ist, seine Waren auf das Band zu legen.

Diesmal ist es das Telefon.

Mella!

Ich nehme das Gespräch an, klemme mir umständlich das Smartphone zwischen Kinn und Schulter und lege den restlichen Inhalt des Einkaufswagens auf das Förderband.

»Was gibt´s, Schwesterherz?«

Kapitel 4

Hier hat sich nichts verändert.

Ich parke meinen Bentley auf einem Grasstreifen an der Straße, nehme meine Sporttasche aus dem Kofferraum und gehe den staubigen Weg entlang um zwei riesige Schiffscontainer herum. Immer noch liegen sie übereinandergestapelt direkt vor dem alten, aus roten Ziegeln gebauten Industriegebäude mit seinen milchigen Fensterscheiben, die größtenteils von innen mit Postern verhängt sind. Immer noch türmen sich keine fünfzig Meter weiter die Autogerippe des Schrottplatzes. Seit über einem halben Jahr bin ich nicht mehr bei Gordon gewesen, habe mein Training jedoch weitergeführt, wann immer ich Zeit erübrigen konnte. Erst jetzt merke ich, wie sehr ich diesen Teil meines Lebens vermisst habe. Diese andere Welt, in die mich ein Schulfreund schleppte, als ich vierzehn Jahre alt war.

Bereits von draußen höre ich die Musik, Eye of the Tiger, und die typischen Trainingsgeräusche: Die dumpfen Geräusche, wenn Fäuste in dicken Boxhandschuhen auf Sandsäcke treffen, das Klatschen von Springseilen auf dem Steinboden. Und das anfeuernde Gebrüll vom alten Gordon, der in seiner Glanzzeit ein fantastischer Boxer gewesen ist, Champion im Fliegengewicht.

Freudig angespannt ziehe ich die schwere Eisentür auf. Sofort nimmt mich die Atmosphäre gefangen. An den Wänden hängen lebensgroße Poster aktueller und vergangener Boxlegenden zwischen Trainingsbänken, Ständern mit Gewichten und gestapelten Autoreifen. Ein paar junge Kerle dreschen verbissen auf Punching Balls ein. Trainingspartner halten Sandsäcke fest und brüllen motivierende Worte. Andere machen Klimmzüge, Sit-ups oder trainieren beim Seilspringen ihre Kondition. Am hinteren Ende der Halle ist der Ring aufgebaut. Darin zwei Boxer, die einander umtänzeln. Ihre freien Oberkörper sind nassgeschwitzt – kein Wunder, es sind fast dreißig Grad und unter dem metallenen Flachdach staut sich die Hitze. Ich lächle. Alles wie immer. Es ist gut, dass manche Dinge sich nie ändern.

Hinter mir fällt die Tür ins Schloss.

Der alte Gordon dreht sich um, um seinen Nacken ein Handtuch – ich könnte wetten, dass es seit Jahren dasselbe ist – und seine Hände tief in den Taschen seiner abgewetzten Jeans vergraben.

»Was sehen meine alten Augen!?« Gordon kommt auf mich zu und boxt mir spielerisch gegen den Arm. »Hey, was treibt dich zurück, Punch? Ich dachte, du hast genug von diesem Drecksloch?«

»Wie könnte ich jemals genug davon bekommen?« Grinsend stelle ich die Tasche auf eine freie Bank. Gordon spricht selten jemanden mit seinem richtigen Namen an, für jeden hat er einen passenden Spitznamen. Meiner ist Punch, nach meinem früher gefürchteten rechten Haken, dem Power Punch.

Ich ziehe mich an Ort und Stelle um und hänge Shirt und Jeans an einen Haken an der Wand. Einen Umkleideraum gibt es hier nicht. Anschließend schlüpfe ich in Trainingsshorts, Socken und Sportschuhe.

»Ich sehe, du hast dein Training nicht aufgeben«, sagt er anerkennend und mustert mich von oben bis unten, während ich die Schuhe zuschnüre. »Komm, Junge, zeig mir deinen Punch. Ich will sehen, ob er immer noch wie ein Dampfhammer einschlägt.« Und über die Schulter brüllt er: »Hey, Sticky, mach mal den Sack frei!«

Sofort stellt Sticky seine Schläge gegen das harte Leder ein, wirft mir einen überraschten Blick zu und tänzelt zu uns herüber. »Willkommen zurück, Calan. Lange nicht mehr gesehen.«

»Geschäfte …«, sage ich entschuldigend, stülpe die Boxhandschuhe über meine Hände und wir schlagen uns ab. Er ist älter geworden, aber sein Körper ist hart und durchtrainiert. Sticky gehört wie Gordon fast schon zum Inventar des Boxklubs, ist ungefähr Mitte sechzig und Geschäftsführer eines weltweit agierenden Unternehmens in der Verpackungsbranche. Ein heller Kopf. Er ist das beste Beispiel – außer natürlich Klitschko –, dass Boxer durchaus mit Intelligenz gesegnet sein können.

Nach zehn Minuten Aufwärmen mit dem Springseil läuft mir der Schweiß aus allen Poren. Ich bin heiß. Heiß auf das Training in diesem schmuddeligen Industriegebäude und mit den Jungs. Es ist doch etwas anderes, im Team zu trainieren, als allein auf den Sandsack einzuprügeln, der bei mir im Trainingsraum hängt.

Mit einem Handtuch reibe ich mir über Nacken, Schultern und Brust. Mein Atem geht schnell, meine Muskeln spannen sich wie bei einem Tiger angesichts der Beute, die er gleich reißen wird. Ich fixiere den Boxsack, stelle mich vor ihm auf, den linken Fuß ein Stück weiter vorne als den rechten, die Fäuste erhoben, die Ellenbogen am Körper.

»Los, zeig den Punch, Junge!«

»Worauf du dich verlassen kannst!«, presse ich hervor und lasse meine Rechte hervorschnellen. Hart trifft sie auf das Leder.

Die nächsten drei Minuten dresche ich mit Punches und linken Haken auf den Boxsack ein.

Als ich schließlich eine Pause einlege, aus den Handschuhen schlüpfe und eine Flasche Wasser aus der Tasche ziehe, klopft Gordon mir anerkennend auf die Schulter. »Komm wieder in den Ring, Junge. Deine rechten Haken haben nichts von ihrer Kraft und Schnelligkeit verloren. Ich möchte nicht das Kinn haben, auf das deine Faust trifft.«

Nach einem großen Schluck aus der Flasche schüttle ich lachend den Kopf. »Lass mal, Gordon. Die Zeiten sind vorbei. Ich mach das nur noch zum Spaß.«

»Du könntest jetzt im Schwergewicht antreten und hättest gute Chancen, Punch. Das weißt du.« In seiner Mimik liegt Bedauern.

»Möglich.« Ich werfe die Flasche in die Tasche zurück und deute auf den Ring. »Lass mal die jungen Hüpfer an den Contests teilnehmen. Mir fehlt die Zeit, um dafür zu trainieren. Fünf oder sechs Tage die Woche mehrere Stunden ist einfach nicht drin.«

»Schade.« Er dreht den Kopf. »Rabbit! Hast du vorm Training Valium eingeworfen, oder was? Heb die Füße, verdammte Scheiße! Noch träger, und du wächst fest!« Dann wendet er sich wieder mir zu und verdreht die Augen. »Am Abend saufen und dann nicht trainieren können …«

Lachend gehe ich hinüber zur Klimmzugstange. »Er ist noch jung. Neunzehn, zwanzig? Gib ihm Zeit.«

Mein Trainer folgt mir. »Du könntest mit drei oder vier Mal die Woche auf Wettkampfhöhe kommen.«

»Ja, vielleicht. Aber wie gesagt, ist nicht drin.«

Irgendwie trauere ich den vergangenen Zeiten ebenfalls hinterher. Aber ich bin nicht mehr das halbwüchsige Mittelgewicht, das auf Teufel komm raus den nächsten Kampf gewinnen wollte. Meine Prioritäten liegen jetzt in anderen Bereichen. In der Distillery beispielsweise. Darüber hinaus bin ich viel zu oft geschäftlich unterwegs, um für einen Wettkampf zu trainieren. Aber ich weiß, was ich kann und wo ich stehe. Das ist ein gutes Gefühl.

Fünf Klimmzüge! Geht doch!

Annie

Nach Mellas Anruf rase ich nach Hause, verstaue in Windeseile die Einkäufe, ziehe ein Paar andere Schuhe an, und nur dank der grünen Ampelwelle schaffe ich es fast pünktlich zum Treffpunkt. Nur zehn Minuten zu spät! Mein persönlicher Rekord. Mit Pünktlichkeit habe ich es nicht so. Irgendwas kommt im letzten Moment immer dazwischen.

Auf dem Weg vom Parkplatz zum Eingang des Arboretum Parks verfluche ich mich, nicht die flachen Schuhe angelassen zu haben. Scheiß Kiesweg! Prompt knicke ich um.

»DADDY!«, brüllt es hinter mir an der Straße, als ich mich bücke, um den Absatz zu inspizieren. »Du sollst mir die Hosen hochkrempeln! Sofort!«

Himmel! Wenn das mein Sohn wäre, dem würde ich noch was ganz anderes umkrempeln. Ich drehe mich um. Der Vater des Rotzlöffels stiert mich an, dann wendet er sich abrupt zu dem Kind, das jetzt zu plärren anfängt, hebt es hoch und stellt es auf die Motorhaube seines Ferraris. Nun ja, es gibt unwirtlichere Stellen, um Hosen umzuschlagen. Der Kerl setzt eben Prioritäten. Mellas Jungs würden sich so niemals benehmen. Aber das sind ja auch keine verzogenen neureichen Lümmel.

Ich stöckle schicksalsergeben weiter. Den Gedanken, barfuß zu gehen, verwerfe ich schnell. Lieber rumeiern, als einen spitzen Stein in der Fußsohle stecken haben. Endlich. Am See endet der Kiesweg und macht angenehmem Asphalt Platz.

Aufatmend lasse ich mich neben Mella auf die Parkbank am See fallen, schlüpfe aus den Schuhen und wackle mit den Zehen.

»Schön hier. Ich war schon lange nicht mehr hier. Der Springbrunnen ist neu«, sage ich mit einem Seitenblick auf Mellas hochgeschlossenes Blümchenkleid. Dazu trägt sie helle Schnürsandalen, die aussehen, als hätte sie die in einem Laden für Gesundheitsschuhe gekauft. Ihre roten, schulterlangen Haare sind zu einem Knoten gebunden.

Zur Hölle, warum zieht sie sich an, als wäre sie eine Großmutter? Aber das sage ich ihr nicht. Nicht zum hundertsten Mal. Es würde nur in einer endlosen Diskussion über Äußerlichkeiten und in Vorwürfen bezüglich meines eigenen Kleidungstiles enden.

»Hey, du bist nur knapp zwanzig Minuten über der Zeit. Gratuliere.«

Ihre Stimme klingt bemüht heiter und ihr Blick flattert an mir vorbei. Sie hält sich an einer Tüte mit Brotstückchen fest, als wären diese ihr Halt. Skeptisch sehe ich sie an, sage aber erst einmal lieber nichts dazu.

Sicher werde ich gleich erfahren, was ihr auf dem Herzen liegt.

Ich greife in die Tüte und stecke mir eines der trockenen Brotstückchen in den Mund. »Mit wie viel Verspätung hattest du denn gerechnet?«

»Eine halbe Stunde. Hey, lass das, die sind für die Grauhörnchen.«

Ich blicke mich um. »Wo? Ich sehe keine.«

»Wie auch?« Sie steckt die Tüte in ihren Shopper. »Bei dem Lärm, den deine High Heels machen, sind sie geflüchtet.«

»Ja, klar … So, warum wolltest du mich treffen, bevor du die Jungs von der Schule abholst? Muss wichtig sein, wenn du mir das nicht am Telefon sagen willst.«

»Von wollen kann keine Rede sein. Mein Mann ist zu Hause …«, merkt sie an und blickt irgendwie beschämt zur Seite.

Nanu? Irgendwas ist da aber gehörig im Busch.

»Mella? Was ist los?«, frage ich alarmiert.

Tief holt sie Luft, sieht mir in die Augen und … schlägt in der nächsten Sekunde die Hände vors Gesicht. »Ich weiß gar nicht, wie ich anfangen soll, Annie«, sagt sie undeutlich durch ihre Finger hindurch.

In mir schrillen alle Sturmglocken!

»Hat er dich etwa geschlagen?!« Ich lege einen Arm um sie und ziehe sie an mich.

Mella windet sich aus meiner Umarmung heraus und schüttelt schluchzend den Kopf.

»Die Kinder! Sag, dass er die Kinder nicht geschlagen hat!« Unaussprechliche Wut auf diesen Dreckskerl ballt sich in meiner Magengrube wie ein Feuerball zusammen. »Wenn er die Jungs auch nur anrührt, dann … dann …«

»Nein, hat er nicht.«

Verdutzt drehe ich sie an den Schultern zu mir und pflücke ihr die Hände vom Gesicht. Sie ist total verheult und kann mir nicht in die Augen sehen.

»Was macht dich dann so fertig?! Oh, er hat dich doch etwa nicht … vergewaltigt?« Bei dem Gedanken wird es mir schlagartig übel.

»Nein, nein …« Sie nimmt meine Hand. Jetzt blickt sie mich unverwandt an, atmet tief. Das, was sie mir jetzt sagen wird, muss sie unglaubliche Kraft kosten. »Annie, ich … ich werde nicht zu diesem Vorstellungsgespräch gehen.«

Schweigen.

Ungläubig sehe ich sie an. Mein Mund muss offenstehen, eine Fliege macht es sich darin gemütlich. Ich spucke sie aus.

»Was?!«

Mella lässt meine Hand los und dreht sich von mir weg. Sie sackt nach hinten an die Rückenlehne der Bank, legt ihre Hände in den Schoß und blickt starr auf den See. »Ich …«, beginnt sie leise. »Ich bin schon so lange aus dem Beruf draußen … Außerdem, was soll ich anziehen? Ich kann mir keine Klamotten kaufen und …«

»Also das ist ja wohl das geringste Problem, Mella!«, fahre ich sie an. »Du hast eine Schwester, schon vergessen? Ich kaufe dir ein Bürooutfit. Ach, was sag ich! Zwei bekommst du. Kannst es mir ja wieder zurückzahlen. Aber nimm den Job an, um Gottes Willen. Nix anzuziehen … Ich fasse es nicht!« Mit den Händen wedle ich in der Luft. Aus dem Augenwinkel entdecke ich ein Grauhörnchen, das sich wohl gerade auf den Weg zu uns gemacht hat und jetzt erschrocken an einem Baum hochklettert.

»Und was, wenn mal wieder die Schule ausfällt?« Mutlos hebt sie die Schultern, nur um sie gleich darauf wieder fallen zu lassen. »Wer soll die Jungs holen, wenn früher Schluss ist? Wer soll sie bringen, wenn die Schule später anfängt? Du weißt, dass ich sie auf keinen Fall allein mit dem Bus fahren lasse. Zu gefährlich.« Sie beißt sich auf die Unterlippe und verschränkt die Arme. »Außerdem ist Ian dagegen. Er …«

»Ian ist dagegen?!«, jaule ich auf und kann kaum an mich halten, nicht aufzuspringen und Mella zu schütteln. »Das mit den Kids ist ein Argument, ja. Aber dass Ian dagegen ist, definitiv nicht!« Schnaubend verschränke auch ich nun die Arme vor der Brust und starre auf den See.

»Ich weiß, aber … ach, es ist nicht einfach.«

»Du kannst mit den Kindern zu mir ziehen. Eine Schule ist um die Ecke, sie könnten zu Fuß fünf Minuten durch eine harmlose Gegend laufen. Und du kannst arbeiten gehen und dich in Ruhe nach einer Wohnung umsehen.«

Schweigen. Ich schiele zu ihr rüber und sehe, wie es in ihrem Gesicht arbeitet.

»Ja, das könnte ich.«

»Könnte, hätte, sollte! Was soll der Scheiß?!«

»Ich liebe Ian!«

»Bitte, was?! Sag das noch mal. Ich habe verstanden, dass du ihn liebst.«

Mella nickt und presst die Lippen aufeinander.

»Du liebst dieses versoffene, stinkende Scheusal, dem eure süßen Jungs egal sind. Du sitzt hier neben mir, sagst mir, dass du einen Job ablehnst für … für diesen widerlichen Egoisten, der im Hausflur an Briefkästen pisst?!«

»Du musst das nicht so abfällig sagen, Annie.«

»Nicht? Wie dann? Dein Ian ist unterstes Niveau. Er ist unter deinem Niveau, das war er schon immer. Mella …

du kannst doch deine Kinder nicht in diesen asozialen Verhältnissen lassen, verdammt!«

»Er hat mir gesagt, er sucht sich einen Job und er hört auf, zu trinken, und dann wird alles anders. Er hat mir sogar eine Blume mitgebracht.«

»Ach ja … Was du nicht sagst. Kennen wir doch, oder? Wie oft hat er schon Stein und Bein geschworen, dass er mit dem Trinken aufhört? Na? Eben. Und? Wo ist er denn jetzt, dein toller Ian?!« Ich spucke den Namen aus wie bittere Galle.

»Na, zu Hause. Er will aber heute noch zu einem Kumpel. Der hat wahrscheinlich einen Job in einer Fabrik für ihn.«

Laut lache ich auf. »Und du glaubst das!? Mella, wach endlich auf! Der säuft sich die Hucke voll und fällt irgendwann in der Nacht neben dir ins Bett.«

Ruckartig wendet sie mit einer Entschlossenheit, die ich ihr nicht zugetraut hätte, den Kopf und funkelt mich an. »Du weißt doch gar nicht, was es heißt, jemanden zu lieben. Bis dass der Tod uns scheidet! Für mich bedeutet das etwas! Ich war in guten Zeiten an Ians Seite und …«

»Welche guten Zeiten?«

»… und ich bin es in dieser harten Zeit.« Damit steht sie auf, wirft mir einen hasserfüllten Blick zu und schultert ihre Tasche. »Es tut mir leid, dass du diese Feier wegen mir abgesagt hast. Aber noch kannst du ja fahren. Die Hochzeit ist erst morgen. Und Annie, es ist nicht dein Leben, also akzeptiere gefälligst meine Entscheidung!«

»Gut. Wunderbar.« Auch ich stehe jetzt auf, kochend vor Wut über so viel Dummheit, so viel Unterwürfigkeit. Mella ist so verhaftet in der Institution Ehe, dass sie selbst dann daran festhält, wenn sie und die Jungs daran kaputtgehen. Ich platze fast vor Zorn. Doch ich dämpfe meine Stimme »Ja, ich akzeptiere deine Entscheidung. Heute und die vergangenen hundert Male. Etwas anderes bleibt mir nicht übrig. Mit deinem Entschluss nimmst du dein Leben und das deiner Kinder vielleicht endlich selbst in die Hand und machst was draus. «

»Danke, das tu ich! Wir sehen uns dann«, sagt sie schnippisch, nickt mir zu und wendet sich zum Gehen.

»Hinfallen ist weder gefährlich noch eine Schande, aber liegen bleiben ist beides, Mella!«, brülle ich ihr einem Impuls folgend hinterher. Scheiß auf die Beherrschung! »Zieh dich selbst aus dem Sumpf, denn ab sofort gibt es keinen monatlichen Umschlag mehr. DAS ist meine Entscheidung. Und die musst du akzeptieren.« Mit geballten Fäusten stehe ich an der Bank.

Mella verharrt mitten im Schritt. Dann geht sie weiter.

Überrascht über meine eigene, etwas heftig ausgefallene Reaktion starre ich ihr hinterher und bereue meine Worte. Trotzdem bringe ich es nicht fertig, sie einzuholen und ihr zu sagen, dass ich es so nicht gemeint hätte. Fakt ist, irgendwie habe ich es genauso gemeint. In mir kämpfen zwei Seelen. Eine, die Mella beistehen und sie unterstützen will, und eine, die mir leise ins Ohr flüstert, dass allein Mella selbst sich helfen kann. Und dazu muss sie in einer Sackgasse stecken. Ohne den Geldumschlag, der sie jedes Mal über Wasser hält.

Als sie um die Ecke biegt, nehme ich meine Schuhe, gehe langsam zurück zum Wagen und rufe währenddessen bei Susan durch.

»Was ist denn mit dir los? Du hörst dich an, als wärst du eben Treppen hochgesprintet.«

»Frag nicht … Ich machs kurz. Hast du Sarah schon gesagt, dass ich nicht kommen kann?«

»Äh, ja. Warum? Kannst du jetzt doch?«

»Ja«, spucke ich aus. »Meinst du, das geht?« Auch, wenn mir jetzt gerade eigentlich die Lust fehlt, mehrere Stunden auf der Autobahn zu verbringen und morgen nett lächelnd einer Hochzeit beizuwohnen … Auf Nottingham habe ich aktuell noch viel weniger Lust. Ich kenne mich. Die Gefahr, zu Mella zu fahren und ihr eine Szene hinzulegen, ist zu groß.

»Hm, ich denke schon. Sarah hat gesagt, dass dein Platz dann eben frei bliebe, weil sie so kurzfristig unmöglich die Sitzordnung ändern kann. Dein Hotelzimmer allerdings … Warte, ich schicke ihr kurz eine Nachricht, während wir telefonieren.«

»Oh Mann, das ist mir jetzt total peinlich.« Mit der Hand will ich mir durch die Haare fahren, doch ich halte ja noch die Schuhe. Außerdem habe ich den Kiesweg erreicht. Kurzerhand laufe ich auf dem Grasstreifen weiter. Dass mir das vorhin nicht eingefallen ist …?

»Muss es nicht, Annie. Komm einfach. Soll ich dich mitnehmen? So, die Nachricht ist raus.«

»Wann fährst du los?«

»In einer Stunde.«

Mist! »Das schaffe ich nicht. Ich muss noch in die Stadt, ein Kleid kaufen. Was Dezentes. Außer … Hat Sarah schon geantwortet?«

»Sie tippt gerade … Moment.«

Mit den Gedanken völlig woanders bemerke ich, dass ich den falschen Weg eingeschlagen habe. Da geht es nicht zum Ausgang, oder? Mit einem Aufstöhnen drehe ich wieder um.

»Nicht so ungeduldig, Annie. Die Antwort ist da. Sarah schreibt, du kannst kommen. Das Zimmer ist noch nicht anderweitig vergeben.«

Eine Stunde später befinde ich mich auf dem Heimweg, neben mir eine edle Tragetasche aus irgendeiner Nobelboutique im Herzen Nottinghams. Darin ein taubenblaues Etuikleid plus passende, halbhohe Pumps dazu. Taubenblau! Ein Geschirrtuch von mir hat diese Farbe! Aber gut, ich muss zugeben, das Kleid steht mir und sieht schick aus. Die eifrige Verkäuferin hat mir noch eine dezente Perlenkette zum Outfit aufgeschwatzt. Der Spaß hat mich unglaubliche 480 Pfund gekostet!

Ich brülle das Auto vor mir durch die Windschutzscheibe an: »Hey, du Rennschnecke! Noch ein bisschen langsamer und du fährst rückwärts!«

Endlich bin ich zu Hause. Jetzt nur noch schnell den Koffer packen.

Energisch verbanne ich alle Gedanken an das sündhaft teure Outfit und an Mella. Ein Tapetenwechsel wird mir sicher guttun. Nach meiner Rückkehr werde ich mit Mella reden, denn bis dahin hat sich meine Wut auf sie sicherlich gelegt. Also dann, auf geht´s in die Highlands.

Glenlaggan Castle, ich komme!

Es ist bereits gegen zehn Uhr abends, als ich meine frisch gepackte Trainingstasche in den Kofferraum werfe, mich hinter das Lenkrad schwinge und zum *Glenlaggan Castle* fahre.

Nach dem Training bei Gordon habe ich beschlossen, künftig wieder regelmäßig mindestens zweimal die Woche in den Boxklub zu gehen. Um mich permanent daran zu erinnern, fahre ich jetzt eine Sporttasche spazieren. Ich muss nur daran denken, sie jedes Mal gleich nach dem Training auszuwechseln.

Knappe zwanzig Minuten später betrete ich etwas müde, aber gut gelaunt das Foyer von Robs Hotel und steuere direkt die Hotelbar an. Dort haben wir uns verabredet, Rob, Emilio, sein Freund und Concierge, und ich. Ein kleiner, bescheidener Junggesellenabschied. Mehr will Rob nicht.

Zu dritt sitzen wir an der Bar und reden über Dinge, über die Männer eben so reden: Geschäfte. Frauen. Autos.

Emilio sieht auf die Uhr und hebt sein Bier. »So, Rob. Auf dich! Auf deine letzten Minuten als freier Mann!«

»Slàinte, du Glückspilz.«

»Slàinte! Buidheachas, mo charaid. Danke, Freunde! Aber auch danach bin ich frei, eben nur verheiratet«, kontert Rob augenzwinkernd und stellt sein jetzt leeres

Glas ab. Es wird vom Barkeeper sofort gegen ein volles ausgetauscht.

Wir stoßen an. Ich mit Mineralwasser, denn ich muss noch fahren. Außerdem bin ich mittlerweile so müde, dass ich im Sitzen einschlafen könnte. Die zwei Stunden Training in Gordons Boxklub fordern ihren Tribut. Mittlerweile tun mir alle Muskeln leicht weh. Aber es ist auch ein gutes Gefühl.

»Dass du mal vor den Altar trittst … Noch Anfang des Jahres hätte ich jeden ausgelacht, der das behauptet hätte«, sage ich und nippe am Wasser.

»Glaub mir«, Rob klopft mir auf die Schulter, »ich auch. Definitiv. Doch dann platzte Sarah in mein Leben.« Er winkt ab. »Ihr kennt die Geschichte.«

Rob wollte keinen pompösen Junggesellenabschied. Das ist der neue Rob. Vor einem knappen Jahr noch hätte er keine Party ausgeschlagen und keine hübsche Frau links liegenlassen. Seit Januar jedoch gibt es nur noch die blond gelockte Sarah für ihn. Und das Baby, das sie vor ein paar Wochen zur Welt gebracht hat. Ich bewundere Rob, dass er die kleine Felicia als seine Tochter annimmt, obwohl sie nicht sein Kind ist.

Emilio spricht aus, was ich denke. »Wer hätte gedacht, dass du dich ausgerechnet für eine Frau entscheidest, die von einem anderen schwanger ist. Slàinte, Bruder!«

»Wo die Liebe hinfällt.« Rob zuckt mit den Schultern und hebt sein Bier an die Lippen.

Ich hebe mein Wasserglas und stelle es wieder ab. Zuhause werde ich noch einen Whisky trinken, bevor ich ins Bett falle.

»Hey, ihr drei.« May, Emilios Freundin, tritt zu uns und Emilio legt zärtlich einen Arm um sie. Ihre Liebe ist noch frisch, das sieht man ihnen an.

»Na, wie war die Massage?« Emilios Blick wird weich, als er May ansieht.

May gurrt und grinst ihn an. »Also, dieser Franco … Der hat Hände, die jede Frau dahinschmelzen lassen. Kräftig und doch sanft wie …«

Emilio packt sie fester. »Dann werde ich ihn wohl entlassen müssen. Was meinst du, Rob?«

»Ich denke, es genügt, wenn du bei ihm Unterricht nimmst und May dann von deinen zupackenden Händen schwärmen kann.«

»Lasst ihr mich mal ausreden?«, sagt sie gespielt aufgebracht und schmiegt sich noch mehr an Emilio. »Was ich sagen wollte, ist: Und doch fühlen sich deine Hände auf mir tausendmal besser an.«

»Das hast du aber gerade noch mal die Kurve gekriegt, Süße«, antwortet er.

Als sie sich küssen, bestelle ich mir ein alkoholfreies Bier. Da habe ich wenigstens Geschmack im Mund und die Illusion von Alkohol.

Da sitze ich dann also, ich eingefleischter Junggeselle, begieße mit meinem Freund seinen letzten Tag in Freiheit, und die nächsten Hochzeitskandidaten stehen neben mir und küssen sich mit einer Inbrunst, als wären sie allein.

»Jetzt fehlst nur noch du, Calan. Mit deinen vierunddreißig Jahren bist du der älteste von uns. Wird langsam Zeit, eine Familie zu gründen, hm?«

»Wie man es nimmt. Im Gegensatz zu Frauen sind wir Männer bis ins hohe Alter zeugungsfähig.« Ich nippe am Bier. Schmeckt furchtbar.

»Na dann …« Rob steht auf. »Manchmal versteckt sich die große Liebe, obwohl sie ganz offensichtlich ist.«

»Zahlt dir meine Mutter viel für diesen Spruch?«

Rob lacht laut auf und kippt den Rest des Biers in sich hinein. Dann deutet er mit dem Kinn zur Rezeption. »Der letzte Hochzeitsgast ist soeben eingetroffen. Du entschuldigst mich?«

»Geh nur. Ich mach mich sowieso gleich auf den Weg. Wasser und alkoholfreies Bier müssen unbedingt mit Hochprozentigem angereichert werden.«

»Du hättest hier übernachten können«, sagt er und sieht mich vorwurfsvoll an.

»Das ist doch unnötig. Ich wohne nur ein paar Autominuten von hier. Und schließlich habe ich für morgen ein Zimmer. Das genügt.«

»Wie du meinst. Ich gehe dann mal den Gast begrüßen.«

Nachdenklich sehe ich ihm hinterher. Aus dem Womanizer Rob ist ein liebender Familienvater geworden. Eine Wandlung, die niemand erwartet hätte. Und nur, weil die richtige Frau seinen Weg gekreuzt hat.

Müde fahre ich mit der Hand durch die Haare.

Und erstarre.

»Ach guck, sie ist doch gekommen«, höre ich May hinter mir sagen.

»Wer?«, fragt Emilio. »Etwa diese Annie?«

»Genau die!« Sie pufft ihm in die Seite. »Und wehe, du bleibst wieder mit deinen Augen in ihrem Ausschnitt kleben!«

Den Rest von Emilios Antwort verstehe ich nicht mehr, denn ich starre wie gebannt zu Rob und dieser Frau an der Rezeption.

Nun gut, ich hätte mir denken können, dass sie dabei ist. Schließlich hat Rob alle Mitarbeiter von Susans Zeitschriftenredaktion eingeladen. Der Ort, an dem er und Sarah sich das zweite Mal getroffen und sie ihm

Kaffee in den Schritt geschüttet hat. Aber irgendwie muss ich verdrängt haben, dass diese Annie mit von der Partie ist.

Mit der Faust klopfe ich zum Abschied auf den Tresen. »Ich mache mich mal auf den Weg. Habt noch eine angenehme Nacht, ihr zwei. Und versucht, ein paar Stunden zu schlafen. Morgen wird ein langer Tag.«

Zwangsläufig muss ich an Rob und Annie Fairfield vorbei, um das Hotel zu verlassen. Und es ist nur der Höflichkeit geschuldet, dass ich stehen bleibe und mich von Rob verabschiede. Allerdings muss ich erst die Dame begrüßen. Obwohl ich den Teil der gesellschaftlichen Umgangsformen liebend gern überspringen würde, denn ihr Auftauchen macht mich unerwartet nervös. Mich! Nervös!

Eine Hand in der Hosentasche meiner Jeans vergraben, trete ich zu den beiden.

»Guten Abend, Mrs Fairfield. Ich freue mich, Sie wiederzusehen.« Das ist gelogen!

»Ach, der Herr Arrogant«, giftet sie mich unerwartet an. »Die Freude wage ich kaum zu teilen.«

Zuckersüß lächle ich sie an. »Sind Sie immer so schnell mit Ihrem Urteil? Ich für meinen Teil kann nur sagen: Für eine konkrete Ablehnung Ihrer Person kenne ich Sie nun wirklich noch nicht gut genug.«

»Der erste Eindruck zählt, Mr McGrant. Und der hat mir gereicht. Schon in der Schule habe ich im Matheunterricht gelernt, dass man Nullen zwar nicht übersehen darf, aber zumindest erkenne ich eine, wenn sie mir gegenüber steht.« Gleich darauf wendet sie sich an Rob. »Lieben Dank für die Begrüßung, Mr Forrester. Ich werde dann mal mein Zimmer beziehen. Dritter Stock?«

»Genau. Am Fahrstuhl rechts halten, die dritte Tür links. Gute Nacht, Mrs Fairfield. Und nennen Sie mich, bitte Rob. Einverstanden?«

»Aber so was von! Hey Rob, ich bin Annie.« Sie streckt ihm die Hand hin und grinst.

Alles an ihr wirkt gewöhnlich. Ich bin gespannt, welchen Auftritt sie morgen bei der Hochzeit hinlegt. Sie sticht mit ihrem knallroten Shirt, dem knappen Rock, den High Heels und den wallenden Haaren aus der Masse heraus wie ein Paradiesvogel unter Nebelkrähen.

Jetzt greift sie zu ihrem Trolley. Am Griff baumeln ein paar Chucks, an den Schnürsenkeln festgebunden. Nun, es hätte mich auch gewundert, wenn sie mit den Stilettos Auto gefahren wäre.

Ich unterdrücke ein Gähnen. »Bis morgen, Rob. Ich wünsche dir eine angenehme Nacht, auch wenn du sie allein verbringen musst.«

Von Rob weiß ich, dass er und Sarah heute Nacht in zwei getrennten Zimmern übernachten, damit die Braut morgen früh in aller Ruhe frühstücken und danach die Hairstylistin sowie die Kosmetikerin in ihrem Zimmer empfangen kann. Anschließend wird sie das Brautkleid anziehen, das der Bräutigam vor der Hochzeit ja nicht sehen darf.

Er lacht. »Wer sagt, dass ich allein schlafe? Ein Rob Forrester hat immer was Hübsches im Bett, das solltest du wissen. Heute Nacht wird ein faszinierendes Mädel in meinen Armen liegen.« Belustigt erkenne ich aus dem Augenwinkel, wie Annie erst entsetzt von Rob zu mir sieht, und dann einen sparsamen Gesichtsausdruck bekommt, als Rob ergänzt: »Ich hoffe nur, dass die Babysitterin sie noch gefüttert hat, die kleine Felicia durchschläft und ich mitten in der Nacht keine Windeln wechseln muss.«

Grinsend verlasse ich das Hotel und springe in den Bentley.

Kapitel 5

Annie

Dieser McGrant ist ja so ein arrogantes Arschloch! Ich könnte platzen! Nur die feine Umgebung hält mich davon ab, so richtig schön vom Leder zu ziehen, ohne auf meine Wortwahl zu achten.

Als er das Hotel verlässt, schicke ich ihm wenigstens geistig ein paar Schimpfwörter hinterher.

Zu meiner Erleichterung lenkt Rob meine Aufmerksamkeit weg von Mr Gott-was-für-ein-Body-Thor.

»Und jetzt genieße die wenigen Tage in meinem Hotel, liebe Annie. Wenn du etwas benötigst, ruf den Zimmerservice. Wir sind immer bemüht, unseren Gästen einen angenehmen Aufenthalt zu bereiten.«

»Vielen Dank, Rob. Das hier …«, mit der Hand mache ich eine ausholende Bewegung. »Das alles hier, das Hotel, die Atmosphäre, die schönen alten Möbel, der Parkettboden und der riesige Leuchter da oben … Das alles ist so … irre beeindruckend. Ich weiß gar nicht, was ich sagen soll.«

»Warte, bis du dein Zimmer siehst.« Rob zwinkert mir zu, wünscht mir eine gute Nacht und ich ziehe meinen Trolley hinter mir her zum Fahrstuhl.

Aus mir unbegreiflichen Gründen macht mich dieser McGrant wütend. Vielleicht, weil er diesen abschätzigen, arroganten Blick draufhat, bei dem ich mich auf der Stelle klein und unbedeutend fühle! Zusammen mit dem Luxus, der gerade wie eine turmhohe Welle über mich hinweg rollt, fühlt sich alles an wie mehrere Nummern zu groß für mich.

Annie Fairfield, die Motte unter all den Schmetterlingen …

Schon in der Auffahrt zum *Glenlaggan Castle* habe ich schlucken müssen, so imposant und respekteinflößend hat sich das alte, beleuchtete Luxushotel plötzlich vor mir erhoben. Leider ist es zu dunkel, um die Landschaft um das Hotel herum sehen zu können, aber morgen – oder besser, nachher, denn es ist ja schon nach Mitternacht – werde ich Gelegenheit haben, mich mehr umzusehen. Vielleicht ist es auch ganz gut so, dass nicht gleich alles über mir hereinbricht. Das Hotel reicht mir fürs Erste zum Staunen.

Ich gehe langsam über einen roten Teppich durch eine völlig andere Welt. Der Kontrast zu dem Umfeld, in dem ich mich gewöhnlich bewege, könnte nicht größer sein. Wenn Mella das nur sehen könnte! Aber nach dem Streit im Park kann ich ihr ja schlecht Fotos schicken und sagen: »Guck mal, wo ich bin. Ist das nicht der Hammer?« Obwohl, auch ohne den Streit würde ich das höchstwahrscheinlich nicht tun. Für Mella ist diese Kluft ja noch viel krasser.

Fasziniert von all dem Prunk um mich herum, bleibe ich einen Moment stehen. Vielleicht ist es tagsüber hier belebter, aber jetzt ist kaum jemand hier und alles wirkt wie gedämpft. Selbst ich. Die leise Hintergrundmusik, die Beleuchtung, die das samtene Rot und matte Gold der vertäfelten Wände in ein fast schon romantisch unwirkliches Licht taucht, die riesigen Kristallkronleuchter an den hohen, prächtigen Decken und die gemütlich wirkenden, mit rotem Samt bezogenen Polstermöbel, das alles ist so harmonisch, gigantisch und luxuriös, dass ich mich spontan auf eines der Sofas legen und so lange an die mit Stuck verzierten Decken sehen könnte, bis ich einschlafe. Wer braucht ein Zimmer, wenn er so ein Foyer hat?

Aber was hat Rob gesagt? Warte, bis du dein Zimmer siehst.

Ich fasse meine Handtasche fester und gehe weiter in mein Märchen hinein.

Vor dem Fahrstuhl atme ich tief durch und hoffe, man sieht mir nicht an, wie klein ich mich fühle. Zum Glück ist das Foyer fast leer. Bis auf die Rezeptionistin, die mich gemustert hat, als wäre ich eine Prostituierte, die irgendein reicher Großindustrieller auf sein Zimmer bestellt hat, stehen etwas weiter entfernt an der Bar nur Rob und Emilio, Mays Freund, den ich mal angebaggert habe. Gott, das ist mir jetzt noch peinlich! Emilio ist der Grund, warum der Umgang unter uns eher distanziert ist und sich nicht so entspannt gestaltet, wie ich es mir wünschen würde.

Die Tür des Fahrstuhls schiebt sich fast geräuschlos auf und ich trete ein.

Der Liftboy – klar, oder? Hier gibt es für jeden Handgriff einen Angestellten – nickt mir freundlich zu und mustert mich verstohlen von oben bis unten. »Welches Stockwerk?«

»Die drei«, sage ich knapp, denn seine Augen glänzen lüstern, und verkneife mir eine weitere Erwiderung.

Auf der kurzen Fahrt nach oben stehe ich seitlich vor ihm, starre vor mich hin und spüre seine Blicke auf meinem Lederrock. Als sich die Tür öffnet, bin ich heilfroh, den engen Raum verlassen zu können.

Rechts halten, hat Rob gesagt. Plötzlich fällt mir siedend heiß ein, dass ich dem Liftboy ein Trinkgeld hätte geben müssen. Oder? Nein, für was auch? Dass er auf einen Knopf drückt und mir auf den Hintern starrt?

Als ich mein Hotelzimmer betrete, bleibt mir die Spucke weg. Der pure Luxus, die ausgewählte Eleganz, die mich in jedem Winkel und in jedem Möbelstück dieses Hotels bereits im Foyer beeindruckt hat, setzt sich in diesem herrlichen Zimmer fort.

Ein Himmelbett! Oh Gott, schon als Kind habe ich davon geträumt, mal in so einem Bett zu schlafen. Zarte, mit Stickereien verzierte Vorhänge am Baldachin, weiße, ebenso bestickte Bettwäsche.

Sprachlos schließe ich die Tür und gehe weiter in das Zimmer hinein. Ein märchenhafter, nein, ein königlicher champagnerfarbener Traum! Shabby Chic in der obersten Luxusklasse. Ich hatte erwartet, ähnliche Farben wie im Foyer zu finden, doch dieser Raum ist ganz anders.

Filigrane, champagnerfarbene Vorhänge vor halbrunden Sprossenfenstern, weiche Teppiche in der gleichen Farbe. Ein elfenbeinfarbener Schminktisch im Barockstil mit … Ne, oder? Sind das etwa Swarovski-Knöpfe? Den Trolley lasse ich mitten im Zimmer stehen, setze mich auf den zum Schminktisch passenden Stuhlsessel und nehme einen der funkelnden Knöpfe in Augenschein. Der präzise, edelsteinähnlicher Schliff … das muss Swarovski sein. Wahrscheinlich auch noch handgeschnitzt. Ich erinnere mich, vor ein paar Monaten in der Kaffeeküche in einem exklusiven Möbel- und Möbelaccessoire-Katalog von Susan geblättert und so ähnliche Knöpfe gesehen zu haben. Ich habe den Kopf geschüttelt und mich gefragt, wer Knöpfe für ungefähr dreihundert Pfund pro Stück kauft. Jetzt weiß ich es.

Verblüfft lehne ich mich im Stuhl zurück und zwangsläufig sehe ich mich in dem großen ovalen Spiegel.

Da sitzt mitten in diesem hellen Luxus eine in Rot und Schwarz gekleidete Frau mit zerzaustem Haar und passt hier rein wie ein unerwünschter Vogelschiss.

Unter meinem rechten Auge hat sich die Wimperntusche selbstständig gemacht. Ach ja, irgendwann auf der Fahrt hierher habe ich mich am Auge gerieben, weil es juckte und ich vor Müdigkeit gar nicht mehr an mein Make-up dachte.

So also haben mich Rob und die Rezeptionistin und … McGrant gesehen. Wie peinlich!

Abrupt stehe ich auf, hebe den Trolley auf die gepolsterte Bank unter dem Fenster, ziehe den Reißverschluss auf und lege meine Sachen in den eintürigen Kleiderschrank, der neben dem Schminktisch steht und vom selben Designer zu sein scheint. Die beiden Kleider hänge ich auf die gepolsterten Kleiderbügel. Sogar die passen perfekt zum Interieur.

Wie auch immer, Thor geht mir nicht aus dem Kopf. Der Gedanke an Calan McGrant und an seine arrogante Art macht mich immer noch rasend. Herrje! Es ist schon nach halb eins in der Nacht! Ich bin todmüde und zugleich hellwach. Ich könnte wie eine Prinzessin in die weichen Kissen sinken. Stattdessen spielen die noch halbwegs wachen Hirnzellen in meinem Kopf mögliche Antworten für das nächste Treffen durch.

Gegen dieses Tohuwabohu muss ich etwas tun, denn sonst werde ich heute Nacht kein Auge zumachen. Zudem versuche ich, eine Grundregel von mir einzuhalten: Niemals wütend oder im Streit ins Bett gehen, ohne das aus der Welt geschafft zu haben. Also doch wachbleiben und den Gegenschlag planen? Einfacher gesagt, als getan. Mella ist nicht hier und ich kann sie zu dieser Zeit schlecht anrufen. Und dieser Calan …

Ich seufze und gehe mit meiner Kosmetiktasche hinüber ins Bad.

Okay! Dieses Badezimmer ist nicht nur ein Raum zum Duschen und Schminken, sondern ein Luxus-Wellnesstempel von der Größe meines Wohnzimmers. Zwei marmorne Waschbecken, eine freistehende Badewanne mit Löwenfüßen vor einem Panoramafenster, eine ebenerdige Dusche, Kristallleuchter an der Decke …

Ich schlucke und beeile mich, aus den Klamotten zu schlüpfen.

Das taubenblaue Etuikleid scheint das einzige Kleidungsstück zu sein, das in diese Umgebung passt. Gut, mein Sommerkleid mit den aufgedruckten Blumen geht auch, aber gerade so.

Nachdenklich nage ich auf der Innenseite meiner Wange herum und steige unter die Dusche.

Mit dem warmen Wasser und dem herrlich nach Rosen duftenden Hotelduschgel wasche ich ein kleines Stück von der Nottingham-Annie ab. Zumindest fühlt es sich so an.

Ich fürchte, ich muss am Samstag im nächsten Ort einkaufen gehen und meine Garderobe gegen etwas Stilvolleres austauschen.

Nachdem meine Haare endlich trocken sind – ein Hoch auf den Hotelföhn –, schlüpfe ich in mein leider pinkfarbenes Schlafshirt mit der Aufschrift »Immer schön du selbst bleiben – außer du kannst eine Bitch sein«, und falle rücklings aufs Bett.

Mit ausgebreiteten Armen starre ich hoch zum Baldachin. Da wäre ich dann also.

Annie im Wunderland.

Ich gebe Gas.

Auf der Fahrt nach Hause kann ich nur noch an diese Annie denken. Und das ärgert mich so sehr, dass meine Kiefermuskeln schmerzen, weil ich die Zähne aufeinanderpresse.

Sie ist anders als die Frauen, die mich normalerweise umgeben. Und sie ist ohne Respekt. Frech, provokativ und mit einem Selbstbewusstsein ausgestattet, das mich fast sprachlos macht, aber eben auch nur fast. Gleichzeitig ist sie auf eine Weise gewöhnlich, die mich wachsam sein lässt. Solche Frauen wollen nur eines: mein Geld.

Trotzdem, der verächtliche Blick aus ihren leuchtend grünen Augen geht mir nicht mehr aus dem Kopf. Die Kombination aus dem angriffslustigen Blick und ihrem sinnlich-frischen Duft nach Frau war so feminin und unwiderstehlich, dass ich sie am liebsten auf der Stelle gepackt und gegen den Empfangstresen gedrückt hätte. Der Gedanke daran lässt mich hart werden. Ich stelle mir vor, wie ich ihr das Shirt hochziehe, mich an ihrem Nippel festsauge, ihr die Beine spreize und den Slip zur Seite schiebe. Dann stoße ich in sie hinein, bis sie ihre Augen schließt, sich vor Verlangen auf die Unterlippe beißt und die Lust aus ihr herausfließt. Oh ja! Ich hätte ihr gezeigt, was passieren kann, wenn man einen McGrant so herausfordernd ansieht.

Erregt von der Vorstellung, mir dieses rothaarige Miststück gefügig zu machen, drossle ich das Tempo, öffne mit zitternden Fingern den Reißverschluss meiner Hose und befreie mein bestes Stück aus seinem Gefängnis. Er ist prall und hart. Zum Glück bin ich mutterseelenallein auf der Straße und muss nicht groß auf den Verkehr achten. Ich blicke hinunter, als ich meinen Schwanz umfasse und ihn reibe. Der Anblick macht mich scharf, wie jeden Mann. Und ich stelle mir vor, es ist Annies Hand, die meinen Schwanz massiert, ihre vollen, roten Lippen um die Eichel legt und … Scheiße!

Fast wäre ich von der Straße abgekommen! Im letzten Moment reiße ich das Lenkrad herum. Mein Herz klopft. Das hätte eben anders ausgehen können. Kurz neben der Straße geht es eine Böschung hinunter, die zum nur wenige Meter entfernten Fluss führt. Auf ein Bad habe ich wirklich keine Lust. Obwohl … eine kalte Dusche würde mir jetzt guttun.

Also Schwanz wegpacken und auf die Straße sehen!

Ich sollte mir einen Chauffeur zulegen. Und einen Wagen mit blickdichter Trennscheibe. Dann könnte ich mir jederzeit einen runterholen, wenn mir der Sinn danach steht. Oder ich warte, bis ich zu Hause bin. Ob ich diese Teresa anrufen … Ach nein, so nötig habe ich es nun wirklich nicht. Außerdem vögle ich nur in Gedanken unter meinem Niveau. Und Teresa hat mich eher abgestoßen als erregt. Diese Annie dagegen … Schluss jetzt! Die Straße wird enger, kommt mir einer entgegen, muss ich in eine der Buchten ausweichen, die alle hundert Meter angelegt sind. Verbissen versuche ich, an etwas anderes zu denken als daran, wie ich in ihre enge … Herrje! Denk. An. Was. Anderes! An die Hochzeit zum Beispiel. Oder an die horrende Investition in die Blue-Chips-Aktien vor ein paar Monaten. Der Einsatz hat sich gelohnt. Erst letzten Monat hat mein Broker die Aktien für mehr als das Doppelte verkauft, und mein Vermögen ist um einen hübschen sechsstelligen Betrag angewachsen. Natürlich habe ich einen Teil davon in weitere, diesmal risikoreiche Wertpapieraktionen gesteckt, einen anderen Teil in meine Distillery sowie zwanzigtausend Pfund in ein Kinderdorf in Nigeria, dessen Pate ich bin. Das Kinderdorf aufzubauen, ist vielleicht auch dem Zugeständnis an meine Mutter geschuldet, dass ich immer noch keine Frau gefunden habe, um einen Erben zu zeugen, den sie so sehnlichst erwartet. Ich bin der letzte männliche Nachkomme in einer achthundert Jahre alten traditionellen Familienfolge. Der letzte Earl of Chesire. Und meine Mutter will natürlich, dass der Name McGrant nicht ausstirbt. Auch ich habe nicht vor, der letzte zu sein, aber bevor ich meinen besten Freund Fiona heirate, sollte ich tatsächlich Ausschau nach einer künftigen Ehefrau halten. Vielleicht ergibt sich ja auf Robs Hochzeit eine Gelegenheit, jemanden kennenzulernen. Ich kenne die Gästeliste nicht, aber ich kenne Rob. Er denkt an alles. Immer.

Eine halbe Stunde später parke ich vor dem *Granthouse*. Im rechten Flügel brennt noch Licht. Offenbar schläft meine Mutter noch nicht und ist damit beschäftigt, ihre Garderobe für den großen Tag zu richten.

Ohne langes Überlegen gehe ich über den Kiesweg auf ihren Flügel zu.

Beim Näherkommen erkenne ich durch das Fenster die Silhouetten von zwei Personen. Nanu? Sie hat Besuch? Da werde ich besser nicht stören.

Dennoch bin ich neugierig, bleibe unweit des Fensters stehen und sehe genauer hin. Eine Frau hebt ein Kleid hoch und zeigt es meiner Mutter.

In einem Anflug von Enttäuschung wende ich mich ab und gehe zu meinem Wohnflügel am anderen Ende des *Granthouse* hinüber. Der Besuch ist nur Fiona. Wahrscheinlich können die beiden vor lauter Aufregung nicht schlafen und überlegen gemeinsam, was auf der Feier zu tragen ist. Frauen können sich damit ja stundenlang beschäftigen, und eigentlich haben die beiden bereits vor Wochen die passende Garderobe gewählt. Fiona hat sogar für mich einen Anzug besorgt. Ein champagnerfarbenes Dinerjackett mit dunkler Hose und heller Weste darunter. Nicht mein Geschmack, aber dafür abgestimmt auf Fionas Outfit. Denn wir beide werden gemeinsam auf die Hochzeit gehen. Meine Mutter wird von Andrew begleitet, der sich zwar gewehrt hat, aber ohne die geringste Chance. Tja, und Fiona wird wohl heute Nacht in einem der Gästezimmer übernachten.

Ich seufze. Nicht, dass ich meiner Mutter die Freundschaft mit Fiona missgönne, aber insgeheim habe ich gehofft, sie hätte wieder eine Liebe gefunden und ein Mann wäre zu Besuch.

Annie

»Och, nein … das kann doch nicht sein. Echt schon halb sieben?«, nuschle ich mit geschlossenen Augen und robbe über das breite Bett ans andere Ende. Dort steht er, der Wecker, den ich extra auf den Nachttisch der anderen Bettseite gestellt habe, um nicht in die Snoozefalle zu tappen. Ich kenne mich.

Bis ich drüben bin, dürfte ich wach sein. Trotzdem schaffe ich es, meine Wange beim Rüberrutschen kaum anzuheben, und hoffe, dass nicht noch Make-Up-Reste auf meinem Gesicht sind.

Endlich habe ich die andere Seite erreicht und schlage mit der flachen Hand auf den Quälgeist. Die Snooze-Taste muss ein Masochist erfunden haben!

Mein Plan jedoch ist aufgegangen. Ich bin wach. Na ja, so halbwegs zumindest. Dynamisch wie ein vollgefressenes Rüsseltier schwinge ich meine Beine über die Bettkante, bleibe erst mal sitzen und blinzle aus dem Fenster.

Die Sonne steht noch tief und ihre Strahlen tanzen auf der Oberfläche des Flusses vor dem Hotel. Der Anblick ist so schön, so beruhigend und entspannend, dass ich sofort mit offenen Augen einschlafen könnte.

Nur ungern reiße ich mich los und stehe auf. Duschen, Anziehen, Frühstücken. Ja, genau. Und um dreizehn Uhr ist Hochzeit.

Aber was ziehe ich nur zum Frühstück an? Das blaue Etuikleid ist für die Hochzeit eingeplant.

Flankiert vom Herzrasen meiner eigenen Aufregung, eile ich ins Badezimmer, ignoriere mein Spiegelbild und nehme eine Dusche. Als Nächstes schlinge ich eines der flauschigen, weißen Hotelhandtücher um mich und flechte meine fast hüftlangen Haare zu einem Zopf. Das habe ich das letzte Mal mit zwölf oder so getan. Anschließend binde ich ihn zu einem Knoten im Nacken zusammen und stecke ihn fest. Fertig. Jetzt bin ich bereit, in den Spiegel zu sehen. Na bitte, sieht ja gar nicht übel aus. Okay, ein bisschen bieder vielleicht, brav und fade, aber durchaus elegant. Es passt zwar nicht zu mir, aber zum Etuikleid. Und zu dem sommerlichen Kleid ebenfalls.

Was fehlt noch? Schminken. Genau.

Ich öffne mein Schminkmäppchen, lege den dunkelbraunen Augenbrauenstift, den schwarzen Kajal sowie den roten Lippenstift zur Seite. Stattdessen greife ich nach pastelligen Farben, die ich aus den Tiefen meiner Schublade gekramt habe. Heute muss es dezent sein. Terry hat mir Anfang der Woche immer wieder eingetrichtert, dass nur eine einzige Frau am Hochzeitstag auffallen darf, und das ist die Braut. Gut, kann ich verstehen. Trotzdem …

Als ich fertig bin, betrachte ich mich skeptisch im Spiegel. So kann ich nicht gehen! Unmöglich! Mein Gesicht ist nackt! Wenigstens habe ich dicke Augenbrauen, aber wenn ich sie nicht mit ein bisschen Farbe versehe, sind sie rot wie meine Haare und fallen kaum auf. Das bisschen Brauenpuder macht keinen großen Unterschied. Ansonsten sind meine Wimpern nur leicht getuscht. Sonst nichts! Und meine Lippen schimmern matt in zartrosa.

Um kurz vor acht Uhr stehe ich nicht nur nach Rose duftend im Fahrstuhl, ich trage passend zum Duft das sommerliche Rosenblümchenkleid und dazu die pastellfarbenen Edelsandaletten. Sogar meine Handtasche ist roséfarben. Mella war so lieb, sie mir zu leihen.

»Nach unten?«, fragt der Liftboy. Zum Glück ist es ein anderer. Dieser hier sieht nett aus und gafft nicht auf meinen Hintern.

»Ja. Erdgeschoß bitte.« Ich lächle ihm zu und kurze Zeit später öffnet sich auch schon die Tür.

Also dann. Ich umfasse die kleine Handtasche, atme tief durch und folge den Geräuschen von klapperndem Besteck und dem verführerischen Duft nach frisch gebrühtem Kaffee.

Seltsamerweise fühle ich mich in dem ungewohnten Outfit angenehm unsichtbar. Etwas, das ich niemals gedacht hätte. Doch ich bewege mich auf unvertrautem Terrain. Hier, von all diesem Luxus und edel angezogenen Menschen umgeben, fühle ich mich unsicher. Darüber hinaus ist es mein erstes Frühstück in so einem Nobelschuppen. Ob es ein Buffet gibt? Je näher ich dem Frühstückssalon komme, umso langsamer werde ich.

Im Hellen sieht das Foyer immer noch urgemütlich aus. Jetzt allerdings ist mehr Leben im Hotel. An der Rezeption steht ein Pärchen, das eincheckt, auf einem der gemütlich aussehenden, roten Sessel sitzt ein älterer Mann in einem schwarzen Anzug. Bestimmt irgendein Adliger. Eine Gruppe aus einer Handvoll Frauen im mittleren Alter sitzt um einen niedrigen Tisch herum und ich könnte schwören, der Erlös aus den Ketten um ihre Hälse würde mir bis an mein Lebensende ein fürstliches Leben erlauben.

Kurz vor dem Frühstückssalon gibt mein Handy einen Ton von sich.

Abrupt bremse ich ab und ziehe das Smartphone aus der Tasche. Eine Nachricht von Mella. Die muss ich unbedingt noch vor dem Frühstück lesen. Vielleicht hat sie es sich überlegt und geht doch zum Vorstellungsgespräch?

Auf dem Absatz mache ich kehrt, denn ich stehe mitten im Weg herum.

»VORSICHT!«

Die energische Männerstimme stoppt mich so ruckartig, dass ich nicht nur mein Handy fallenlasse, sondern auch fast über meine eigenen Füße gestolpert wäre. Zum Glück trage ich keine High Heels! Mein Fußknöchel und die Sehnen hätten sich bedankt. Tja, so ist das, wenn das Hirn eigentlich noch den Befehl »Weiterlaufen« bearbeitet, während die Impulssteuerung die Maschine – also mich – schroff ausbremst.

»Was zur Hölle …«, platzt es aus mir heraus. Beim nächsten Wimpernschlag verschlägt es mir die Sprache. »SIE?!«

Der hat mir gerade noch gefehlt!

»Kennen wir uns?« Mr Thor-McGrant sieht überrascht auf mich herunter. In seiner Hand ein Tablett mit zwei Tassen Kaffee.

Herunter! Mit High Heels bin ich fast mit ihm auf Augenhöhe, aber in diesen flachen Schuhen … Hastig hebe ich mein Handy auf. Schnellcheck. Der weiche Teppich hat den Aufschlag gedämpft. Und wieso läuft der Typ mit Kaffee durchs Foyer? Na, hoffentlich schüttet er sich das Zeug nicht über seinen hellen Maßanzug.

Moment … was hat er gerade gesagt?

»Ist Ihr Handy in Ordnung?«, fragt er jetzt.

»Ja, zum Glück.« Ich deute auf das Tablett. »Warum auch immer Sie hier damit herum laufen … der Kaffee wird kalt. Und das ist schlimmer, als in einem italienischen Restaurant Spaghetti zu schneiden.«

Seine Mimik wandelt sich plötzlich von freundlich besorgt in arrogant angewidert. »Was haben Sie mit Ihrem Gesicht gemacht?«

»Bitte, was?« Aufgebracht stemme ich eine Hand in die Hüfte. Jetzt reicht es aber. Ich habe Stunden damit verbracht, so schick und gleichzeitig bieder wie möglich auszusehen, und der Arsch gafft mich an, als hätte ich Spermaspuren an der Backe! »Also wirklich, Mr McGrant, jetzt schließen Sie mal Ihre Kauleiste, bevor Sie noch nen Zug kriegen, und tragen weiter Ihren Kaffee spazieren! Guten Tag!«

Mit erhobenem Kinn lasse ich ihn stehen, steuere einen Sessel an, setze mich beherrscht hin, anstatt mich hineinplumpsen zu lassen, und schlage ein Bein über.

Was wollte ich eigentlich tun? Ah, Mellas Nachricht lesen.

Blöderweise klopft mir das Herz bis zum Hals. Kein Wunder, ich hätte fallen und mich verletzen können. Böse verletzen können! Sehr böse. Dann wäre es das gewesen mit Happy-Hochzeitsfeier. Außer, er hätte mich aufgefangen und … Moment mal, was denke ich nur für einen Unsinn?

Ich lehne mich zurück und täusche Entspannung vor. Mein Fuß allerdings hält nichts vom Vortäuschen falscher Tatsachen und wippt wie verrückt. Ja, wipp du nur, Fuß! Irgendwann brauchst du meine Aufmerksamkeit und dann werde ich dich genauso ignorieren wie jetzt gleich, damit du es nur weißt.

Okay, ich werde langsam bekloppt, ich rede mental mit meinem Fuß …

Verbissen konzentriere ich mich auf das Smartphone in meiner Hand.

Hallo Annie … Es tut mir leid.
Mella

Na, da hat sie ja vom Leder gezogen, die Plaudertasche.

Nachdenklich starre ich auf das Display. Mella fasst sich sonst nie so kurz. Obwohl ich ihr hoch anrechne, den ersten Schritt gegangen zu sein, schwingt zwischen den Zeilen ein schlechtes Gewissen.

Ich antworte.

Hi Mella … Mir tut es auch leid.
Gehst du doch zum Vorstellungsgespräch? Wollen wir telefonieren?
Annie

Gespannt lege ich beide Hände mit dem Telefon darin in den Schoß und erlaube meinem Fuß, zu wippen. Macht er sowieso, doch es fühlt sich besser an, wenn ich mir einrede, dass ich es beeinflussen kann.

Ich warte, beobachte Menschen, die in den Frühstückssaal hineingehen, andere, die herauskommen. Die Rezeptionistin lächelt jedem entgegen, und gähnt leicht abgewandt und dezent in ihre Hand, wenn sie sich unbeobachtet fühlt. Eine alte Frau in einem sehr teuer aussehenden Kostüm betritt das Foyer und lässt langsam und prüfend ihre Blicke schweifen. Neben ihren Füßen bewegt sich etwas, das aussieht wie ein weißer Mützentroddel, um den man ein Brillantband gewickelt hat. Ah, Hund! Schräg gegenüber sitzt dieser Calan mit einer attraktiven Blondine. Sie trägt ein hautenges, vanillefarbenes Etuikleid und himmelt ihn an.

Ich seufze. War ja klar, dass … dass Mella wieder ewig zum Antworten braucht.

Ping!

Na, endlich!

Annie, vergiss nicht. Samstag, zehn Uhr am Abend.
Archie

»MIST!«, rutscht es mir heraus, und mehrere Köpfe schnellen zu mir herüber. Geistesgegenwärtig zeige ich zur Decke. »Oh, Mist, ein Vogel hat sich hier rein verirrt.«

Noch während manche suchend nach oben blicken, stehe ich auf und ziehe mich in den Barbereich zurück – dort ist kein Mensch. Ich gehe um den Thekenbereich herum, der praktischerweise in der Mitte liegt und rund ist, setze mich auf einen Barhocker und rufe Archie an.

»Bist du bekloppt, mich um diese Zeit anzurufen?! Gerade wollte ich pennen gehen«, begrüßt er mich mürrisch.

»Oh, tut mir leid, Archie. Ich dachte, weil du mir gerade eine Nachricht geschickt hast.«

Am anderen Ende stöhnt es genervt auf. »Ja, und dann hab ich mich hingelegt. Also was gibt es? Sag bloß nicht, du kannst am Samstag nicht kommen?«

»Leider doch, Archie. Sorry, hab ich total vergessen. Wahrscheinlich, weil ich nie samstags da bin.« Das Wochenende ist mir heilig. Und ich hatte tatsächlich nicht mehr an den Termin gedacht, den wir vor mehr als vier Wochen vereinbart haben.

»Und wo soll ich jetzt eine Tänzerin herbekommen? Meg ist, wie du vielleicht auch vergessen hast, im Urlaub!«

»Kann nicht eine von den anderen Mädels meinen Part übernehmen? So gerne ich will, aber ich bin bis Montag in den Highlands auf einer Hochzeit.«

Statt einer Antwort höre ich eine Klospülung und verziehe angewidert das Gesicht.

Archie brummt unwillig. »Kein Verlass auf die Hühner! Feiere du Hochzeit, ich telefonier mal rum.«

»Warte«, sage ich hastig und bereue jetzt schon, was ich gleich vorschlagen werde. »Ich könnte zusätzlich am Freitag kommen.«

»Hab ich alles schon voll. Komm am Montag, da ist ne halbe Stunde Leerlauf.«

»Montag? Da ist doch nie was los? Außerdem bin ich am Montag erst am Nachmittag wieder zurück.«

»Und das interessiert mich? Am Montag schlägt hier eine Gruppe Japaner auf. Irgendeine Firma möchte ihren Geschäftspartnern was bieten.«

»Oh, okay … Dann also Montag.«

»Acht Uhr, Schätzchen.«

»Okay, und Archie, tut mir echt …« Beschämt setze ich zu einer weiteren Entschuldigung an, aber Archie hat schon aufgelegt.

Fuß wippt, Hirn ist aus. Es gibt Schlimmeres.

Ping. Mella!

> *Schwesterchen. Tut mir wirklich leid, aber meine Entscheidung steht.*

Das nenne ich ja mal eine knappe, informative Aussage. Ich werfe das Handy in die Tasche, rutsche vom Barhocker und steuere den Frühstücksraum an.

Mir ist nach gebratenem Speck. Mit Eiern. Und einem Tomatenscheibchen.

Als ich an McGrant und seiner blonden Sirene vorbeigehe, blickt sie zu mir. Ich tue so, als hätte ich es nicht bemerkt, aber in ihrem Blick steht ziemlich deutlich: Ist das diese Schlampe, von der du mir erzählt hast?

Kapitel 6

»Ich soll Schlampe gesagt haben?«, frage ich verwundert nach und nehme noch verwunderter zur Kenntnis, wie sie Annie Fairfield hinterher sieht, die jetzt mit zögerlichen Schritten zum Frühstückssaal geht.

»Ach, keine Ahnung, was du genau sagtest, aber es klang so ähnlich.« Fiona steht auf und streicht sich mit zackigen Bewegungen das Kleid glatt. »Wollen wir auch eine Kleinigkeit essen?«

»Schon wieder? Wir haben doch bei mir zu Hause gefrühstückt.« Eigentlich sind wir nur hier, um eine Kiste von meinem Whisky für die Hochzeit vorbeizubringen, damit die Flaschen noch vor der Feier vom Personal in Szene gesetzt werden. Die Lieferung des teuren Grantfinnan 16 Jahre Marsala Cask Reserve, den Rob bei mir bestellt hat, wollte ich persönlich übernehmen. Natürlich muss Rob nichts bezahlen. Neben einem beliebig langen Aufenthalt in meiner Villa in Malibu ist dies nur als kleine Aufmerksamkeit unter guten Freunden zu betrachten. Allerdings konnte ich Fiona nicht davon abhalten, mich zu begleiten.

Etwas zupft mich am Arm. »Kommst du jetzt? Was ist denn mit dir los, Calan? Du siehst aus, als würdest du gedanklich in völlig anderen Sphären schweben.«

»Warum nicht? Auf einen Kaffee.«

Sie hakt sich bei mir unter und hat es ziemlich eilig, zum Frühstück zu kommen.

»Du bist aber nicht schwanger, oder?«, foppe ich sie, denn am Morgen hatte sie Porridge in sich hineingelöffelt, als hätte sie drei Tage nichts gegessen.

Fiona lacht auf und knufft mich in die Seite. »Schön wär´s. Aber von Luft und heißen Gedanken hat sich noch kein Ei selbstständig geteilt.«

»Du bist nicht mehr mit … Verzeih, mir fällt der Name nicht mehr ein … zusammen?«

»Steven? Nein, der war unmöglich.«

Wir betreten den Raum und Fiona sagt zum Kellner: »Es sollte ein Zweier-Tisch auf Dewar reserviert sein.«

»Sehr wohl, Mrs Dewar. Wenn Sie mir bitte folgen würden.«

Auf dem Weg zu unserem Tisch flüstere ich ihr zu: »Wann hast du den Tisch reserviert?«

»Na, vor ein paar Wochen hast du gesagt, du bringst den Whisky am Vormittag selbst ins *Glenlaggan Castle*. Da dachte ich, dass …«

Den Rest ihrer Worte höre ich nicht mehr, denn an einem der hinteren Tische sitzt Annie und schlägt in dieser Sekunde ein Bein über. Aber das ist es nicht, was meine Aufmerksamkeit auf sich zieht. Oder nicht nur. Annie sitzt mit May an einem Tisch und sieht ein klein wenig unglücklich aus. Ich erinnere mich, dass Emilio irgendwann einmal erwähnte, dass May mit der Kollegin von Sarah ein Problem hätte. Umso mehr wundert es mich, die beiden jetzt gemeinsam zu sehen.

»Calan?«

»Ja?« Hat Fiona noch etwas gesagt?

»Ich sagte: Es ist doch eine schöne Gelegenheit, exquisit mit dir frühstücken zu gehen, findest du nicht?«

Ich muss lachen. Fiona, wie sie leibt und lebt. Vorausschauend, planend und immer für eine Überraschung gut.

Annie

Der Duft von gebratenem Speck zieht mich wie an einer unsichtbaren Schnur zum Frühstücksbuffet und lenkt mich von gefährlichen Gedanken ab, zum Beispiel wie ich affektierte Blondinen möglichst unauffällig um die Ecke bringen könnte.

Etwas unsicher betrete ich den fast voll besetzten Frühstückssaal und sehe mich um. Vielleicht sollte ich mir erst einmal einen Platz suchen, bevor ich mir Speck, Würstchen und Eier auf einen Teller lade.

»Mrs Fairfield?« Ein Ober in einem schicken, schwarzen Anzug mit dem Emblem des Hotels auf dem Revers deutet eine Verbeugung an. »Wenn Sie mir bitte zu Ihrem Tisch folgen würden?«

»Ja, klar. Äh, ich meine, natürlich. Gern. Danke.« Ich kichere unsicher, hüstle mich in gesittete Kontenance und versuche, mir nicht anmerken zu lassen, dass mich der Frühstückssaal mehr einschüchtert, als ich vermutet hätte. Trotz des leckeren Dufts von Speck. Ohne die geringste Spur von Eile geht der Ober vor mir her und ich blicke mich unauffällig um. Dem Blümchenkleid sei Dank, denn in meinen üblichen Klamotten würde ich wirken wie eine Schmeißfliege auf Goldbrokat.

Die Sonne schickt ihre Strahlen durch die langen Sprossenfenster und taucht die mit goldenem Samt bezogenen Wände in ein freundliches Licht. Überall stehen hübsche Blumenbouquets aus champagnerfarbenen Rosen und Schleierkraut herum. Ein riesiger Kronleuchter hängt unter der Decke, die mit filigranen Stuckarbeiten versehen ist.

Fest presse ich die Handtasche an mich und dabei achte ich peinlich darauf, nicht umzuknicken oder zu stolpern. Das Laufen auf flachen Schuhen ist ungewohnt.

Und dann passiert es doch.

Beinahe! Im letzten Moment kann ich stoppen, denn der Ober bleibt abrupt stehen und gleitet wie auf Rollen zur Seite.

Eine eiskalte Faust presst sich in meine Magengrube, als ich sehe, wer da an dem mir zugewiesenen Tisch sitzt.

»Bitte schön, Mrs Fairfield. Wir hoffen auf ihrer beider Verständnis, ausnahmsweise zu zweit an einem Tisch zu sitzen. Das Hotel ist voll belegt.« Dienstbeflissen rückt er einen Stuhl nach hinten und bedeutet mir, mich zu setzen.

»Äh, danke«, würge ich hervor, setze mich steif hin und muss schlucken. Ausgerechnet mit May, der besten Freundin der Braut, muss man mich zusammensetzen!? Sie hat mir bestimmt noch nicht verziehen, dass ich in Nottingham ihren Emilio angebaggert habe. Aber da war er noch nicht IHR Emilio und ich kannte sie überhaupt nicht.

Gerade will ich ansetzen, um irgendetwas Nettes zu sagen, überlege aber noch daran herum, da tupft sich

May die Mundwinkel mit der Serviette ab, nickt mir mit einem eiskalten Blick zu und macht Anstalten, aufzustehen.

»Jetzt warte doch mal, May, wir …«

»Wir?« Tatsächlich setzt sie sich wieder und verschränkt die Arme vor der Brust. »Ich wüsste nicht, warum ich mit dir reden sollte.«

Gut, ich fühle mich mies. Und der Appetit ist mir auch vergangen. Ich greife zur Kanne und schenke mir Kaffee ein.

»Du auch?«, frage ich, ohne auf ihre Bemerkung einzugehen.

»Nein.«

Tief atme ich durch. »Offenbar redest du doch mit mir.«

»Nur, weil ich es nicht fassen kann, dass ausgerechnet wir … also, du hier sitzt!«

»Ja, das gleiche habe ich auch gedacht.« Ich nippe am Kaffee. Himmel, ist der köstlich! Gleichzeitig überlege ich, wie ich anfangen soll. Ob ich das Thema überhaupt auf den Tisch bringen soll. Andererseits, was bleibt mir übrig? Sie ist die beste Freundin der Braut. Und ich bin eingeladen. Es wird Zeit, die Sache zu klären, so schwer es mir auch fällt. »Ich glaube, es ist eine Entschuldigung angemessen. Also, von mir an dich … Wegen … Was ich sagen will, ist …« Herrje, ich stelle mich an wie die Maus vor der Schlange. »Es tut mir leid.«

»Was genau?«, fragt sie spöttisch. »Dass du Emilio vor meinen Augen fast bestiegen hast? Oder dass du zu Sarah meintest, sie soll sich ihre Freunde besser aussuchen? Oder …«

Ergeben seufze ich auf und hebe die Hand. »Das alles. Das … es war eine blöde Situation und …«

»Blöd. Du meinst: total peinlich, unmöglich, das Allerletzte?«

Verdammt, das habe ich jetzt davon. Aber das Gefühl, dass ich da jetzt durch muss und es mir danach besser geht, ist stärker als das, ihr verbal eine runterzuhauen. Letzteres würde wesentlich besser zu mir passen und mir definitiv leichter fallen.

»May … es tut mir wirklich leid. Ja, ich hätte deinen Emilio nicht anbaggern sollen. Aber herrje, zu dem Zeitpunkt wusste ich nicht, dass ihr fest zusammen seid. Außerdem …«

»Bei Rob hast du es auch probiert, wenn ich daran erinnern darf.«

»Ja …«, gebe ich geknickt zu. »Aber ich hatte nie vor, mir Rob oder Emilio wirklich zu schnappen. Ich habe eben Spaß daran, zu wissen, dass ein Mann auf mich abfährt – völlig unabhängig davon, ob ich ihn tatsächlich will oder nicht.« Jetzt komme ich in Fahrt. »Was ich noch sagen wollte zum Thema Männer aufreißen … Das ist ähnlich wie ein Vorstellungsgespräch, bei dem man von vornherein weiß, dass man den Job nicht will, aber trotzdem hingeht, nur um seinen Marktwert zu testen. Verstehst du? Und die Sache im Wildwood … Auf dem Weg zur Damentoilette bin ich gegen diesen Knackar… Entschuldigung, gegen Emilio gelaufen. Mal ehrlich, May, er ist ein Sahneschnittchen, oder? Welche Frau guckt da nicht zweimal hin? Aber wem erzähle ich das? Ihr beide seid ein absolut süßes Paar. Und ich schwöre, hätte ich gewusst, dass du gerade eifrig damit beschäftigt warst, ihn für dich zu gewinnen, hätte ich den Busen auch nicht so rausgestreckt. Ausschnitt und so, du weißt schon. Darauf fahren sie alle ab.« Ich seufze und nehme einen Schluck vom Kaffee. »Kaum zu glauben, aber jetzt fühle ich mich erleichtert.«

May sitzt mit offenem Mund vor mir. Dann fährt sie sich mit einer Hand durch ihre Locken, schüttelt den Kopf und prustet los. »Du bist ja eine Nummer … Echt, Annie. Wenn ich alles erwartet hätte, dann nicht, dass du hier auftauchst, so fast ungeschminkt und einfach nur irgendwie … egal. Du bist …« Sie stützt ihr Kinn auf die Hände und sieht mich amüsiert an.

»Durchgeknallt? Ordinär? Ihr hättet eure Blicke im Wildwood sehen sollen. Dass ihr nicht vor mir ausgespuckt habt, war gerade alles. Weißt du, wie sich das anfühlt? Diese Geringschätzung in euren Gesichtern, das kenne ich von … Egal. Das hat mich tierisch wütend gemacht. Deshalb bin ich dann auch zu euch an den Tisch gekommen … Den Rest kennst du. Ich hatte mich nicht im Griff. War ein Scheißabend. Ich hab mich total geschämt. Und glaub mir, normalerweise gebe ich das nicht mal mit einem Messer im Rücken zu.« Ich schnaufe aus.

Ungläubig sieht sie mich an. »Du testest echt deinen Marktwert?«

»Ja. Warum nicht?« Ich zucke mit den Schultern. Mein Fuß wippt. Ich werde ihn abschneiden müssen.

»Aber …« Jetzt wirkt sie, als täte es ihr im Vorfeld schon leid, was sie gleich sagen wird. Lauernd kneife ich die Lider zusammen. »Aber warum? Ich meine, warum tust du das? Und gehst du mit allen ins … Verzeih, die Frage geht zu weit.«

»Schon in Ordnung. Erstens: weil es Spaß macht. Zweitens: Nein, ich gehe nicht mit allen ins Bett. Da hätte ich viel zu tun, wenn ich mit allen Typen, die auf mich stehen, in der Kiste landen würde.«

Fast wäre mir über die Lippen geschlüpft, warum ich dann viel zu tun hätte. Damit meine ich die Typen im *Feelings*. Aber erstens lasse ich mich auf keinen von den Gästen dort ein und zweitens geht es niemanden etwas an, dass ich mir mit meinem Hobby nebenher Geld verdiene. Erst recht nicht meine Schwester.

»Okay, danke für die Info. Darf ich noch etwas fragen? Du hast heute ein sehr hübsches Kleid an. Warum …« Sie mustert mich von oben bis unten. »Warum ziehst du dich nicht öfter so an?«

»Was meinst du damit genau?«

»Na ja, damals im Wildwood hast du so … so sexy Klamotten angehabt. Und Sarah meint, das wäre dein normales Bürooutfit.«

»So, meint Sarah das? Hm, lass mich überlegen.« Mit dem Zeigefinger tippe ich ans Kinn und blicke nach rechts oben. »Ich habs! Weil ich auf unsere Chefin Susan abfahre und sie heißmachen will.«

Ach, dieser Blick … herrlich!

»Das meinst du nicht so, oder?« Fahrig streicht sie sich eine brünette Strähne hinters Ohr.

»Mein voller Ernst … Nein! Das war ein Scherz! Steck deine Augen wieder in die Höhlen, bevor sie noch rausfallen. Der Grund, warum ich das trage, was ich trage, ist denkbar leicht zu erklären: Diese Art, mich zu kleiden, gefällt mir, passt zu mir. Und ich fühle mich wohl darin.«

»Das ist ein Argument. Und in diesem Kleid fühlst du dich nicht wohl?«

Ich sehe an mir herunter und zupfe am Saum herum. »Doch, irgendwie schon. Ich meine, es passt hier in diese Umgebung.«

»Und es passt zu dir, finde ich.«

Jetzt bin ich verblüfft. »Findest du? Warum auf einmal so nett?« Misstrauisch sehe ich sie über den Rand meiner Kaffeetasse an.

Sie zuckt mit den Schultern. »Ich weiß nicht. Vielleicht, weil du heute nicht wirkst wie der männermordende Vamp, der jeder Frau den Typen ausspannt. Oder weil du gerade ziemlich ehrlich gewesen bist und ich dir das tatsächlich abkaufe. Bauchgefühl. Was auch immer.«

»Hätte ich nicht mit gerechnet«, kann ich nur sagen und bin ehrlich verwundert.

»Hm, ja. Weißt du, Annie, ich habe dich gehasst, wirklich, aber … aber dass du jetzt so offen mit mir redest, finde ich gut. Du scheinst eine ehrliche Haut zu sein. Das ändert jedoch nichts an der Tatsache, dass du ab und zu etwas … ordinär wirkst. In den anderen Klamotten, meine ich natürlich.«

»Schon gut, habs verstanden. War ja mehr als deutlich.« Nachdenklich sehe ich sie an. »Ehrlich, direkt. Gut, diese Eigenschaften treffen dann auch auf dich zu. Schön, dass wir drüber reden. Ich wirke also ordinär. Ernsthaft?«

Nicht gut! Gar nicht gut! Ob das Thor auch so sieht? Blödsinn. Frauen sehen andere Frauen einfach aus einer völlig anderen Perspektive als Männer. Und ist das überhaupt wichtig?!

»Ehrlich? Heute nicht, aber sonst schon. Ja, so ein bisschen … Hat dir das noch niemand gesagt?«

»Doch. Du. Gerade eben. Und meine Schwester hat etwas Ähnliches behauptet. Aber wenn du sie kennen würdest …«

Ich sehe kurz hoch an die Decke und schüttle den Kopf. An der Sache mit dem ordinär muss ich wohl arbeiten. Forsch, selbstbewusst, tatkräftig. Ja, das bin ich. Die Tatsache, dass ich nicht der Typ Frau bin, der wie ein scheues Mäuschen auf den Traumprinzen wartet, sondern selbst die Zügel in die Hand nimmt, macht mich noch lange nicht ordinär! Oder? Aus Mays Mund jedoch bekommt dieses Wort plötzlich eine ganz andere Gewichtung. Fühlt sich nicht gut an.

Ich beschließe, genau hier und heute damit anzufangen, mein Mundwerk im Griff zu haben, und an der Sache mit dem Flirten kann ich ebenfalls etwas ändern.

»Ich hole mir jetzt Frühstücksspeck und Eier, bevor ich aus dem Kleid rutsche. Bist du schon fertig mit Frühstück?«, frage ich mit einem Blick zum halben Marmeladen-Toast auf ihrem Teller.

»Eigentlich ja, aber jetzt, wo du es erwähnst … Bring mir doch etwas von dem Speck mit, ja? Nur eine Scheibe. Das wäre nett.« Sie hebt die Kaffeekanne an. »Leer. Ich ordere in der Zwischenzeit noch eine. Willst du auch noch einen Kaffee?«

»Kaffee geht immer«, grinse ich und steuere – jetzt ziemlich hungrig – das Buffet an.

Gerade, als ich zu einem Teller greife, sehe ich schräg gegenüber die elegante Blondine mit Calan ans Buffet treten, und versuche, nicht zu auffällig rüber zu starren. Die beiden wirken sehr vertraut miteinander.

»Cal«, sagt sie leise, aber laut genug, dass ich sie hören kann. Sie legt ihm eine Hand auf den Unterarm und wirft ihm einen liebevollen Blick zu. »Sieh mal, hier gibt es heute Wassermelone. Die liebst du doch.«

»Wunderbar, Fiona. Die hätte ich beinahe übersehen«, sagt er mit dunkler Stimme, die mir durch und durch geht.

Aha, Fiona heißt die Albinokrähe also. Kurzerhand packe ich einen Teller voll mit Speck, Eiern und Würstchen, nehme einen weiteren, leeren Teller dazu und gehe mit langen Schritten an den Tisch zurück. Und irgendwie fühlt sich die gesamte Situation in diesem Augenblick an, als würde alles gut. Mit mir und May und Sarah und … Ja, mit Mella werde ich nach meiner Rückkehr reden.

May schenkt uns gerade Kaffee ein.

»Willst du mich mästen?!« Sie reißt die Augen auf, als ich den gefüllten Teller in unsere Mitte stelle.

»Du kannst dir ein Scheibchen Speck nehmen, der Rest ist für mich«, antworte ich augenzwinkernd.

»Sag mal, du und Fiona, kennt ihr euch?«

»Wie kommst du denn auf das schmale Brett?«, sage ich die Worte, die ich eigentlich nur denken wollte, und schiebe hinterher: »Nein, bis jetzt glücklicherweise noch nicht. Aber warum fragst du?«

»Sie hat dir nachgesehen, als überlege sie, dir etwas hinterherzuwerfen.«

»Echt? Ich habe noch kein Wort mit ihr gewechselt. Aber du kennst sie?«

»Flüchtig.«

»Und? Wie findest du diese … Fiona?« Ich schneide ein Stück vom Würstchen ab und stecke es in den Mund, bevor ich noch etwas sage, das sich ordinär anhören könnte.

»Sie hatte schöne Schuhe an …«

Fast hätte ich das Würstchen ausgespuckt.

»Ja, ich finde es auch toll, mit mir frühstücken zu gehen. Scherz, Fiona. Aber du könntest ja jederzeit mit einer Freundin hier reservieren. Du musst nicht mit mir gehen«, werfe ich ein, als wir unseren Tisch erreichen und der Ober sich mit einem höflichen Nicken verabschiedet.

»Stimmt, aber mit dir bietet sich das heute definitiv an.« Sie hängt ihre Handtasche an den Stuhl. »Komm, gehen wir zum Buffet, es duftet einfach herrlich.«

Stirnrunzelnd folge ich ihr mehr aus Höflichkeit. Bevor sie mit verkniffenem Mund losmarschiert ist, hat sie an mir vorbeigesehen und ein verächtlicher Zug hat sich über ihre Mimik gelegt. So schmallippig kenne ich sie nicht. Irgendwas muss ihr missfallen.

Plötzlich ist sie wie verwandelt, lächelt, hakt sich bei mir unter und deutet auf das Buffet vor uns.

»Cal«, sagt sie leise, legt eine Hand auf meinen Unterarm und wirft mir einen fast schon liebevollen Blick zu. »Sieh mal, hier gibt es heute Wassermelone. Die liebst du doch.«

»Wunderbar, Fiona. Die hätte ich beinahe übersehen.«

Was zur Hölle ist mit Fiona los? Irritiert beobachte ich, wie sie Wassermelone auf einen Teller schaufelt und dabei immer wieder ihren Blick quer übers Buffet hebt.

Mit einem Schlag wird meine unausgesprochene Frage beantwortet. Fiona ist eifersüchtig! Das ist schmeichelnd, aber auch so absurd, dass ich mir nicht verkneifen kann, sie darauf anzusprechen.

Möglichst unauffällig trete ich ein Stück näher zu ihr, stupse sie leicht mit meinem Arm an und neige mich zu ihr. »Fiona? Bist du etwa eifersüchtig auf Annie Fairfield? Nicht dein Ernst …«

Ertappt zuckt sie zusammen und geht etwas auf Distanz.

»Also wirklich, Calan! Wie kommst du denn nur auf so eine Idee? Wir sind Freunde – wie du ja immer betonst. Wieso sollte ich eifersüchtig sein? Und dann ausgerechnet auf so eine Schl… gewöhnliche Frau?« Sie lacht gekünstelt auf. »Wirklich nicht, Calan. Melone?«

»Gerne. Aber der Teller ist schon voll, Fiona.«

Unser Tisch liegt am anderen Ende des Saals. Durch das Buffet in der Mitte kann ich Annies Tisch nicht mehr sehen.

Aber als wir nach wenigstens einer Stunde schließlich aufstehen und nach draußen gehen, stelle ich fest, dass auch May und Annie bereits gegangen sind.

»Ist was da drüben?«, erkundigt sich Fiona scheinbar beiläufig. Doch ich merke ihr an, wie sehr sie sich bemüht, ihre Eifersucht vor mir zu verbergen.

»Ja, Fenster, Tische, Blumenarrangements …«, antworte ich und beschleunige meine Schritte. Habe ich so auffällig zu dem jetzt leeren Tisch gesehen?

»Witzbold! Was hältst du von einem Spaziergang am Loch Linnhe vor der Feier? Ich denke, wenn wir gegen zwölf Uhr wieder hier sind, können wir uns noch ein wenig im Garten aufhalten, bis es um dreizehn Uhr losgeht.«

»Sorry, Fiona. Mir steht der Sinn eher danach, zurückzufahren und noch etwas auszuruhen, bevor ich mich für die Hochzeit in Schale werfe.«

»Was dagegen, wenn ich mich anschließe?«

Wir treten ins mittlerweile sehr belebte Foyer, und ich denke an ihrer Frage herum. So anhänglich war Fiona noch nie.

»Was ist mit deiner Mutter? Fahren sie und Andrew separat?«

»Das nehme ich an. Sie will ja nicht hier übernachten, also wird Andrew sie nach der Feier nach Hause bringen.«

»Apropos nach Hause … Ausruhen kannst du auch hier. Komm.«

Zu verblüfft, um Widerworte zu geben, lasse ich mich von ihr in den Schlossgarten hinter dem Hotel ziehen. Hier finden zu dieser Minute die letzten Vorbereitungen für die Trauung statt. Fiona hat jedoch kein Auge dafür und strebt auf den kleinen Springbrunnen zu, der sich inmitten eines rund angelegten Blumenbeetes hinter dem provisorisch errichteten Altar befindet. Aufatmend setzt sie sich auf den Rand, zieht die Schuhe aus und steckt ihre Füße in das Wasser.

»Herrlich, oder? Auf was wartest du? Setz dich neben mich und kühl dir die Füße. Es ist angenehm erfrischend.«

Das sehe ich zwar anders, gebe aber nach. Die Schuhe behalte ich jedoch an. »Mir ist eher nach dem Liegestuhl vor meinem Pool. Okay, bleiben wir einen Moment.«

Fiona stützt sich mit den Händen auf dem breiten Rand auf und streckt ihr Gesicht in die Sonne. »Fast wie früher, findest du nicht?«

»Was und wann meinst du genau?« Gott, ist das warm für September. Ich knöpfe das Hemd auf und kremple die Ärmel fast bis zum Ellenbogen hoch.

»Als Teenager. Am Teich im kleinen Wäldchen. Wir haben uns eine kleine Terrasse aus alten Brettern gebaut, die du im Schuppen deines Vaters gefunden hattest. Kannst du dich erinnern?«

»Hm ja.«

»Es war unglaublich romantisch dort. Nur du und ich und die Seerosen und …«

»… das Quaken der Frösche, die Stechmücken …«

»Du bist so unpoetisch, Calan!«, sagt sie mit einem vorwurfsvollen Blick in meine Richtung und schließt erneut die Augen.

»Was ist daran unpoetisch? Wir waren eine Clique, haben Feuer gemacht, gegrillt, uns beim Bauen der Terrasse fiese Splitter zugezogen. Miles hat sich sogar mit dem Hammer auf den Daumen geschlagen und musste ins Krankenhaus.« Bei dem Gedanken an die vielen, teilweise üblen, aber lustigen Zwischenfälle muss ich lachen. »Ein anderer, dessen Name mir gerade nicht einfällt, hat auf deine romantischen Seerosen gekübelt und du bist auch noch mit ihm baden gegangen.« Ich verkneife mir ein Grinsen, denn ich weiß, was jetzt kommt.

»Ich habe ihn geschubst, Calan! Und dann bin ich mit reingefallen! Nett von dir, dass du das erwähnst.«

»Wieso? Ich finde den Gedanken daran sehr stimmungsvoll.«

»Pah! Ihr Männer! Und was ist mit der Zeit nach dem Podestbau? Wie oft waren wir dort und haben unsere Füße ins Wasser gehalten, den Geräuschen des Waldes gelauscht …«

»Und die Mücken totgeschlagen, die uns fast aufgefressen haben …«

Lange seufzt sie auf und schüttelt den Kopf. »Ich gebe es auf. Dir ist nicht zu helfen.«

»Ich mach doch nur Spaß, Fiona.« Aufmunternd stupse ich sie an. »Es war eine tolle Zeit mit dir und den Jungs damals. Du warst echt ein klasse Kumpel. Sorry, du bist immer noch ein klasse Kumpel.«

»So? Bin ich das?« Abrupt steht sie auf, nimmt ihre Schuhe und läuft weiter in den Garten hinein.

Nachdenken. Was habe ich gesagt, das sie sauer macht? Dann fällt es mir ein. Hastig springe ich auf, hole sie ein und lege einen Arm um sie.

»Fiona. Du bist mehr als ein Kumpel, das weißt du. Ich wollte dich nur foppen.«

»Mission erfolgreich!«, mault sie, ohne mich anzusehen. Diesen Gesichtsausdruck kenne ich, seit wir das erste Mal Tennis gespielt haben und sie verloren hat. Da waren wir vierzehn oder so.

»Jetzt komm schon … Was hältst du von einem Eisbecher auf der Hotelterrasse? Mit Schokoladensoße und Krokant? Ein paar Kokosflocken dazu?«

Genauso abrupt, wie sie eben aufgespritzt ist, bleibt sie jetzt stehen und sieht mich herausfordernd an. »Aber nur, wenn du auch einen nimmst.«

»Du weißt genau, dass ich Kokos hasse.«

»Sehr richtig, Mr McGrant, Earl of Chesire. Das ist deine Strafe!« Sie schmunzelt und tritt näher an mich heran. Ich rieche den Duft ihres Haares und ihrer Haut in der Sonne. Er erinnert mich an früher.

Fiona gehört zu meinem Leben wie eine Schwester. Und mehr wird es nie werden. Bis vor Kurzem war ich der Überzeugung, sie empfindet ebenso. Doch jetzt legt sie eine Hand auf meine Brust. Unwillkürlich weiche ich zurück. Nicht viel, nur minimal. Dennoch hat sie es registriert und knöpft mir jetzt das Hemd bis auf den obersten Knopf zu. »So kannst du nicht rumlaufen, Calan. Nicht hier. So. Und jetzt gibt es Eis! Mit Kokos bis zum Abwinken.«

Eine knappe Stunde später treten wir ins Foyer und ich versuche, mit der Zunge eine hinterlistige Kokosflocke zu entfernen, die es sich zwischen zwei Backenzähnen gemütlich gemacht hat.

Plötzlich wird die Hotelhalle von einer lauten, männlichen Stimme geflutet.

»McGrant? Calan McGrant?« Ein korpulenter Mann um die Fünfzig kommt mit ausgestreckten Armen auf uns zu, in einer Hand eine dicke Zigarre. Der Wohlstand ist ihm förmlich anzusehen. Er ist so dick, dass sein Kinn nahtlos in den Hals übergeht, sein Gesicht ist gerötet und an der herausragendsten Stelle, seiner Wampe, spannt das weiße Hemd so sehr, dass die Knöpfe es kaum zusammenhalten können.

Die Walze hat uns erreicht, schnappt sich meine rechte Hand und schüttelt sie. »Wie schön, Sie zu treffen. Einfach genial. Genial! Der große McGrant hier im Hotel. Ich bin ein Glückspilz.«

»Kennen wir uns?«, frage ich skeptisch, ziehe meine Hand zurück und gehe auf Abstand.

»Noch nicht!«, grölt er und lacht sich anschließend über seine Bemerkung selbst schlapp. Dann steckt er eine Hand in die Hosentasche, pafft an der Zigarre und wirft sich in eine Wichtigtuer-Pose: Bauch rein – wenns gehen würde –, Kopf leicht zurück und schiefgelegt. »Stenger! Sagt Ihnen was? Natürlich sagt Ihnen das was. Größtes Chemieunternehmen Deutschlands mit Tochterfirmen rund um die Erdkugel.«

Er legt eine Pause ein und wartet.

»Ach, Stenger …«, lüge ich und nicke beifällig.

»Genau. DER Stenger! Und DER Stenger …« Er deutet auf sich. »… liebt Ihren Grantfinnan. Nein, nein, ein Danke ist nicht nötig.« Großspurig hebt er die Hand und schwadroniert weiter. »Haben Sie dieser Tage Zeit?

Ich möchte höchstpersönlich Ihre Distillery besichtigen und mehrere Flaschen – was rede ich! – Kisten bestellen. Sie wissen schon, für Geschäftspartner, Firmenveranstaltungen, gute, sehr gute Freunde …«

Fiona neben mir verdreht die Augen. Ich würde gerne einstimmen, bin jedoch ganz Geschäftsmann.

»Kommen Sie doch am Mittwoch gegen vier Uhr am Nachmittag vorbei, Mr Stenger.«

»Perfekt, perfekt! Um vier dann. Wunderbar! Darf ich Sie und Ihre werte Gattin heute Abend zu einem Drink an die Bar einladen?«

Ich lächle jovial. »Das wird unmöglich sein, so sehr ich das auch bedauere, Mr Stenger. Im *Glenlaggan Castle* findet heute eine Hochzeit statt, zu der wir geladen sind. Aber ich freue mich auf Mittwoch, sechzehn Uhr. Wenn Sie uns nun bitte entschuldigen würden?«

Ich lege einen Arm um Fionas Schultern, nicke noch einmal freundlich, und dann mache ich, dass wir hier raus kommen.

»Sechzehn Uhr, McGrant! Ich werde da sein!«, brüllt er uns hinterher.

Auf dem Parkplatz hinter dem Hotel kichert Fiona und tätschelt meine Hand, die immer noch auf ihrer Schulter liegt. »Die werte Gattin … hat sich irgendwie witzig angefühlt, als er das gesagt hat.«

Kapitel 7

Annie

Noch um diese eine Biegung, dann müsste das *Glenlaggan Castle* in Sicht kommen.

Ich trete das Gaspedal durch und mein alter Kleinwagen nimmt nur stockend Fahrt auf. Kenne ich schon. Aber ein neues Auto kann ich mir nicht leisten. Außerdem liebe ich den kleinen Hobel. Er ist praktisch, passt in fast jede Parklücke und die Rückbank lässt sich komplett umlegen.

Nervös sehe ich auf die Uhr am Armaturenbrett. Halb zwölf. Und ich muss mich noch umziehen! Und duschen. Und schminken. Und die Haare hochstecken. Vielleicht bekomme ich es ja hin, dass es elegant aussieht. Eigentlich wollte ich dafür zu einem Friseur, doch beim Shoppen in Fort Williams habe ich die Zeit vergessen, so begeistert bin ich von den vielen kleinen Boutiquen in der Shopping Mall gewesen. Auf dem Rücksitz stapeln sich bunte Papiertaschen in allen möglichen Größen. Darin zwei schicke Etui-Kleider in Pastellgrün und Dunkelblau, eine champagnerfarbene Hose im Marlene-Style plus farblich passende Pumps dazu – flach. Eine edle Kurzarmbluse mit V-Ausschnitt, die einfach ganz wunderbar fällt, und zwei schlichte, aber qualitativ hochwerte Shirts in zurückhaltendem Weinrot und Cappuccino. Und einen neuen Bikini in einem warmen

Orange. Der Pool hinter dem Hotel sieht zu verlockend aus. Die nächsten Wochen werde ich mich von Salat ernähren müssen. Aber das ist es mir wert.

Schwungvoll biege ich auf den Hotelparkplatz ein.

Und schreie auf.

Instinktiv reiße ich das Lenkrad herum und trete in die Eisen!

Mein Herz rast. Das ist gerade noch mal gut gegangen. Beinahe wäre ich frontal mit einem schwarzen Protzauto zusammengestoßen, das die komplette Einfahrt für sich beansprucht hat.

Langsam rollt der Bentley an mir vorbei.

Mit offenem Mund starre ich Calan McGrant direkt in die Augen. Der sieht mich an, als wäre ich eine kleine Praktikantin und hätte soeben den Kopierer falsch bedient. So. Ein. Arsch! Und neben ihm die vornehme Barbie mit einem Blick wie ein Tüte Vogelsand.

Als der Bentley an mir vorbei ist, parke ich meinen Kleinwagen zwischen all den Nobelkarossen hinterm Hotel und bleibe erst mal sitzen. Immer noch flatternd fahre ich mir mit der Hand durchs Gesicht. Nur langsam beruhigt sich mein Atem. Schließlich steige ich aus und greife mir die Einkaufstaschen.

Erst in meinem Zimmer habe ich das Gefühl, wieder richtig Luft holen zu können.

Wann findet die Trauung statt? Dreizehn Uhr. Ich habe noch eine gute Stunde.

Um zehn vor eins betrete ich den weitläufigen Garten hinter dem Hotel und komme mir sofort fehl am Platze vor. Und das trotz Edel-Etuikleid und kunstvoll mit Perlenklammern hochgesteckter Haare.

Wie angewurzelt bleibe ich stehen. Diesen wahrgewordenen Traum einer jeden Frau muss ich zunächst auf mich wirken lassen, bevor ich endgültig in seinen Zauber eintauche. Und das erste Mal in meinem Leben bin ich heilfroh, in einem exquisiten taubenblauen Kleid zu stecken. Innerlich jedoch bin ich die Annie, die einen knappen Lederrock, enges Shirt und High Heels trägt. So schnell kann ich das einfach nicht ablegen.

Fest umschließe ich den Penny in meiner Hand und halte nach Sarah Ausschau, doch ich kann sie unter den vielen Menschen nicht entdecken. Vielleicht ist sie ja auch noch nicht da. Die Braut kommt ja immer zuletzt, fällt mir ein.

Ob auch ich irgendwann eine Braut werde? Mella und ich haben uns als Kinder oft vorgestellt, welche entzückenden Bräute wir wären, und sogar Hochzeit gespielt. Mal war sie der Mann, mal ich. Eines war mir jedoch immer klar: Für mich kommt nur eine Hochzeit mit viel Großstadtflair und ohne Chichi in Frage.

Genau jetzt ändere ich meine Meinung.

Es duftet wunderbar nach Blumen und überall sind Sträuße aus lachsfarbenen Rosen und Schleierkraut platziert. Das hier ist nicht nur eine Hochzeit, das ist ein Stück Himmel auf Erden! Allein der gepflegte Rasen, der sich sicher vier-, fünfhundert Meter oder mehr nach hinten zieht und von Tannen und Laubbäumen eingerahmt wird, ist eine Augenweide. Du liebe Güte, der Rasen ist ja sauberer als mein Teppich zu Hause! Mein Blick schweift über Buchsbaumkugeln, gepflegte Blumenbeete, einen kleinen Springbrunnen und über mit weißem Tuch bezogene Stehtische. Darum stehen bereits jede Menge Menschen, lachen, plaudern, trinken Sekt. Na, eher Champagner vermute ich. An einem der Tische steht meine Kollegin Ann Terry und unterhält sich angeregt mit einem älteren Herrn. Hübsch sieht sie aus in ihrem hellblauen Kostüm. Ich lasse meine Blicke weiter schweifen. Den Mittelpunkt bildet das Podest unter zwei Rosenbögen, davor zwei Stühle für das Brautpaar. Ranken aus lachsfarbenen und weißen Rosen winden sich buschig und reichblühend um das Gestänge des Bogens und die Lehnen der weißen, filigranen Stühle. Davor sind links und rechts eines roten Teppichs Reihen mit weiteren weißen Stühlen aufgestellt. Die Lehnen sind von weiß glänzenden Satinschleifen und Rosenranken geziert. An den Ästen eines Laubbaumes wiegen sich weiße Lampions sachte im Wind und … überall sind Rosen. Rosenduft, Rosenbouquets, Rosenblätter. Ein Meer an Rosenblättern entlang des Teppiches, vor dem Altar um die Stühle des Brautpaares. Das ist ein Märchen, zweifellos.

»Hey, mach den Mund zu, sonst fliegt dir noch was rein.« May gesellt sich zu mir und reicht mir ein Glas Champagner.

»Danke, das ist lieb von dir. Also das mit dem Champagner. Sarah wird als Letzte kommen, nehme ich an?«

»Wie sich das gehört… Annie, warte, bis du ihr Kleid siehst … Es ist ein Traum.«

»Ich bin wirklich gespannt«, sage ich ehrlich. »Aber dein Kleid ist auch eine Wucht, May.«

Sie trägt einen Traum aus roséfarbenem Chiffon. Ein Bustierkleid mit einem weiten Glockenrock, der ihr bis knapp über die Knie reicht.

»Ja, nicht wahr?«, antwortet sie und tauscht bei einem Kellner, der mit einem Tablett vorbeiläuft, ihr Glas gegen ein volles aus. »Hat Sarah ausgesucht. Gott, ich bin total hibbelig. Hoffentlich lass ich die Ringe nicht vom Kissen fallen!«

»Wenn du so weitertrinkst, garantiert.« Ich muss lachen, denn sofort nimmt May das Glas von den Lippen.

»Stimmt auffallend! Danke.« Dann kichert sie und stupst mich an. »So aufgeregt habe ich Rob noch nie gesehen. Sieh mal.« Sie deutet mit dem Glas in Richtung eines der Stehtische.

Rob steht mit Emilio und noch zwei anderen Männern, die ich nicht kenne, zusammen und dreht ein Sektglas in den Händen. Gut sieht er aus. Die dunklen Haare sind perfekt frisiert und das weiße Hemd spannt sich an seinen geraden Schultern. Das schwarze Jackett hat er über einem Arm hängen. Kein Wunder, für September ist es ungewöhnlich warm. Fast dreißig Grad. Zum Glück weht ein leichter Wind. Irgendjemand sagt etwas zu Rob, doch er wirkt, als wäre er nicht bei der Sache, antwortet und sieht dann wiederholt auf seine Uhr am Handgelenk.

Plötzlich richtet er sich gerade, nickt und zieht das Jackett an.

May krallt sich in meinen Arm. »Es geht los!«, haucht sie und drückt mir ihr Glas in die Hand.

Dabei fällt der Penny runter. Wie bestellt und nicht abgeholt, stehe ich jetzt mit zwei Gläsern herum und überlege, wo ich sie abstellen kann.

»Was hast du da?«, fragt sie und hebt den Penny auf. »Einen Penny?«

»Ja, für Sarah. Ein Brauch, sie sollte ihn im Schuh tragen. Oder hat sie schon einen?«

»Nicht dass ich wüsste«, sagt May nachdenklich und dreht den Penny in der Hand.

»Das erleichtert mich jetzt. Ich sollte ihn ihr noch vor dem Ja-Wort geben, aber …«

Ein Kellner sammelt die Gläser ein. Kurzerhand schütte ich den Inhalt meines Glases hinunter und stelle beide auf seinem Tablett ab.

»Weißt du was? Ich bringe ihn ihr noch schnell, okay?« May hält den Penny hoch. »Sie sollte ihn ja bereits während der Zeremonie tragen. Und gleich geht es los mit dem Wedding-Walk!«

»Was? Das ist ja klasse!« Noch nie habe ich einem Wedding-Walk beigewohnt! Dieser offizielle Marsch der Hochzeitsgesellschaft findet normalerweise auf dem Weg zu einer Kirche statt.

»Finde ich auch«, pflichtet May mir bei. »Rob wollte erst nicht, aber Sarah und ich haben ihn überredet.« Sie zwinkert mir zu.

»Männer … Keinen Sinn für das Besondere.«

»Da sagst du Wahres! Und mal ehrlich, die einzigartige Kulisse des traumhaften und altehrwürdigen *Glenlaggan Castle* bietet sich geradezu an, oder? Sie verleiht dem Wedding-Walk einen ganz besonderen Reiz. Auch wenn er nur kurz sein wird. So, jetzt muss ich aber einen Penny loswerden, bevor der Walk beginnt.«

»Danke, May, das ist total lieb …«, beginne ich, doch sie eilt bereits flink wie ein Wiesel ins Hotel zurück.

Kurz darauf ist es soweit! Die ersten Gäste nehmen Aufstellung hinter einem Dudelsackspieler, allen voran Rob. Neben ihm Emilio. Während alles auf die Braut wartet, postiert sich der Pastor hinter dem provisorischen Altar!

Ich stelle mich ganz nach hinten und jetzt erfasst auch mich die Aufregung. Ein Raunen geht durch die Menge, als Sarah neben May die Stufen hinab schreitet. Ich muss schlucken, so schön ist sie.

Ein Traum aus luxuriösem, weichfließendem Stoff und kunstvoll gefertigter Spitze schmiegt sich um Sarahs schlanke Figur und endet am Boden in einer kaskadenförmigen Schleppe. Ihre blonden Locken sind zu einem voluminösen Knoten locker hochgesteckt und die

Seiten zart geflochten. Einzelne Strähnen schmiegen sich wellenartig um Gesicht und Nacken. Der hauchzarte Spitzenschleier wird von weißen Perlen auf ihrem goldblonden Haar gehalten. Ach, und erst der Brautstrauß … Ein Traum aus Schleierkraut, weißen und lachsfarbenen Rosen. Auch ein Zweig Heidekraut steckt im Bouquet. Er soll der Braut Glück bringen.

Emilio bietet Sarah einen Arm und May gesellt sich zu Rob an die Spitze des Wedding-Walks.

An diesem Punkt ertönen die Dudelsackklänge und auf meinen Armen stellen sich die Haare auf. Ich strecke mich etwas, um einen Blick auf die Braut zu erhaschen.

Und blicke direkt in ein Paar stahlblauer Augen. Aber nur kurz, dann dreht sich Calan wieder um und lächelt seiner Begleitung zu.

Verdammt! Dieser Blick hat bei mir gerade wie ein Blitz eingeschlagen! Unvermutet, überraschend. Und ich kann meine Augen nicht abwenden von seinen breiten Schultern, dem leicht welligen, etwas längeren Haar … Und der Ziege, die neben ihm geht und jetzt seine Hand nimmt.

Ich merke, wie meine Gesichtszüge einfrieren. Ausgerechnet jetzt blickt diese Fiona über die Schulter zu mir, und in ihren Augen liegt der blanke Hohn. So ein Biest!

Die Gäste lassen sich in den Stuhlreihen nieder. Für mich wird es der letzte Stuhl hinten, dafür am roten Teppich, so kann ich wunderbar die Zeremonie verfolgen.

»Annie?! Bist du das?«

»Oh, hallo Terry.« Ich lächle ihr zu und nehme Platz. »Wie schön, dass wir nebeneinandersitzen. Ja, ich bin es.«

»Du siehst bezaubernd aus, meine Liebe. Ich hätte dich fast nicht wiedererkannt.«

Lange seufze ich auf. »Ja, ich mich auch nicht.«

»Oh, oh!« Aufgeregt tätschelt sie mir den Oberschenkel so heftig, als müsse sie einen Brand löschen. »Es geht los!«

Ich blicke nach vorn, zu Sarah und Rob, die jetzt am Altar angekommen sind und sich auf die Stühle setzen. Und schräg vor mir sitzen Calan und Fiona und wirken verdammt vertraut.

Tja, wahrscheinlich fängt diese Hohlhupe nachher auch noch den Brautstrauß.

Die Ansprache des Geistlichen ist exakt auf das Brautpaar ausgerichtet und beginnt bei der Würdigung des Vergangenen bis hin zur Zeit, in der sich die beiden kennenlernten. Es ist wie in einem romantischen Hörbuch, ich hätte ihm noch stundenlang zuhören können.

Zum Abschluss der Zeremonie erfolgt das Eheversprechen.

»Sarah und Rob«, beginnt der Pastor und legt eine kleine Pause ein. Eine bedächtige Stille legt sich über den Park und aus verschiedenen Richtungen höre ich es verhalten schniefen. Auch ich schlucke eine heiße Träne hinunter. »Eure gemeinsame Reise beginnt nun mit freiem und unbeschwertem Herzen. Ich bitte euch, nun aufzustehen. Dir, Rob, reiche ich diesen Kelch. Trinke aus ihm gemeinsam mit Sarah. Er symbolisiert den Weg, den ihr gemeinsam gehen werdet.«

Als der Pastor anschließend die ultimative und endgültige Frage stellt, beide mit »Ja« antworten und sie sich gegenseitig mit den Liebesversprechen die Ringe an die Finger stecken, die May auf einem Kissen reicht, fließen auch bei mir die Tränen.

Und ich habe natürlich die Taschentücher vergessen.

»Hier, Kindchen.« Terry reicht mir eines und ich bedanke mich verschämt.

»Keine Ursache«, flüstert sie. »Ich habe schon so viele Hochzeiten erlebt – allein meine eigenen … frag nicht, – dass ich weiß, es ist immer jemand dabei, der heult, obwohl er dachte, dass ihm das nie passiert. Hab ich recht?«

Ich kann nur nicken und tupfe mir vorsichtig die Tränen von den Wangen. »Danke, Terry. Das ist alles ein bisschen viel für mich.«

Zuviel Rührseligkeit, zuviel Liebe, zuviel Chichi und zuviel Freundschaft. Also alles Dinge, die in meinem Leben bislang seltene Auftritte haben.

»Hach ja, kann ich verstehen. Sehr emotional, so eine Hochzeit, insbesondere, wenn sie so märchenhaft ist wie diese.«

»Da sagst du was. Wieso zappelst du eigentlich so?«

»Wenns mir auf die Tränendrüse drückt, meint die Blase, sie müsse auch drücken.«

Interessant, eine Blase mit Geltungssucht.

Auf dem Weg zum Hochzeitsmahl in einem Saal des *Glenlaggan Castle* verschwindet Terry zügig Richtung Toiletten, und ich halte Abstand zu Calan und seiner Ziege. Ihr Anblick passt nicht in die festliche Stimmung, die ich mir nicht versauen will.

Ein paar Meter vor mir läuft das Brautpaar, flankiert von den Trauzeugen May und Emilio.

Ich seufze lange auf. Die Freundschaft zwischen May und Sarah ist so eng, dass sie fast physisch zu spüren ist. Ein bisschen wehmütig stehe ich dabei und wünsche fast, auch ich hätte so eine Freundin, die mit mir lacht, sich mit mir freut. Eine Freundin, die immer für mich da ist, alles mit mir durchsteht und … die meinem zukünftigen Ehemann die Ringe auf einem Kissen reicht. Eben so eine Freundin, wie Sarah sie in May hat.

Das schlechte Gewissen nagt an mir. Ich habe eine Schwester, die ich über alles liebe. Dieses Band ist ein sehr festes, auch wenn es, wie aktuell, zum Zerreißen gespannt ist.

In Gedanken versunken trotte ich so ziemlich als Letzte hinter allen anderen her, weiche zwei älteren Damen aus, die stehen geblieben sind und sich unterhalten, und zermartere mir das Hirn, wie Mella zu helfen wäre. So sehr ich mich auch gedanklich drehe und wende, am Ende komme ich immer wieder an den Punkt, dass sie sich selbst helfen oder zumindest Hilfe zulassen muss.

Plötzlich stolpere ich über irgendwas. Grasnarbe, blöde. Doch bevor ich fallen kann, kralle ich mich an einem hellen Jackett fest. Puh, gerade noch mal Glück gehabt. Grasflecken im Edelkleid wären ja nun wirklich nicht so dekorativ.

»Hey, Hoppla!«, sagt das Jackett.

»Verzeihung, ich …«Beschämt grinsend streiche ich mein Kleid glatt und … »Och nee!«

Calan hat sich umgedreht und sieht mich. Auf der Stelle bröselt ihm das amüsierte Lächeln aus dem Gesicht. »Sie schon wieder …«

»Danke auch! Das Kompliment gebe ich gern zurück. Und ja, ich. Grasnarbe. Entschuldigung, ich war in Gedanken.«

»Grasnarbe?« Fiona hängt sich bei Calan ein und zieht affektiert eine blonde Braue hoch.

»Äh ja, Grasnarbe. Kann man drüber stolpern. Wie gesagt, tut mir leid.« Ich recke mein Kinn vor und will raus aus der Situation, bevor ich noch in meine alten Muster zurückfalle.

»So eine dämliche Ausrede habe ich ja noch nie gehört.« Sie schnauft genauso gestelzt, wie sie Brauen hochzieht, und ganz spontan kann ich sie nicht ausstehen. Noch bevor ich irgendwas Geistreiches erwidern kann, fährt sie fort: »Komm Calan, wir gehen. Solche Millionärs-Bunnys greifen wirklich zu allen Mitteln. Das ist äußerst … peinlich. Insbesondere im Rahmen einer Hochzeit!« Brüsk wendet sie sich ab und zwinkert Calan zu, dessen Blicke zwischen mir und Fiona hin und her fliegen. »Komm schon, Calan, gleich wirft Sarah den Brautstrauß, und wer weiß …«

»Millionärs-Bunny?!« Ich koche! Nebenbei bin ich heilfroh, dass alle anderen bereits an der großen Treppe stehen, die zum Hotel hinaufführt, und ihre Aufmerksamkeit auf das Brautpaar richten. Was ich eigentlich auch tun sollte. Umso sauerer bin ich. »Und das sagt ausgerechnet die Champagnerschlampe, die heiß drauf ist, den Brautstrauß zu fangen?!« Ich lache und stemme eine Hand in die Hüfte. Dann äffe ich sie nach und wedle dabei affektiert mit einer Hand. »Komm Calan, gleich wird der Brautstrauß geworfen …«

Wie eine Furie wirbelt Fiona auf dem Absatz herum, bleibt mit ihrem High Heel im Boden stecken und krallt sich an Calan. Mit hochrotem Kopf lässt sie ihn wieder los, sammelt sich und hält mir einen Zeigefinger unter die Nase. Das hat etwas Erheiterndes, denn sie geht mir - trotz ihrer hohen Absätze – gerade mal bis zur Kinnspitze. Ich schätze, das läuft eindeutig auf eine vielversprechende Unterhaltung hinaus.

»Grasnarbe?«, frage ich mit einem spöttischen Unterton und stachle damit ihre Wut nur noch mehr an.

»Ach, halt doch die …«, faucht sie total undamenhaft.

»Ladys, bitte!« Calan geht dazwischen und trennt uns. Dabei wirft er mir einen amüsierten Blick zu. »Contenance, wenn ich bitten darf! Wir befinden uns nicht auf einem Festival.«

Mit gespitzten Lippen zuckt Fiona zur Seite und stakst davon, ohne auf Calan zu warten.

»Alles okay mit Ihrem Fuß?«

Irritiert blicke ich ihn an. »Fuß? Wieso Fuß? Ach so, Fuß! Nein. Ich meine Ja. Alles in Ordnung. Aber …« Ich deute mit dem Kinn auf die Brautstraußjägerin, die uns jetzt mit verschränkten Armen beobachtet. Ich könnte wetten, wenn sie in dieser Minute eine Voodoo-Puppe und eines meiner Haare hätte, sie würde genüsslich ein lange Nadel durch die Mitte treiben. »Ihre Frau wartet. Sieht ziemlich stinkig aus.«

Er brummt und steckt seine Hände in die Taschen. »Sie ist nicht meine Frau.«

»Stimmt! Ich Esel!« Mit der flachen Hand klatsche ich mir an die Stirn. »Sonst wäre sie ja nicht so scharf auf den Brautstrauß. Schönen Tag noch.«

Bevor ich erneut in Gefahr laufe, zu stolpern, ziehe ich die Schuhe aus und schließe barfuß zu der Menschentraube auf. Einige Meter neben dieser Fiona beziehe ich Position. Schön weit links, ganz hinten. Dabei, aber nicht mittendrin. So fühle ich mich ganz wohl.

»Seid ihr bereit, Honeys?«, ruft Sarah jetzt, hebt den Strauß hoch und wendet uns den Rücken zu. Alle Frauen, einschließlich Fiona – und außer mir – quietschen, als gäbe es Guccitaschen für lau. Du liebe Güte … Wenn sie ein Collier werfen würde, eine Dartscheibe oder meinetwegen auch ein Navigationssystem, ja, dann würde ich mich einreihen und in die Höhe springen wie eine Antilope und »Hier. HIER!« rufen. Aber ein Brautstrauß? Genervt zupfe ich ein kleines Hautfetzelchen seitlich des Daumennagels ab.

Im nächsten Moment klatscht mir etwas an den Kopf.

Noch bevor ich realisiere, dass mir soeben das Heidekraut des Brautstraußes beinahe ein Piercing im linken Nasenflügel beschert hat, ertönt lauter Applaus. Irgendjemand ruft: »Ein Hoch auf die nächste Braut!«

Wie man es von mir erwartet, zimmere ich mir ein breites Lächeln ins Gesicht, spucke ein wenig vom Schleierkraut aus und halte den Strauß hoch.

»Yeah! Jetzt brauche ich nur noch einen Mann!«, rufe ich.

Stille. Dann ruft Sarah: »Das nenne ich mal eine Ansage! Also dann, ihr unverheirateten Männer! Annie ist noch zu haben. Ihr habt es gehört.«

Es folgt erneut Applaus, begleitet von Gelächter. Einige der umstehenden Frauen sehen mich ausdrücklich warnend und recht sparsam an und haken sich demonstrativ bei ihren Männern unter. Aus dem Augenwinkel sehe ich, wie May sich schlapp lacht. Und Fiona? In ihren Augen flackern die Flammen der Hölle.

Ich winke ihr breit grinsend mit dem Strauß zu.

Allein der Gesichtsausdruck der Champagnerschlunze ist die Nummer mehr als wert.

Die Stimmung ist ausgelassen.

Kein Wunder, seit Stunden tanzen die Menschen unter dem Sternenhimmel zu der fetzigen Musik einer Band, die Rob engagiert hat. Die dunkelhäutige Sängerin sieht Beyoncé nicht nur verdammt ähnlich, sie hat auch eine verblüffend ähnliche Stimme.

Fiona fällt mir mitten in einer Drehung um den Hals. »Puh! Ich kann nicht mehr! Wollen wir etwas trinken?«

Lachend halte ich sie fest. »Ich glaube, du hast genug. Am Buffet gibt es Mitternachtssuppe, die ist auch flüssig, und bekommt dir aktuell sicher besser als noch mehr Alkohol.«

Schmollend schiebt sie die Unterlippe vor und kneift mich in die Wange. »Wenn du mit mir nichts trinken gehst, such ich mir einen anderen.«

»Suppe für dich! Keine Widerrede.« Ich schiebe sie ein Stückchen von mir weg. Wir kennen uns schon so lange und ich weiß, wenn Fiona jetzt noch ein Glas trinkt, wird sie rührselig.

Plötzlich schlägt mir jemand auf die Schulter.

»Partnertausch!«, erklingt eine helle Stimme und Sarah grinst mich an. Gute Frau!

Rob greift sich Fiona und führt sie von der Tanzfläche.

»Wo geht er mit ihr hin?«, will ich von Sarah wissen.

Sie zwinkert mir verschwörerisch zu. »Mitternachtssuppe. Die Verzweiflung stand dir ins Gesicht geschrieben, Calan. Und wir haben gehört, was du zu ihr gesagt hast.«

»Danke! Ihr seid meine Rettung«, sage ich und verdrehe die Augen.

»Ich weiß. Rob hat mir erzählt, dass sie immer sentimental wird, wenn sie zuviel trinkt. Aber so richtig betrunken ist sie nicht. Höchstens angeheitert, oder?«

»Glaub mir, zwei, drei Gläser Alkohol reichen ihr.«

»Und heute hat sie mehr?«

»Aktuell vier.«

»Oha.«

Lachend drehe ich mich mit ihr im Kreis, dann wechseln wir wieder zu einem moderaten Tempo. Aus dem Augenwinkel sehe ich Annie mit geschlossenen Knien auf einem Stuhl sitzen. Auf ihrem Schoß der Hochzeitsstrauß. Was macht sie denn da? Wieso zupft sie was heraus?

»Sag mal«, beginne ich. »Diese Annie … Ich erinnere mich, dass du nicht gerade gut auf sie zu sprechen warst. Und jetzt ist sie hier. Hat das einen bestimmten Grund?«

Sarah zuckt mit den Schultern. »Ja und nein. Die komplette Redaktion ist eingeladen, da konnte ich sie ja unmöglich nicht mit einladen. Allerdings muss ich …«

»Musst du was?«

»Nun ja, zugeben, dass sie gar nicht so … so furchtbar ist, wie ich dachte. Wir haben noch in Nottingham telefoniert und eigentlich wollte ich das Gespräch hier weiterführen, bis jetzt ergab sich jedoch noch keine richtige Gelegenheit. Aber heute Morgen hat May mit ihr gefrühstückt und mir davon erzählt und – stell dir vor – Annie hat mir einen Glückspenny mitgebracht. Er steckt in meinem Schuh.«

»Immer noch? Stört das nicht?«

»Irgendwie kein bisschen.«

Plötzlich versteinert sich Sarahs Gesicht. »Oh nein …«

»Oh nein was?«, frage ich irritiert? »Ist was mit dem Penny?«

»Nein, aber mit Fiona.« Sarah dreht sich und so kann ich jetzt auch sehen, wie Fiona mit zackigen Schritten direkt auf Annie zusteuert. Die scheint von ihrem Glück aber noch nichts bemerkt zu haben, nippt an einem Cocktail und hat ihren Blick auf die Bühne gerichtet.

»Sarah, ich glaube, ich muss einschreiten«, entschuldige ich mich und gehe mit ihr von der Tanzfläche. Dabei achte ich darauf, weder hektisch zu wirken noch schnell zu gehen, um keine Aufmerksamkeit zu erregen.

»Haben die beiden Frauen ein Problem miteinander?«, fragt sie mich, als wir an einem freien Stehtisch angekommen sind.

Schon taucht Rob auf. »Sorry, Calan. Auf einmal war sie verschwunden. Habt ihr sie gesehen?«

Ich deute Richtung Annie. Die ist mittlerweile aufgestanden und hält den Brautstrauß wie ein Kämpfer sein Schwert, bereit, es jederzeit auf den Gegner niedersausen zu lassen.

Sarah schlägt die Hand vor den Mund.

»Das regle ich!«, sagt Rob.

»Nein. Das werde ich übernehmen. Geh du mit Sarah eine flotte Runde auf dem Parkett drehen.«

Mit langen Schritten steuere ich auf die zwei Frauen zu und kremple dabei meine Ärmel hoch. Offenbar liefern sich die beiden ein heftiges Wortgefecht. Zumindest sieht es so aus. Fiona fuchtelt mit gerade gerichtetem Finger Richtung Annie und die wischt Fionas Hand mit dem Strauß zur Seite und drückt ihn ihr anschließend in die Arme. Dabei funkeln ihre Augen voller Spottlust.

Zwei Weiber, die sich bekriegen! Das hat mir gerade noch gefehlt! Jetzt fehlt nur noch Regen und ein schlammiges Areal, in dem sie ihren Kampf ausfechten können. Dann hätten wenigstens alle was davon.

Gleich habe ich sie erreicht. Jetzt kann ich auch hören, was sie sagen.

»Du bist so gewöhnlich, dass ich dich nicht mal als Klopapier verwenden würde, du Aristokratenfischerin!«, spuckt Fiona in dieser Sekunde aus.

Ich stocke! Als Teenager habe ich solche Sprüche öfter von ihr gehört, aber als erwachsene Frau …?

»Und du hältst dich für eine gottgleiche Elitentussi. Ich sag dir mal was: Bevor ich zum Frühstück am Millionärssoda nippe, hast du in der Zwischenzeit bereits dreimal in den Schrein der verschmähten Frauen geheult!«

»Na warte, du … du …« Wutentbrannt hebt Fiona den Brautstrauß.

Ein Lachen unterdrückend grätsche ich dazwischen, bevor die Situation entgleist und der schöne Strauß darunter leiden muss. Bestimmt drücke ich ihre Hand hinunter.

»Fiona! Mrs Fairfield! Ich muss doch sehr bitten!« Und zu Fiona gewandt. »Lass uns gehen. Was ist mit dir los? So kenne ich dich gar nicht!«

Ruckartig wendet sie den Kopf und funkelt mich an. Erst jetzt scheint sie zu erkennen, wer vor ihr steht. »Oh, hallo, Calan«, lächelt sie smart. »Wir hatten eine kleine Auseinandersetzung. Komm, lass uns gehen, Calan. Hier stinkt es.«

Lange Freundschaft hin oder her, ihr Verhalten ist so unmöglich, dass ich ihr Lächeln beim besten Willen nicht erwidern kann. Stattdessen schüttle ich ihre Hand ab und fahre sie an.

»Eure Auseinandersetzung war nicht zu übersehen! Schämen solltest du dich! Ihr beide solltet …!«

Beim nächsten Wimpernschlag landet der Strauß auf meinen Brustkorb. Geistesgegenwärtig packe ich ihn, bevor er runterfällt. Die Überraschung nimmt mir die Worte.

»So kann man sich also auf deine Unterstützung verlassen, was?! Danke auch! Mit mir brauchst du heute Abend auf jeden Fall nicht mehr zu rechnen.« Trotzig reckt sie das Kinn, macht auf dem Absatz kehrt und stakst davon, mitten durch die tanzenden Paare hindurch.

Verblüfft sehe ich ihr hinterher.

»Tja, der Plan ist wohl nicht ganz aufgegangen. Ich hätte dann gern meinen Strauß wieder«, sagt Annie schroff. Ich wende langsam meinen Kopf und werfe ihr einen vernichtenden Blick zu. Sie erwidert ihn gekonnt. Okay, dann eine andere Strategie.

»Du meinst das Teil, das aussieht, als hätten die Vögel das Nest verlassen, weil jemand darin gewütet hat?«, sage ich mit einem süffisanten Lächeln.

Zugegeben, Annie Fairfield sieht entzückend aus, wie sie jetzt einen überheblich abschätzigen Gesichtsausdruck aufsetzt und die Arme verschränkt. Ihre Fußspitze wippt, das ist das Einzige, was sich an ihr bewegt. Und es zeigt mir, dass sie nervös ist.

»Strauß bleibt Strauß. Im Übrigen kann ich mich nicht erinnern, IHNEN das Du angeboten zu haben, Mr McGrant! Und dass gerade SIE jetzt versuchen, mir mit plumpen Annäherungsversuchen zu kommen, ist ja wohl wirklich zum Brüllen komisch. Bei Gelegenheit werde ich darüber herzlich lachen.«

Gut, allmählich dämmert mir, was Fiona so fuchsteufelswild werden ließ. Diese Annie versteht es meisterhaft, bis aufs Blut zu reizen. Nicht nur durch ihre Worte, ihre ganze Körperhaltung drückt Geringschätzung aus.

In aller Seelenruhe lege ich den Strauß auf den Stuhl und versuche, Herr der Lage zu bleiben. In der Tat jedoch brodelt es in mir und am liebsten hätte ich dieses forsche Weib gepackt, auf den Boden geworfen und mich mit meinem kompletten Gewicht auf sie gelegt.

»Hören Sie, Mrs Fairfield. Was kann ich tun, um die Situation für uns alle etwas entspannter zu gestalten?«

»Wie wäre es mit tief Luftholen und innerlich sammeln?«

Jetzt reicht es!

Grob greife ich sie an der Hand und ziehe sie mit mir, dorthin, wo kein Lampion die Nacht erhellt.

»Hey, tickst du noch ganz richtig?«

»Ach, duzen wir uns nun doch? Und jetzt Klappe halten!«

Am Springbrunnen mache ich halt. Er ist zwar von innen beleuchtet, aber er liegt auch durch Büsche abgeschirmt von der Hochzeitsgesellschaft.

Auf der Stelle zieht Annie ihre Hand aus meiner und reibt sie. »Wäre das eventuell auch ein bisschen rücksichtsvoller gegangen?«, blafft sie mich an. »Was sind Sie für einer, hä? So ein stinkreicher Ich-Kann-Jede-Haben-Macker? Danke, auf so eine Gesellschaft kann ich durchaus verzichten! Und jetzt gehe ich wied…«

»Sie bleiben! Denn ich bin noch nicht fertig mit Ihnen! Und glauben Sie mir: Das Letzte, was ich vorhabe, ist, Sie anzufassen«, sage ich barsch. Irgendwas in meiner Stimme lässt sie ihre Meinung ändern.

»Na, da bin ich aber mal gespannt. Schieß los.«

»Schießen Sie los!«

»Wieso ich?«

»Sie haben mich geduzt.«

»Erbsenzähler!«

»Und wer hat damit angefangen?«

»Pfft!« Sie verschränkt die Arme und blickt demonstrativ an mir vorbei.

Teufel noch eins! Sie sieht heute aus wie eine Lady und strahlt doch eine lasterhafte Versuchung aus, der ich mich nur schwer widersetzen kann.

Schlagartig übernimmt ein anderer Teil in mir die Regie, packt sie an den Schultern und dann … presse ich meine Lippen hart auf ihre. Annies Körper versteift sich unter meinen Händen, doch ihre Lippen sind weich, sie sind voll und sie schmecken nach Sommer, nach Lust und dem Himmel auf Erden. Und ich spüre, dass ihre Zunge mit meiner spielen will und … Herrje! Was mache ich denn da nur?!

Über mich selbst überrascht lasse ich sie los. »Verz…«

Dann donnert mir ein D-Zug durchs Gesicht!

Ohne Übergang beginnt meine Wange heiß zu brennen und ich kann die Frau vor mir nur entgeistert anstarren. Ihre grünen Augen haben etwas Dunkles, Bedrohliches angenommen. Mit geballten Fäusten steht sie vor mir, ihr Brustkorb hebt und senkt sich schnell. Gott, sie sieht einfach nur heiß aus.

»Sie … Sie …!«, stößt sie hervor. »Kommen Sie mir ja keinen Schritt mehr zu nahe, sonst …«

»Sonst was?!« Amüsiert reibe ich mir die Wange.

Ein Laut der Wut quillt über ihre Lippen, bevor sie auf dem Absatz kehrt macht und zurück zur Feier marschiert. Ja, marschiert. Damit der Saum des Kleides längere Schritte zulässt, hebt sie ihn hoch und ich erhasche noch einen kleinen Blick auf dunkle Spitze, bevor die Schatten jede Sicht verschlucken.

Annie

Ohne einen klaren Gedanken fassen zu können, umrunde ich den Bereich der Hochzeitsgesellschaft und wische mir wiederholt mit dem Handrücken über den Mund. Und der Beyoncé-Verschnitt trällert »Always love you«!

Ja, always love you selbst. Verdammter, rührseliger Song! Mir ist jetzt nicht nach Romantik, eher nach meiner Pole und einer Stunde schweißtreibendem Training, um runterzukommen. Irgendwo muss ich die aufgestaute Energie abladen. Die Ohrfeige hat definitiv nicht ausgereicht.

Kurz vor der Treppe zum Hotel treffe ich auf Sarah. Auch das noch. Der Zeitpunkt ist kein guter.

»Hey, Annie. Endlich finde ich die Zeit, um dir Danke zu sagen.«

»Hi Sarah.« Alle Kraft und Schauspielkunst mobilisierend, setze ich ein Lächeln auf. Und irgendwie bin ich auch froh, heute noch mit ihr reden zu können. Wer weiß, vielleicht ist der Zeitpunkt gar nicht so verkehrt, ich spüre schon jetzt, wie ich ruhiger werde. Das liegt sicher auch an Sarahs Gesichtsausdruck. Sie wirkt rundum glücklich. Müde zwar, und völlig fertig, aber im siebten Himmel. Eben so sollte eine Braut sich am schönsten Tag ihres Lebens fühlen.Und ich gönne es ihr von Herzen. »Du meinst den Penny?«

»Genau den!« Plötzlich nimmt sie mich in den Arm und drückt mich kurz. »Danke, dass du gekommen bist. Trotz allem, was davor geschehen ist.«

Verwundert sehe ich sie an. »Ich sollte Danke sagen, Sarah. Und mich für mein Verhalten für … Na ja, für all die Dinge, die vorher geschehen sind, entschuldigen. Weißt du, ich …«

Sie zwinkert. »Alles gut, Annie. May hat mir von eurem Gespräch heute Morgen erzählt. Ich schlage vor, wir fangen neu an. Was meinst du? Heute ist doch der perfekte Tag dafür. Oh, kannst du mir mal kurz helfen? Ich muss jetzt unbedingt aus den Schuhen raus! Meine Füße brennen wie die Hölle.«

Mit meiner Unterstützung lässt sie sich ächzend auf eine der steinernen Stufen nieder und zieht mit schmerzverzerrtem Gesicht einen Schuh aus.

Ich setze mich neben sie, was mit einem engen Etuikleid gar nicht so einfach und äußerst unbequem ist. »Hey, deine Füße sind leicht geschwollen, man sieht deutlich den Abdruck vom Schuh auf dem Rist.«

»Uh ja, genauso fühlt es sich auch an. Ziemlich undamenhaft, mit so einem Kleid breitbeinig auf einer Treppe zu sitzen, hm?«

»Nur menschlich, denke ich. Weißt du was? Zu zweit bist du nicht allein undamenhaft. Womit ich ja generell so meine Problemchen habe, wie du weißt.« Kurzerhand ziehe auch ich meine Schuhe aus, stelle sie neben mich und ziehe das Kleid bis in die Mitte der Oberschenkel hoch. »Ah, das tut gut. Jetzt kommt Luft dran.«

Lachend wirft Sarah den Kopf in den Nacken. »Dann pass nur auf, dass niemand zufällig mehr sieht, als er sollte.«

»Na, der müsste schon mit einer Taschenlampe anrücken und gezielt ausleuchten, damit er was davon hat.«

»Annie! Du gefällst mir! So kann man sich täuschen, was?« Sie zieht den zweiten Schuh vom Fuß, schüttelt den Penny heraus und hebt ihn hoch. »Das wird mein Glückspenny sein. Er bekommt einen Ehrenplatz in einer Schatulle. Danke dir dafür.«

»Gern geschehen«, sage ich und dann stoßen wir gemeinsam einen wohligen Seufzer aus.

Sie, weil sie ihre Füße massiert und ihr das guttut. Ich, weil ich mich auf einmal pudelwohl fühle. Breitbeinig und barfuß auf einer Schlosstreppe unter einem Sternenhimmel zu sitzen, hat so etwas Wohltuendes. Ganz besonders dann, wenn ein unangenehmes Problem sich in Luft auflöst. Sarahs Gegenwart fühlt sich ein bisschen wie der Beginn einer Freundschaft an. Auch wenn das unmöglich ist, da uns hunderte von Kilometern trennen, ist es eine sehr angenehme Vorstellung. Und immerhin kommt sie ja alle paar Wochen in die Redaktion.

Mit einem Schlag überfällt mich bleierne Müdigkeit. Die Lampions schaukeln sachte im Wind. Das und ihr warmes, weiches Licht versetzen mich fast in eine Art Trancezustand. Ich muss etwas sagen oder tun, sonst schlafe ich auf der Treppe ein.

»Deine Hochzeit ist von vorne bis hinten wunderschön gewesen, Sarah«, sage ich, ohne die Lampions aus den Augen zu lassen. »Oh, korrigiere, sie ist immer noch wundervoll. Es ist schon wie spät? Nach Mitternacht, oder? Und es sind noch alle Gäste da. Ach …« Ich seufze sehnsuchtsvoll auf und drehe den Kopf zu ihr. »Du bist eine so wunderschöne Braut. Und du hast eine Märchenhochzeit, an die du dich ein Leben lang erinnern wirst. Und du kannst deinen Kindern die Bilder zeigen. Und weißt du was?«

»Also ich hätte jetzt mindestens noch ein und erwartet«, grinst sie mich an. »Was?«

»Das alles hier steht dir ins Gesicht geschrieben. All das Glück und deine Liebe zu Rob. Und …«

»Da isses, das und.«

Ich kichere. »Und … ich bin verdammt noch mal verdammt neidisch! Außerdem falle ich gleich um vor Müdigkeit.«

»Glaub mir, ich auch.« Wie auf Kommando gähnt sie in ihre Hand. »Du kannst ins Bett, ich muss, nein, ich will bis zum Schluss wach bleiben. Dieser Tag kommt so nie wieder.«

»Das wäre zumindest erstrebenswert.«

»Aber hallo!« Sie stupst mich in die Seite. »Was machst du morgen?«

»Keine Ahnung. Erst einmal ausschlafen. Dann vielleicht ein bisschen die Gegend erkunden. Oder einen Tag am Pool verbringen.«

»Es gibt hier in der Nähe auch einen wunderschönen See. Da hast du beides: Umgebung und Wasser zum Schwimmen.«

»Das ist eine gute Idee. Wo ist dieser See genau?«

»An einem Strand des Loch Shiel, an der Mündung des River Finnan bei Glenfinnan. Ein Geheimtipp. Aber er ist schwer zu finden. Kannst du paddeln?«

»Als ich ein Kind war, hatten wir ein Schlauchboot, da bin ich auch mal gepaddelt, aber das ist eine Weile her. Was ist an dem Strand so besonders?«

Sie zuckt mit den Schultern. »Es ist wunderschön dort und wenn du Glück hast, bist du ganz allein. Das Wasser allerdings ist saukalt.«

»So kalt?« Ich halte Daumen und Zeigefinger circa einen Zentimeter übereinander.

»Ungefähr so. Vielleicht fünfzehn Grad, vielleicht weniger. Es ist ja ungewöhnlich warm im Moment.«

»Also eine herrliche Erfrischung.«

»Für mich wäre das nichts. Wenn du morgen dorthin willst, fahre mit dem Wagen Richtung Glenfinnan, das sind circa 16 Meilen. Ungefähr einen Kilometer vor Glenfinnan steht auf der linken Seite das Guesthouse Murrow – großes blaues Schild – kannst du nicht übersehen. Dort kannst du dir ein Kanu mieten und bis zum Strand paddeln. Ist nicht weit. Aber nimm dir Verpflegung mit, da gibt es echt gar nichts.«

Nachdenklich stütze ich mein Kinn auf die Hände. »Das hört sich verlockend an. Aber was, wenn ich den Strand nicht finde?«

»Keine Sorge. Sobald du die Biegung auf Höhe Glenfinnan nimmst, liegt er direkt auf einem Hügel. Sehr malerisch, du wirst ihn nicht übersehen. Es ist nur zu hoffen, dass sie dort nicht gerade den nächsten Harry Potter drehen, denn der Loch Shiel ist in den Potter-Filmen der Hogwarts Lake.«

»Echt? Interessant. Kann ich dort eventuell irgendwo parken und zu Fuß an den Strand gehen?«

»Hm, schwierig, dort einen Parkplatz zu finden. Du müsstest in einer Ausweichbucht an der Straße parken und dann ungefähr anderthalb Stunden flott marschieren.«

Puh, das hört sich anstrengend an. Zu anstrengend. Da paddle ich lieber einen Kilometer. Die Abenteuerlust packt mich. Annie allein im Kanu auf dem Weg zu einem einsamen Strand. Das hört sich ein wenig nach Selbstfindungstrip an, aber auch nach Ruhe und Herausforderung gleichzeitig.

Und ich liebe Herausforderungen!

Aus dem Augenwinkel sehe ich Calan mit dieser Fiona an der Bar stehen. Sie verabschieden sich in diesem Moment von einem Paar. Oh ja, der morgige Trip ist genau das Richtige, um aufgestaute Energie abzuladen.

Und jetzt werde ich schlafen gehen. Morgen werde ich rudern, dafür brauche ich einen klaren Kopf. Und viel Kraft.

Da fällt mir etwas ein.

»Sarah? Ich hatte jetzt nicht darauf geachtet, ob ich eine Minibar im Zimmer habe, und ich habe nicht an Getränke gedacht. Weißt du zufällig, ob das zur Grundausstattung gehört?«

»Hm, hast du einen Raum oder zwei?«

»Einen. Mit Bad. Also zwei, da könnte ich nämlich drin wohnen.«

»Ja, genau das habe ich auch gedacht, als ich zum ersten Mal hier war. Ich glaube, die Einraum-Zimmer haben keine Minibar. Ich bin mir jedoch nicht sicher. Du kannst an der Rezeption fragen, ob sie dir eine Flasche Wasser geben. Das ist kein Problem.«

»Blendende Idee.« Unverhohlen gähne ich, ohne den Mund mit der Hand zu verdecken. »Für mich war es das heute, glaube ich.«

»Für mich auch. Ich muss mal sehen, ob ich Rob irgendwo finde. Wie ich ihn kenne, sitzt er irgendwo mit Emilio und sie reden übers Hotel. Hilfst du mir aufstehen? Meine Glieder sind total steif.«

Umständlich stehe ich auf und helfe Sarah hoch. Dann umarmen wir uns und wünschen uns schöne Träume. Danach wandle ich halb wach, halb schlafend Richtung Rezeption.

Kapitel 8

Schon von Weitem sehe ich Fiona an der Bar unweit der Bühne stehen und ein Glas Champagner in sich hineinschütten. Fest presse ich die Kiefer aufeinander und steuere auf sie zu. Wir kennen uns so lange, da schaden ein paar klare Worte nichts. Zudem fühle ich mich ihr gegenüber verpflichtet, schließlich bin ich so etwas wie ihr großer Bruder.

Bei ihr angekommen, nehme ich das Glas entgegen, das der Barkeeper soeben nachgefüllt hat.

»Ich denke, es ist besser, wenn du jetzt nichts mehr trinkst«, sage ich und versuche, meiner Stimme einen warmherzigen Klang zu verleihen. Es gelingt mir nur halb, denn ich bin immer noch entsetzt über ihr Verhalten Annie – und auch mir – gegenüber.

»Du hast mir gar nichts zu sagen«, schnauzt sie mich an, blickt aber an mir vorbei und greift nach dem Glas.

Ich schiebe es weg von ihr über den Tresen. »Was ist nur mit dir los, Fiona? So kenne ich dich nicht. Kennst du Annie Fairfield von früher? Hat sie dir etwas getan?«

Leicht schwankend wendet sie sich mir zu. Du liebe Güte, sie ist tatsächlich betrunken. Ziemlich sogar. Ein Wunder, dass sie noch vollständige und klar verständliche Sätze formulieren kann.

»Nein! Mir nicht. Aber du kennst die Story, wie sie Rob und Emilio verlocken wollte. Nur hat sie da kein Glück gehabt. Aber du … du bist ja immer noch Single!« Sie spuckt das letzte Wort fast angewidert aus, schiebt in der Folge die Unterlippe vor und hält sich am Holm des Tresens fest. »Hast du mal gesehen, wie die Kuh dich ansieht? Die ist auf dein Geld scharf! Pass bloß auf, Calan! Pass bloß auf, sag ich!«

Unwillkürlich muss ich lächeln, lege einen Arm um sie und drücke sie an mich. »Hey, kleine Schwester. Du musst dir keine Sorgen um mich machen, ich bin schon groß und kann allein auf mich aufpassen. Okay?«

»Ach …« Seufzend legt sie die Schläfe an meine Brust. »Nichts ist okay. Die ist durchtrieben, hat sich extra auf unauffällig gestylt.«

»Hey, ihr zwei.« Meine Mutter, begleitet von Andrew, tritt zu uns. »Das ist aber schön, euch so innig hier zu sehen. Für uns …« Sie blickt vielsagend in Andrews Richtung. Nanu? Sie wird doch nicht mit dem Butler …? »Für uns wird es Zeit für den Aufbruch. Es ist spät. Wir fahren jetzt. Eigentlich hätten wir euch gern mitgenommen, aber ihr übernachtet ja hier. Sehr praktisch.«

»Und nötig«, bemerkt Andrew staubtrocken mit einem sparsamen Blick auf Fiona.

»Ihr habt ein Zimmer zusammen?«, fragt sie unschuldig, als wüsste sie nicht genau, dass wir in getrennten Zimmer untergebracht sind. Aber sie hofft wahrscheinlich, der Abend hätte sich in eine Richtung entwickelt, die ihr Recht käme.

»Mutter!«, sage ich. »Wir haben jeder ein Zimmer.«

»Man wird doch wohl noch fragen dürfen? Also gute Nacht, ihr zwei Täubchen. Hach, es war so ein wundervolles Hochzeitsfest. Findest du nicht auch, Calan?« Sie drückt mir und Fiona je einen Kuss auf die Wange.

»Und du trink nicht mehr so viel, ja?«

Fiona kichert und hat es irgendwie geschafft, an mir vorbei ein Glas Champagner zu ordern.

Ich wundere mich über gar nichts mehr und verabschiede mich auch von Andrew. Als die beiden um die Ecke biegen, kann ich ganz klar erkennen, wie meine Mutter ihn in den Hintern zwickt. Nun, es gibt Dinge, die möchte ein Sohn sich nicht weiter ausmalen, aber ich freue mich für meine Mutter. Gähnend blicke ich auf die Uhr – Es ist schon nach Mitternacht. Die Hochzeitsgesellschaft lichtet sich allmählich. Die Band hat aufgehört zu spielen und packt ihr Equipment ein. Es herrscht allgemeine Aufbruchstimmung. Selbst der Barkeeper sieht verstohlen auf die Uhr.

»Bringst du mich zu meinem Hotelzimmer?« Fiona lehnt sich an mich und schließt die Augen. »Ich fürchte, ich kann kaum noch die Augen offenhalten.«

Arm in Arm, für Außenstehende fast wie ein Liebespaar, verlassen nun auch wir das Fest. Von Sarah und Rob keine Spur, gern hätte ich mich von den beiden verabschiedet. Für Heute. Morgen ist auch noch ein Tag.

Vor ihrem Zimmer dreht sie sich zu mir um und lehnt sich gegen die Tür. »Kommst du noch mit rein?«

»Fiona …« Für einen Moment fehlen mir die richtigen Worte. Was soll ich sagen? Du bist betrunken und wirst gerade sentimental? Lass mal gut sein? Nein, das wäre ohne Taktgefühl, obwohl es die Wahrheit ist. »Es ist spät, ich bin müde.«

Ihr eben noch weicher Blick wird ohne Übergang stahlhart. »Ach ja? Müde. Würdest du das zu dieser roten Schlampe auch sagen? Gute Nacht, Calan!«

Sie dreht sich um, zieht die Karte durch den Scanner und verschwindet in ihrem Hotelzimmer, bevor ich eine

Antwort gefunden habe. Tickt die Frau noch ganz richtig?!

»Natürlich würde ich das!«, brülle ich durch die Tür, stecke schnaubend die Hände in die Taschen und gehe zu meinem Zimmer am anderen Ende des Ganges.

Auf der Höhe des Fahrstuhls macht es plötzlich »Pling«, die Tür schiebt sich auf und im nächsten Moment tut es einen Schlag.

Annie

Die Wasserflaschen ziehen mir die Arme lang.

Ungeduldig hypnotisiere ich die Fahrstuhlanzeige und drücke die fünf 1,5 Liter-Flaschen fest an mich. Nicht dass ich Angst vor einer bevorstehenden Wasserknappheit hätte, drei davon hätten eigentlich auch gereicht, ich will nur auf Nummer sicher gehen. Heute Nacht eine, morgen zwei für den Strand und dann habe ich ja noch zwei Nächte. Allerdings hätte ich mir heute auch nur zwei holen können. Egal. Zu spät.

Endlich! Die Tür schiebt sich auf. Jetzt aber schnell, bevor mir noch eine Flasche runter…

»FUCK!«, brülle ich, denn ich bin ungebremst gegen etwas gerannt und die Flaschen fallen polternd auf den Boden. Plastik, zum Glück. »Herrje! Können Sie nicht aufpassen, Sie … SIE schon wieder!«

Lauert der mir etwa auf? Wieso ist der nicht auf seiner Tussi oder sonst wo, wo er niemandem auf den Keks gehen kann?

»Ich?! Wer rennt denn mit einem Berg Plastik vor der Nase aus dem Fahrstuhl?«

Müde und verärgert gleichzeitig erspare ich mir eine Antwort und bücke mich, um die Flaschen aufzusammeln.

»Warten Sie, ich helfe Ihnen.«

Misstrauisch äuge ich zu ihm, richte mich mit drei Flaschen im Arm wieder auf und strecke umständlich eine Hand aus, um die anderen beiden entgegenzunehmen. »Danke.«

»Keine Ursache. Wo ist Ihr Zimmer?«

»Das geht Sie überhaupt nichts an. Kann ich jetzt bitte die anderen beiden haben?«

»Hören Sie, Sie Krawallbürste! Ich möchte nur hilfsbereit sein. Wie wollen Sie denn mit 5 Flaschen im Arm die Tür aufmachen?«

Da hat er nicht ganz unrecht, muss ich zähneknirschend zugeben. Ich überlege einen Moment, dann sage ich trotzig: »Flaschen abstellen, Tür aufmachen, Flaschen reintragen.«

»Links oder rechts?«

»Bitte?«

»Ihr Zimmer …«

»Sie geben nicht auf, wie?«

»Du lieber Himmel … HIER!« Er drückt mir so unvermittelt die beiden Flaschen in den Arm, dass ich vor Überraschung die anderen drei fallen lasse. Nimm zwei für drei. Ganz schlechter Deal. Ich seufze, und schräg gegenüber öffnet sich eine Tür.

Ein Mann mit verstrubeltem Haar guckt heraus. »In Fort William gibt es eine Bowlingbahn. Könnten Sie ihr Spielchen bitte dorthin verlegen?«

»Äh«, antworte ich geistreich.

»Aber selbstverständlich«, sagt McGrant, und ich sehe, wie er sich ein Lachen verkneift.

»Danke.« Rumms. Tür zu.

»So, Mrs Fairfield. Sie haben es gehört. Bowlen ist hier nicht gerne gesehen«, sagt er und zieht dabei eine Braue hoch.

Um seine Lippen spielt ein leichtes, amüsiertes Lächeln und plötzlich komme ich mir vor wie die Kleinstadtpomeranze aus dem Film Dirty Dancing. Nur, dass ich nicht sage: Ich trage eine Wassermelone.

»Ich trage Wasserflaschen«.

»Das sehe ich ...« Mit einem Blick, der mich sofort zu einem Staubkörnchen degradiert, zieht er einen Mundwinkel leicht hoch und bringt mich damit zum Kochen!

Aber eine Annie Fairfield hat ihren Stolz. Jawohl, den hat sie! Da kann der Typ mich mit seinen blauen Augen noch so eindringlich ansehen und mein Herz noch so wild gegen meine Brust hämmern, im Leben nicht lasse ich mir von ihm helfen!

»Mr McGrant«, säusle ich zuckersüß, während ich jetzt schon zum zweiten Mal die Flaschen aufhebe, und so langsam nervt mich das wirklich, denn ich bin hundemüde. Korrigiere: Ich war müde. »Sie besitzen so eine faszinierende Grundarroganz ... Kann man die kaufen oder haben Sie als Kind zuviel vom Blattgold genascht?«

Über meine Wortwahl selbst überrascht, klopfe ich mir im Geiste auf die Schulter. Im Normalfall und in anderer Umgebung hätte ich ihm höchstwahrscheinlich ein knappes, jedoch aussagekräftiges »Verpiss dich!« vor die Füße gespuckt. Ich bin stolz auf mich.

»Chapeau! Nicht schlecht.« Er lehnt sich gegen die Wand und steckt beide Hände in die Hosentaschen. »Haben Sie das auswendig gelernt? Im Übrigen ist es ausgesprochen bewusstseinserweiternd, mit Ihnen mitten in der Nacht im Hotelflur herumzustehen und dieses Gespräch zu führen … Da kann ich mich so herrlich überlegen fühlen.«

»Ziehen Sie bloß Leine, bevor eine der Flaschen Ihren Schädel küsst, Sie Panflöte!« Scheiß auf die verdammte Vornehmtuerei! Ich bin, wie ich bin. Fertig.

Mittlerweile wieder hellwach – Danke, auch! – nehme ich eine Flasche vom Boden und stapfe, ohne weitere Notiz von diesem McGrant zu nehmen, zu meinem Zimmer. Die anderen beiden hole ich später.

Umständlich fummle ich die Karte aus meiner Handtasche und ziehe sie durch den Scanner, schiebe mit dem Fuß die Tür auf, stelle die Flaschen auf der Schuhablage ab und drehe mich um.

»Hoppla, langsam. Sonst brüllt uns der miesepetrige Kerl von eben wieder an.« Grinsend steht McGrant vor mir in der geöffneten Tür und hält mir die beiden fehlenden Wasserflaschen hin. Und dieser Mistkerl sieht jetzt so verdammt süß aus, wie er so süffisant lächelt. Da ist nichts Überhebliches mehr in seinem Blick. Ich kann nicht anders, ich muss ihn ansehen.

Sein Haar ist ein bisschen durcheinander und ein Aroma geht von ihm aus, das mir im Regelfall sofort die Jagdinstinkte anknipst. Bei ihm seltsamerweise nicht. Na, das wird schon seinen Grund haben. Das Unterbewusstsein ist ja immer einen Schritt weiter.

»Sehr aufdringlich, danke!« Ich reiße mich von seinem Anblick los, nehme ihm die Flaschen ab und stelle sie zu den anderen. »Aber jetzt husch zurück zum Blondchen. Sie wartet sicher schon sehnlichst.«

Ups, ist mir rausgerutscht. Was soll´s. Wahr ist wahr. Ich trete etwas zurück und will gerade die Tür zumachen, als sich McGrants Gesicht von zuvorkommend lächelnd in brettsteif verkniffen verwandelt.

So schnell, dass ich gar nicht gucken kann, packt er mich, drückt mich an die Wand und dann … kann ich nichts mehr sagen, weil seine Lippen auf meinen liegen. Hart und fordernd küsst er mich, fast schon brutal. Ich will das nicht, verdammt! Das sagt mein Kopf. Doch mein Körper wird butterweich unter seinem harten Kuss und meine Arme sinken seitlich herab und die Flaschen fallen heraus. Ich war´s nicht, das waren die Hände! Ich werde sie abhacken müssen! Und Zunge abschneiden! Denn die spielt mit McGrants Zunge, als hätte sie nur darauf gewartet.

Das. Darf. Nicht. Sein!

Ruckartig reiße ich mein Knie hoch, aber das enge Kleid behindert und mein Knie landet mehr an seinem Oberschenkel. Mist!

McGrant zuckt zurück. »Verdammt, was …?!«

»Ja! Genau! Verdammt, was soll der Scheiß?!« Ich stoße ihn von mir weg Richtung Tür. »Und jetzt raus hier!«

Mit Wucht knalle ich die Tür zu und lehne mich mit dem Rücken dagegen. Du liebe Güte, es hätte nicht viel gefehlt und ich hätte ihn bestiegen wie einen Berg!

Durch das Holz höre ich, wie jemand, der nicht Calan – ich meine McGrant – ist, brüllt: »Ist jetzt bald Ruhe hier?!«

Mit einem lang gezogenen Seufzer stoße ich mich von der Tür ab, ziehe die Schuhe von den Füßen, schlüpfe aus dem Kleid und schlurfe ins Bad. Viel abzuschminken gibt es nicht, und das ist gut so. Denn jetzt will ich nur noch eines: Schlafen. Im Schlaf spüre ich nicht das seltsame sehnsuchtsvolle Ziehen in meinem Magen. Das hoffe ich wenigstens.

»Tut mir leid, Calan.« Fiona schiebt den Teller von sich weg. Sie scheint, genau wie ich, keinen Appetit zu verspüren. Ihren Toast mit Marmelade hat sie nicht angerührt. »Ich habe mich gestern wohl etwas gehen lassen.«

Um nicht gleich etwas erwidern zu müssen, schinde ich Zeit und nippe an dem herrlich duftenden Kaffee. Obwohl es schon fast Mittag ist, habe auch ich keinerlei Hunger. Vielleicht, weil ich ungewöhnlich lange geschlafen habe. Erst gegen zehn Uhr bin ich aufgewacht von irgendeiner Waschmittelwerbung. Der Fernseher war die ganze Nacht an. Ich konnte nicht sofort einschlafen und habe mir die aktuellsten News im Weltgeschehen angesehen, um Annie Fairfield aus meinem Kopf zu vertreiben.

»Calan? Hallo? Noch anwesend?«

»Was? Oh, verzeih, ich bin noch nicht ganz wach.«

»Oder mit den Gedanken woanders. Bekomme ich noch eine Antwort?«

»Antwort … Ja, klar.« Was hatte sie gefragt? Nach einem weiteren Schluck Kaffee fällt es mir wieder ein. »Du hast dich nur ein bisschen daneben benommen. Bist du etwa eifersüchtig auf Mrs Fairfield?«

Mit einem lauten Klirren fällt ihr der Löffel auf den Boden.

Umgehend ist ein Kellner zur Stelle. »Ich bringe Ihnen sofort einen neuen Löffel, Mrs Dewar.«

Fiona wedelt mit der Hand. »Nicht nötig, Danke.« Und zu mir gewandt. »Eifersüchtig? Auf so einen billigen Wanderpokal? Also wirklich, Calan. Du überraschst mich.«

»Nicht? Das ist schön zu hören, obwohl ich es hätte schwören können. Du hast dich ja an ihr festgebissen wie ein Kickdog auf Speed.« Festbeißen … Ja, ich hätte mich heute Nacht tatsächlich in Annies feste Schenkel verbeißen können. Oder eher leicht knabbernd und … Ich schlucke, schenke Kaffee nach und hänge einen Moment an dem Begriff Wanderpokal fest.

»Kickdog?«

»Kleine, nicht erzogene Kläffer.«

»Du vergleichst mich mit einem kläffenden Minihund?!« Die Entrüstung steht ihr ins Gesicht geschrieben.

»Fiona …« Seufzend rühre ich einen Löffel Zucker in den Kaffee. »Jetzt leg doch nicht jedes Wort auf die Goldwaage. Im Übrigen hast du wirklich keinen Grund, eifersüchtig zu sein. Diese Annie ist mir zu gewöhnlich und wir beide sind schließlich …«

»So, die Arbeit ruft«, unterbricht sie mich abrupt und tupft sich die Mundwinkel mit der Serviette ab. »Ich habe heute noch einiges für das Whiskytasting morgen vorzubereiten. Es bleibt bei kleinen Häppchen?«

Die Tasse in beiden Händen haltend, lehne ich mich zurück. Ich fürchte, ich muss mit Fiona klare Worte wechseln. Aber nicht hier und nicht jetzt.

»Ja, im Keller gibt es nur den großen Stehtisch. Ich denke, da ist Fingerfood angemessener und einfacher. Du kannst alles auf der Holzplatte anrichten. Die vier Meter bieten ja reichlich Platz. Teile am besten alle

Gerichte auf kleine Platten auf, dass jeder von allem etwas vor sich stehen hat.«

»Du musst mir nicht sagen, wie ich meinen Job zu machen habe.«

»Hoppla, warum so garstig?« Ich beuge mich vor, stelle die Tasse ab und nehme ihre Hand. Fiona sieht etwas blass um die Nase aus. »Dir geht es nicht so besonders, oder?«

»Ach.« Sie lächelt verlegen. »Ein Sekt weniger hätte wahrscheinlich nicht geschadet. Geht vorbei.«

»Okay. Aber arbeite heute nicht zuviel, ja?«

»Das meiste ist schon vorbereitet, keine Sorge.«

»Was gibt es denn alles?«, frage ich interessiert nach. Fionas Kochkünste sind in den Highlands bekannt und ihr Catering-Service ist gut gebucht. Erst vor fünf Jahren hat sie das Geschäft eröffnet und mittlerweile beschäftigt sie ein Team von sechs Mitarbeitern. Nur samstags nicht.

Sie zählt an ihren Fingern ab: »Rumbledethumps-Taler, kleine Schälchen mit Haggis, Toastecken mit Lachstatar auf Frischkäse, Cheddar-Cheese, Onion Scones und Scotch Eggs. Danach reiche ich noch was Süßes: Shortbread, Cranachans und Scottish Tablet.«

»Du lieber Himmel, das ist eine perfekte Auswahl, Fiona. Und ich liebe deine Scottish Tablets! Mit Whisky?«

Von Fionas mürben Karamellbonbons, die sie aus Zucker, Butter, Milch, Rosinen und einem guten Schuss Whisky zubereitet, könnte ich mich dauerhaft ernähren. Dafür lasse ich jedes köstliche 5-Gänge-Menü stehen.

»Nur mit Whisky!« Sie steht auf und schultert ihre Handtasche. Wie es sich gehört, erhebe ich mich ebenfalls. Wir verabschieden uns mit Küsschen links, Küsschen rechts, und dann stöckelt sie hinaus.

Schlagartig überfällt mich Appetit auf Porridge mit frischen Früchten. Und ich weiß, in Robs Hotel gibt es den zweitbesten Porridge der Welt. Den besten kocht natürlich meine Mutter.

Ich beschließe, mir den Bauch vollzuschlagen, bevor ich nach Hause fahre und im Whisky-Keller alles für morgen vorbereite. Während ich durch den Frühstückssaal ans Buffet gehe, halte ich nach Annie Fairfield Ausschau. Gleichzeitig schimpfe ich mich einen Idioten. Sie wird schon längst gefrühstückt haben, denn ich und Fiona waren zwei von noch einer Handvoll Gäste, die das Spätaufsteher-Frühstück beansprucht haben. Mit mir sind jetzt gerade mal drei Personen anwesend. Ein allein frühstückender Mann mit Zeitung vor der Nase und ein älteres Ehepaar. In Gedanken versunken nehme ich mir eine Schale und gehe zum Porridge.

Irgendetwas hat diese Annie mit mir angestellt. Sie hat einerseits etwas an sich, das mich auf eine Art und Weise zornig macht, mich andererseits aber auch bis zum Anschlag erregt. Etwas Provokatives, etwas Laszives, doch ohne offensichtlich lasziv zu sein. Vielleicht reizt mich auch die Mischung aus Sex-Appeal und messerscharfem Verstand. Denn dass diese Frau nicht auf den Mund gefallen ist und durchaus ein heller Kopf ist, merkt selbst der größte Volltrottel. Also auch ich. Ich hätte sie heute Nacht vögeln sollen.

»Junger Mann.« Eine alte Dame stupst mich an. »Wenn Sie noch mehr Porridge in die Schüssel laden, läuft das über.«

»Was? Oh, danke. Ich muss in Gedanken gewesen sein.« Ich greife mir einen Löffel.

Die alte Dame lächelt wissend. »Ja, ja, wenn die Frauen den Männern den Kopf verdrehen. Ich kenne diesen Blick. Oh, sehr gut kenne ich ihn. Sie sind verliebt, junger Mann. Schön, schön.« Sie tätschelt mir den Arm und zockelt mit einem Tee davon.

Und ich mache, dass ich zu meinem Tisch komme. Verliebt! So ein Unsinn.

Ohne langes Überlegen ändere ich meinen Plan, direkt nach Hause ins *Granthouse* zu fahren. Ich werde eine kleine Umleitung über den Boxklub nehmen. Im Geiste beglückwünsche ich mich für den Einfall, immer die frisch gepackte Sporttasche spazieren zu fahren.

Ich nehme nur wenig vom Porridge zu mir. Mit vollem Magen kann man schließlich schlecht Sport machen.

Annie

Gemütlich tuckere ich die zweispurige, recht schmale und absolut leere Straße entlang.

Du liebe Güte, ist das hier eine Einöde. In den letzten zwanzig Minuten ab Fort William ist mir noch kein einziges Auto begegnet.

Plötzlich kommt aus dem Gebläse nur noch warme, statt kalte Luft. Na toll! Ausgerechnet jetzt gibt die Klimaanlage ihren Geist auf. Es ist ja nicht so, dass es zu dieser Jahreszeit ungewöhnlich warm für Schottland ist. Hätte das Mistding nicht noch ein paar Tage warten können?

Ich öffne alle Fenster und hoffe auf ein frisches Lüftchen. Allerdings hätte ich genauso gut meinen Kopf in den Luftstrom eines Heizlüfters hängen können. Aber gut, warmer Wind ist besser als gar kein Wind.

Das Einzige, was ich noch mehr hasse als Autofahren in einer fremden Gegend, ist: mich bei Hitze ohne Klimaanlage möglicherweise verfahren zu haben. Bin ich etwa schon an dem besagten Guesthouse vorbei? Auf der Strecke fehlt es eindeutig an Ortsschildern und ein Navigationsgerät hat meine alte Karre nicht. Es wird Zeit, dass ich sie gegen ein zuverlässiges Auto tausche.

Zu allem Überfluss wird mir jetzt auch noch flau im Magen. Die Hitze? Nein, Hunger wahrscheinlich. Zum Frühstück habe ich vor lauter Vorfreude auf meinen Ausflug nur drei Kaffee und eine kleine Schale Porridge zu mir genommen. Wie zur Bestätigung beginnt mein Magen zu knurren. Ich seufze. In meinem Bauch befindet sich eindeutig zuwenig feste Nahrung.

Ohne den Blick von der Straße zu wenden, wühle ich mit der rechten Hand in dem kleinen Rucksack neben mir, den ich mir in Fort William gekauft und mit Obst, zwei mit Käse und Schinken belegten Brötchen und zwei Wasserflaschen befüllt habe, und ziehe eine Banane hervor. Blöde Idee, zwei Bananen mitzunehmen, sie werden so schnell braun. Also esse ich sie lieber jetzt gleich, bevor sie unansehnlich werden. Außerdem geben sie Kraft. Und die werde ich zum Rudern sicher brauchen.

»Hm …« Nachdenklich sehe ich auf die Banane in meiner Hand. Und wie soll ich die jetzt schälen? Ich stecke sie zwischen die Oberschenkel und versuche, die Spitze abzuknicken. Keine Chance. Ob ich sie mit den Zähnen …? Lieber nicht, die Schale ist bitter. Tja, da werde ich wohl warten müssen, bis dieses verdammte Guesthouse in Sicht kommt. Wenn ich nicht schon daran vorbeigefahren bin.

Oh, eine Parkbucht, die hat der Himmel geschickt! Ohne Zögern stelle ich den Wagen ab, greife mir beide Bananen und steige aus.

Kurze Zeit später sind die Bananen Geschichte und die Übelkeit ist verflogen. Den letzten Bissen kauend sehe ich auf die Uhr an meinem Handgelenk. Es ist erst kurz vor zwölf, ich habe alle Zeit der Welt. Versonnen blicke ich durch eine lichte Stelle hinaus auf den Loch Shiel und spüre die wohltuende Ruhe um mich herum. Ein Ausflugsschiff fährt vorbei. Wie schön.

Blitzt da nicht etwas Blaues durch das Grün der Bäume? Natürlich! Das Schild des Guesthouse. In freudiger Aufregung wickle ich die Bananenschale in eine kleine Papiertüte, stecke sie ins hintere Fach des Rucksacks, weil es hier keinen Mülleimer gibt, und springe ins Auto.

Einsamer Strand, ich komme!

Vor dem Guesthouse ist einer von drei Parkplätzen frei. Schwungvoll fahre ich in die Lücke, steige aus und ziehe den Rucksack auf. Auf einem Schild an der Hauswand steht: »Eingang auf der Rückseite.« Na, dann.

Ich gehe an dem sicherlich über einhundert Jahre alten Steinhaus vorbei. Es ist so still, als wäre niemand da.

Hinten angekommen, stelle ich fest, dass es angenehmer hier am Fluss ist als oben an der Straße. Es geht ein erfrischendes Lüftchen. Die Sonne steht hoch an einem fast wolkenlosen Himmel und ich muss blinzeln. Zum Schutz schirme ich meine Augen mit der Hand ab. Ich bin positiv überrascht, so gemütlich wirkt es hier. Das hätte ich gar nicht erwartet. Auf der liebevoll gestaltete Terrasse mit drei runden Holztischen, hübschen, knallorangefarbenen Sonnenschirmen und einem gemauerten Grill würde ich vielleicht mal einen Kaffee trinken und auf das Wasser sehen. Aber jetzt möchte ich zu diesem einsamen Strand.

Etwas zögerlich, weil ich mir unsicher bin, ob es erlaubt ist, betrete ich den hölzernen Steg, der ein Stück aufs Wasser hinausführt. Links und rechts sind je drei Ruderboote fest getäut. Kein Kanu. Wunderbar. Das ist mir lieber, denn diese Kanus sind mir viel zu schmal.

Am Ende des Stegs bleibe ich stehen, hänge die Daumen in die Träger des Rucksacks und staune. Diese Ruhe hier … Tief atme ich die frische Luft ein. Dieser kleine Fleck Erde ist so betörend schön, dass ich eigentlich hier stehenbleiben und einfach nur in die Natur schauen könnte.

Kaum zu glauben, dass ich vorgestern noch im belebten Nottingham gewesen bin und vor ein paar Tagen meine Show an der Pole in Archies Klub hatte. Das alles ist in diesem Augenblick so weit weg, als wäre es ein anderes Leben und gehörte nicht mehr zu mir.

»Schön hier, hm?« Eine warme Frauenstimme neben mir reißt mich aus meinen Gedanken.

In einem Anflug schlechten Gewissens rechtfertige ich mich sofort. »Wunderschön. Und verzeihen Sie bitte, dass ich einfach Ihr Grundstück betreten habe, aber der Steg hat mich irgendwie magisch angezogen.«

Sie lacht und unzählige kleine Fältchen bilden sich um ihre Augen. Ich mag die Frau sofort. Wie alt mag sie sein? Fünfzig, sechzig? Sie wirkt jugendlich mit ihrem Batikshirt und den Jeans. Die strohblonden Haare trägt sie raspelkurz und ihre Füße stecken in Flip-Flops.

»Das geht jedem so, der das erste Mal hier steht. Wollen Sie ein Zimmer, ein Boot oder nur etwas trinken?«

»Am liebsten alles zusammen«, antworte ich und deute auf meinen Rucksack. »Ich wollte zu dem geheimen Strand. Eine Freundin hat mir davon erzählt. Und auch, dass ich hier ein kleines Boot mieten kann.«

»Und wer ist die Freundin, wenn ich fragen darf? Sie müssen wissen, wir vermieten nur an Personen, die von unseren Bekannten von dem Verleih erfahren haben. Und an unsere Gäste natürlich.«

»Sarah Forrester. Sie ist seit gestern …«

Die Frau klopft mir auf die Schulter, als wäre ich ein Kerl. »Alles klar. Die süße Blonde von Rob. Kein Problem. Du willst also zum kleinen Strand, hm? So, so.« Sie zwinkert amüsiert und streckt mir eine Hand hin. »Ich bin übrigens Leona. Hallo.«

»Annie. Hey. Was ist mit dem Strand?«, frage ich argwöhnisch.

»Och, nichts weiter. Es ist ein FKK-Strand, hat Sarah das nicht erwähnt?«

»Oh. Nein, hat sie nicht.« Ich schlucke. »Und muss ich da … Also, wird da von mir verlangt, dass ….«

»Nein, nein. Aber sollte jemand da sein, der dort nackt rumläuft, stör dich einfach nicht dran. Viele machen das, obwohl wir Schotten das nicht so gern sehen.«

»Okay, alles klar. Dann weiß ich Bescheid. Was kostet denn so ein Ruderboot für - sagen wir – einen halben Tag?«

»Pro Stunde zwei Pfund.«

»Das ist aber günstig!«

Sie strahlt mich an. »Finde ich auch. Und das soll so bleiben. Wie gesagt, wir vermieten unsere Boote nicht an jeden. Du bist schon mal gerudert?«

»Als Kind, ja. Auf einem Baggersee.«

Leonas Gesicht wird ernst. »Ein Fluss ist eine andere Nummer, Schätzchen. Da brauchst du unter Umständen Kraft.« Sie mustert mich. »Okay, du siehst trainiert aus.

Was machst du?«

»Poledance.«

»Nicht wahr! Meine Tochter auch. Aber nicht hier. Sie hat ein eigenes Studio in New York.« Sie nickt nachdenklich. »Gut. Du bekommst ein Boot und meine Telefonnummer. Bitte lass mir auch deine da, falls wir dich irgendwo aus dem Wasser fischen oder von einem Strand aufsammeln müssen.«

Wir ziehen beide unsere Handys und tauschen die Nummern aus. Leona nickt zufrieden und deutet auf den Fluss. »Du hältst dich schön rechts in der Nähe des Ufers, da sind die Strömungen nicht so stark, und wenn ein Schiff vorbeifährt, bekommst du die Wellen nicht ab. Um die Biegung am Glenfinnan Monument vorbei – das ist ein steinerner Turm, du kannst ihn nicht übersehen – dann kommst du an einem herrschaftlichen, alten Landhaus mit einem T-Steg vorbei. Danach sind es nur noch etwa drei- oder vierhundert Meter. Du kannst den Strand nicht verfehlen. Er hat herrlich hellen Sand. Bereit?«

Aufgeregt setze ich den Rucksack ab und nicke. »Bereit!«

Leona wendet sich nach links und zeigt auf ein hübsches Ruderboot mit roten Rudern. »Nimm das hier. Das ist am besten in Schuss.«

»Alles klar.« So ein bisschen mulmig ist mir schon.

Bevor ich selbst einsteige, werfe ich meinen Rucksack ins Boot und stecke Handy und Geldbeutel in eine wasserdichte Hülle. Die wiederum verstaue ich in der Hüfttasche, die beim Rucksack mit dabei war, und schnalle sie mir um.

»Du denkst mit. Schlaues Mädchen«, lobt Leona. »Oh, eines noch: vergiss nicht, das Boot am Strand festzumachen. Nimm einfach den großen Stein am Ufer und wickle das Seil ein paar Mal darum.«

»Aye, Sir!« Mit klopfendem Herzen steige ich ins Boot, setze mich nach hinten und greife mir die Ruder. In der Zwischenzeit löst Leona die Leinen.

»Wie lange brauche ich ungefähr bis zum Strand?«

»Nicht lange. Wenn du gemütlich ruderst, vielleicht eine Stunde.«

»Das ist ziemlich lange.«

Leona lacht und gibt dem Boot einen kräftigen Schubs. »Für euch Städter schon. Viel Spaß, Annie. Bis nachher.«

»Ja, bis nachher«, rufe ich und halte mit leicht zitternden Händen die Ruder fest.

Nach ungefähr zehn Minuten habe ich den Dreh raus und fühle mich mit jedem Ruderschlag sicherer. Gleichmäßig tauche ich die Ruder ins Wasser und ziehe sie kräftig durch. Ich komme schneller voran, als ich vermutet habe.

Weitere zehn Minuten später schnaufe ich wie eine Dampflok und mein Shirt ist durchgeschwitzt. Vielleicht sollte ich mich mal treiben lassen, denn sportliche Höchstleistungen stehen eigentlich nicht auf meinem Tagesplan. Bis jetzt habe ich mich ausschließlich auf mich und das Boot konzentriert. Nichts gedacht, nicht die Landschaft um mich herum wahrgenommen. Jetzt kann ich innerlich loslassen und die Fahrt endlich genießen. Die körperliche Anstrengung allerdings hat auch ihr Gutes. Ich bin ausgepowert. In diesem Zustand fühle ich mich immer gut, denn ich weiß, dass ich etwas für mich und meinen Körper getan habe. Außerdem wird man so aufgestaute Energien los.

Sanft treibt das Boot vor sich hin und ich lasse meine Blicke schweifen. Die Schönheit der Landschaft bezaubert mich. Dass es an diesem Fleckchen Erde wunderschön ist, davon konnte ich mich ja schon auf der Fahrt nach Schottland und im *Glenlaggan Castle* überzeugen, aber dieses Panorama lässt mich ehrfürchtig auf der Stelle verharren. Links und rechts vom Ufer erstrecken sich lang gezogene Bergketten. Meine Blicke gleiten über diese fast übernatürlich schöne Landschaft und ich freue mich, mit dem Ruderboot in sie einzutauchen.

Gemütlich rudere ich weiter. Gleich bin ich an der Biegung und kann erkennen, dass der Fluss dort breiter wird. Aber was ist das für eine kleine Insel? Davon haben weder Sarah noch Leona etwas gesagt. Hübsch ist sie, und wirklich winzig. Kurz überlege ich, dort halt zu machen, bin mir aber unsicher. Möglicherweise ist sie Privatbesitz.

Und jetzt? Links oder rechts an der Miniinsel vorbei?

Kurzerhand entschließe ich mich, links daran vorbei zu rudern. Denn mittlerweile sehe ich auch das besagte Glenfinnan Monument, der Turm lugt ein Stückchen hinter der Insel hervor.

Hey, dann ist es ja nicht mehr ganz so weit, oder? Von wegen eine Stunde! Ich schaffe das locker in einer halben.

Auf der Höhe der Insel halte ich mich links und rudere entspannt in die Biegung des Flusses hinein.

Beeindruckt halte ich inne und lasse den Anblick auf mich wirken. Der Fluss wird hier breiter und links und rechts ragen im Hintergrund Berge empor, zu deren Füßen malerische Wälder liegen.

Es ist ruhig, ein leiser Wind pustet mir eine Haarsträhne aus der Stirn und ich lasse das Boot einfach nur in den Wellen schaukeln. Das ist sie wohl, die ultimative Entspannung, die ich mir erhofft hatte. Ob das der Strand überhaupt noch toppen kann?

Plötzlich zucke ich zusammen. »Och nö, ne?«

Mitten in meine schöne Idylle klingelt das Handy. Na klasse. Ich hoffe, der Anrufer hat einen triftigen Grund. Missmutig nehme ich die Hände von den Rudern und fummle an meiner Hüfttasche herum. Mist, der Reißverschluss klemmt, das hat man davon, wenn man billig einkauft. An den Reißverschlüssen wird immer gespart. Endlich geht er auf und ich ziehe das Handy aus der wasserdichten Hülle.

Mella!

Schlagartig mache ich mir Sorgen. Es wird doch nichts passiert sein? Schwestern spüren, wenn etwas Einschneidendes geschehen ist.

»Hey. Was ist los?!«, melde ich mich alarmiert.

Mit der Tasche über der Schulter betrete ich die Trainingshalle.

Wie erwartet, ist es recht leer. Klar, an Samstagen – insbesondere zur Mittagszeit – schlafen die Jungs aus. Erst gegen Abend füllt sich der Boxklub. Bis auf zwei Jungs im Ring, den alten Gordon und jetzt mich, ist niemand in der Halle.

Sofort legt sich die in diesem Raum herrschende, energiegeladene Atmosphäre über mich. Ich freue mich aufs Training. Motiviert bis unter die Haarspitzen stelle ich die Tasche auf die Sitzbank und knöpfe mir grinsend das Hemd auf. Um Gordons Nacken hängt das immer gleiche Handtuch. Er scheint sich aufzuregen, so rot ist sein Gesicht. In seinem Mund steckt ein Lolli, an dem vorbei er Befehle an die Jungs brüllt. Die sehen im Gegensatz zu Gordon nicht sehr motiviert aus und tänzeln schnaufend und mit hochgehaltener Deckung umeinander. Angespannt krallt Gordon sich in das Seil des Rings und brüllt. »Hebt die Füße, ihr Sandsäcke! Wenn ihr wie fette Walrösser auf den Planken rumzockelt, geht ihr nächste Woche in der ersten Runde schon in die Knie, verdammte Scheiße!« Er zieht das Handtuch, wischt sich den Schweiß von der Stirn und dreht sich um. »Da opfert man seine kostbare Zeit und die umkreisen sich wie zwei Weiber in einem beschissenen Dance-Club.« Dann sieht er mich und sein Gesicht hellt sich auf. »Punch! Junge! Du kommst wie gerufen! Du!« Er tippt mir auf die jetzt nackte Brust. »Du wirst den beiden heute mal den Zahn ziehen!«

In dem Moment tut es einen dumpfen Schlag und einer der beiden im Ring fällt wie ein Stein auf den Boden. Gordon wirbelt herum. Er nimmt sogar den Lolli aus dem Mund. »Seid ihr bekloppt?! Was habe ich gesagt, hä?! Haut euch nicht bewusstlos, verdammte Kuhscheiße!«

Rabbit zuckt mit den Schultern. »Ey, er ist mir voll reingelaufen, ich kann nix dafür.«

Mir ein Grinsen verkneifend schlüpfe ich in Shorts, Schuhe und Boxhandschuhe. Im Anschluss schnappe ich mir ein Springseil und tänzle mich warm.

Rabbit erinnert mich ein bisschen an mich, als ich so jung war. Der andere, knapp zwanzigjährige Kerl hat sich von dem Schlag erholt und aufgesetzt. Gordon klettert – für sein Alter bewundernswert flink und gelenkig – zwischen den gespannten Seilen hindurch und redet eindringlich auf Rabbit ein. Kurz darauf schickt er ihn aus dem Ring.

Rabbit und der andere, den ich nicht kenne, sind stark gebaute Jungs. Schwergewicht. Sie strotzen nur so vor Muskeln und Kraft. Offenbar jedoch liegt ihre Motivation noch irgendwo im Keller und schläft ihren Rausch aus. Eigentlich habe ich generell nicht vorgehabt, wieder in den Ring zu steigen, aber Gordon sieht so verzweifelt aus, dass ich ihm den Gefallen ungern ausschlage. Zudem haben die Jungs nächste Woche einen Wettkampf, scheinen sich aber nicht bewusst zu sein, was da auf sie zukommt. Beide sehen es zu locker, nehmen es nicht ernst genug.

Als Gordon zu mir kommt, lege ich das Seil zur Seite. Er beugt sich mit verschwörerischem Gesichtsausdruck zu mir. »Hör mal, Punch. Jag den Kleinen mal ein bisschen durch den Ring und verpass ihm sanft den einen oder anderen rechten Haken. Nicht fest, nur dass er spürt, dass er sich mehr bewegen muss. Ich sag dir, wenn er nicht bald die Füße hebt, wie ich das von ihm kenne, war er der Rabbit. Dann nenn ich ihn nur noch Tussi. Der braucht einen Denkzettel! Kriegst du das hin?«

Ich blase die Backen auf. »Du weißt, ich war schon ewig nicht mehr im Ring.«

»Ist wie Radfahren, das verlernt man nicht.«

Kaum stehe ich im Ring, ist alles wieder da! Das überrascht mich selbst. Schlagartig bin ich wieder der junge Punch. Und der hat einen Gegner, der eigentlich keiner ist.

Gordon steht außen am Ring und schiebt aufgeregt den Lolli von einer Seite zur anderen. »Los, Jungs, zeigt mal, was ihr drauf habt. Und Rabbit, heb deine Plattfüße, sonst läufst du nachher mit bloßen Füßen auf Reißzwecken, die ich extra für dich auslege!«

Wie auf Kommando beginnt Rabbit, um mich herum zu tänzeln. Ich sehe deutlich die Unsicherheit in seinen Augen, auch wenn er versucht, sie zu verbergen. Seine Deckung ist ein Witz. Im Rhythmus seiner Füße geht sie hoch und runter, nach links und nach rechts. Schnell erkenne ich ein Muster, ich muss nur abwarten.

Jetzt!

Mit einer gezielten Rechten verpasse ich ihm einen nicht allzu festen Schlag in die Rippen, ich will ihn ja nicht kampfunfähig machen.

Überrascht weicht er zurück, nimmt dabei die Deckung etwas runter. Großer Fehler, Junge. Die nächste Rechte trifft ihn am Jochbein, und ich ziehe mit der Linken nach.

Rabbit torkelt zurück an die Bande.

»AUS! AUS!«, brüllt Gordon, klettert durch die Begrenzung hindurch, klopft mir im Vorbeigehen auf die Schulter und nickt zufrieden. Dann schnappt er sich Rabbit und redet auf ihn ein.

Ich halte mich in der Zwischenzeit mit Schattenboxen warm.

Die nächsten drei Runden verlaufen ähnlich. Mit einem Unterschied: Rabbit versucht unkoordiniert, Treffer zu landen. Frei nach dem Motto: Wenn ich hundert Mal zuschlage, ist vielleicht ein Glückstreffer dabei.

Gordon flippt an der Bande fast aus. Nach jeder Runde muss Rabbit von seinem Trainer – der kurz vor einem Kollaps ist, so sehr regt er sich auf – einen Wortschwall über sich ergehen lassen.

Endlich, in der achten Runde, wird Rabbit wütend. Wahrscheinlich, weil er sich über sich selbst ärgert und in Grund und Boden schämt. Plötzlich bewegt er sich gezielt, hält seine Deckung immer perfekt oben und schafft es schließlich, mir einen Schlag zu verpassen.

»GEHT DOCH, verdammte Scheiße!« Gordon klatscht in die Hände und beendet das Training.

Ich grinse, reibe mir das Kinn und klopfe Rabbit auf die Schulter. »Gut gemacht, Junge. Und merk dir eines: Unterschätze niemals einen Gegner. Beobachte ihn, halte deine Fäuste oben, suche eine Lücke, die er dir immer wieder unbewusst anbietet. Und bleib ruhig. Das ist das Wichtigste.«

»Alles klar, Punch!« Er boxt mir auf den Arm und grinst schief. »Danke, Mann!«

»Keine Ursache.« Wir stoßen die gepolsterten Fäuste aneinander und Rabbit verabschiedet sich.

Auch Gordon zieht das Handtuch vom Nacken. Ein untrügliches Zeichen, dass auch er gleich gehen wird.

»Willst du noch trainieren?«, fragt er, während ich aus dem Ring klettere. »Wenn ja, schließ einfach mit dem Ersatzschlüssel ab. Ich muss nach Hause. Meine Liebste wartet mit dem Mittagessen.«

»Ihr geht es gut?« Rührend, dass er sie immer noch seine Liebste nennt.

»Alles im grünen Bereich. Und, bleibst du noch?«

»Nein, für heute reicht es mir. Wie spät ist es eigentlich?« Zwar habe ich heute nichts mehr vor, außer die Vorbereitungen des Whisky-Tasting für morgen in Augenschein zu nehmen, aber ein Mann braucht auch mal Leerlauf. Die letzten Tage haben mich kaum ausschnaufen lassen.

»Halb zwei vorbei.«

»Doch schon so spät?« Die Zeit im Ring kam mir kurz vor, dennoch habe ich fast eine Stunde dort verbracht. In aller Eile ziehe ich mich um und verlasse gemeinsam mit Gordon die Halle.

Zu Hause angekommen, nehme ich die Tasche aus dem Kofferraum, lege sie aufs Dach, damit ich sie nicht vergesse, und gehe zuerst rüber zur Distillery. Erst die Pflicht, dann die Kür. Und die wird heute aus einem faulen Pooltag bestehen. Am Abend könnte ich ein leichtes Essen mit meiner Mutter einnehmen, vorausgesetzt, sie hat nichts anderes vor. Danach genehmige ich mir einen Whisky unter einem sternenklaren Himmel.

Schon von Weitem sehe ich Eds und Logans Wagen vor dem alten Steingebäude stehen. Gut, dann sind meine beiden Angestellten bereits mit den Vorbereitungen beschäftigt.

Neugierig betrete ich die Kühle des Raumes und höre Stimmen aus dem Whiskykeller. Dort wird die Verköstigung stattfinden. Beschwingt nehme ich die Sandsteinstufen nach unten.

Und staune!

Sofort bemerke ich, dass etwas umgestellt ist. Ah, die lange Kommode für die Verköstigungsutensilien steht woanders. Sieht gut aus, viel besser als vorher. Die Platte des Holztisches glänzt und auch der Boden ist so sauber, dass man davon essen könnte, und in den Wandnischen stehen frische Stumpenkerzen.

»Hey Jungs!«, begrüße ich sie. »Wie ich sehe, habt ihr mir keine Arbeit übrig gelassen.«

Logan steht mit seltsamem Gesichtsausdruck an dem vier Meter langen und fast einen Meter breiten Holz-Stehtisch, dessen Platte man durch eine Vorrichtung so weit herablassen kann, dass die Gäste auch daran sitzen könnten. Die Erfahrung hat jedoch gezeigt, dass die Atmosphäre im Stehen lockerer ist.

»Ist was nicht in Ordnung, Logan?«

»Wie man es sieht«, quetscht er hervor und winkt mich zu sich. Jetzt erst sehe ich den Barhocker. Der ist neu.

»Wo hast du den Hocker her?« Ich streiche mit der Hand über die gepolsterte Sitzfläche. Dunkelbraunes, feinstes Leder.

Der junge Mann zieht schuldbewusst die Schultern hoch. »Sorry, Boss. Ed meinte, es ist noch Budget da, und ich habe bei einer Kneipenauflösung diesen Hocker … und noch neun weitere … für wenig Geld bekommen. Dachte, die passen ganz gut.«

»Ganz gut?«

»Äh, sorry, wirklich, ich …« Er hält sich am Hocker fest und das schlechte Gewissen steht ihm ins Gesicht geschrieben.

»Logan!« Ich klopfe ihm auf die Schulter. »Er passt hervorragend hier rein! Das war eine geniale Idee! Weiter so.«

»Wollen Sie gar nicht wissen, was die zehn Hocker gekostet haben?«

»Nein. Du hast gesagt, sie waren günstig, und bei der Steuer sehe ich die Preise sowieso. Los, steh nicht rum, hol die anderen.«

Mit einem erleichterten Lächeln im Gesicht macht er sich auf den Weg.

»Hey, Boss.« Ed tritt auf mich zu und beschreibt mit dem Arm einen Halbkreis. »Ich denke, wir sind fertig. Die verschiedenen Gläser für die Proben sind auf der Kommode gerichtet. Ebenso wie Prospekte und die Flaschen, die Sie für die Verkostung ausgewählt haben. Oh, ich habe mir erlaubt, die Kommode zwischen die Fässer unter die ausfahrbare Leinwand zu stellen, da kommt sie mehr zur Geltung. Wird morgen eigentlich auch der Firmenfilm gezeigt?«

»Nein, morgen nicht. Es ist ja ein Tasting für Mr Forresters Hochzeitsgäste. Du bist morgen da?«

»Selbstverständlich!«, erwidert er fast entrüstet. »Und ich habe bereits mit Mrs Dewar vereinbart, dass ich sie eine Stunde vor Beginn in den Keller lasse, damit sie alles hübsch herrichtet für das leibliche Wohl der Herrschaften.«

Zufrieden nicke ich, stecke die Hände in die Hosentaschen und blicke mich ein letztes Mal für heute um. »Wunderbar, Ed. Ich danke euch. Auch dafür, dass ihr beide mitdenkt. Ich kann stolz sein, solche Mitarbeiter wie euch zu haben. Denke, ich werde mal eure Löhne ansehen. Die letzte Erhöhung ist schon eine Weile her, oder?«

»Ziemlich genau ein Jahr.«

»Hmja, wird Zeit. So.« Ich klatsche in die Hände. »Feierabend für uns alle. Ab ins kurze Wochenende, Ed.«

»Erst noch die Hocker.«

»Oh, natürlich. Aber dann …«

Mit einem Nicken verabschiede ich mich und nehme immer zwei Stufen auf einmal nach oben. Morgen wird ein interessanter Abend werden. Insbesondere, weil ich Annie wiedersehe. Sofern sie mit zum Tasting kommt. Aber davon gehe ich stark aus.

Und ich nehme mir vor, als Gastgeber keinen Tropfen zu trinken. In der Nacht hatte auch ich etwas mehr getrunken, als mir gutgetan hat. Meine Reaktion Annie gegenüber ist somit anders ausgefallen, als wäre ich stocknüchtern gewesen. Ob sie morgen immer noch so anziehend, so betörend und unwiderstehlich auf mich wirkt, wenn ich absolut keinen Alkohol im Blut habe, der mir die Sinne vernebelt? Es heißt ja nicht umsonst, dass man sich Frauen schöntrinken kann.

Tja, vielleicht ist mir genau das passiert. Ich habe mir Annie Fairfield schöngetrunken. Anders kann ich mir mein Verhalten nicht erklären. Denn sobald ein Mann alkoholisiert ist, kriechen die niederen Triebe an die Oberfläche und er will eigentlich nur noch eines: vögeln.

Und doch ist ewas anders als sonst. Normalerweise reizt mich eine Frau, ich vögle sie ein, vielleicht auch zwei Mal, dann verliert sie bei mir an Relevanz. Umso eher, wenn sie durchblitzen lässt, mehr von mir zu wollen. Und das bezieht sich in neunzig Prozent der Fälle auf den Status, den sie erreichen wollen. Oh Mann, und ausgerechnet diese völlig indiskutable Annie Fairfield will mir nicht aus dem Kopf gehen. In der Regel denkt ein Calan McGrant, Earl of Chesire, mehrfacher Millionär, attraktiv, athletisch und so von Interesse für die Frauenwelt, dass sich beinahe jede die Ferse abhacken würde, um ihn vor den Altar zu schleifen, mitnichten an Frauen wie diese Fairfield. Er vögelt sie und gut ist.

Und das ärgert mich enorm.

Auf dem Weg zum Wagen höre ich es von der Terrasse her lachen. Hat meine Mutter Besuch? Ich beschließe, kurz vorbeizusehen und vielleicht auch eine Runde zu schwimmen, hänge mir die Tasche über die Schulter und gehe ums Haus herum.

Kapitel 9

Annie

»Und ob was passiert ist!« Mellas Stimme klingt düster.

Trotz der Hitze bekomme ich Gänsehaut und in Sekundenschnelle spielen sich vor meinem inneren Auge die irrsinnigsten Dramen ab: Ehemann tot oder der Mistkerl hat sie und die Kinder geschlagen oder …

Plötzlich lacht meine Schwester. »Hab ich dich erschreckt? Alles gut, Annie. Es ist zwar etwas geschehen, aber etwas Positives!«

»Mensch, Mella! Ich hatte bereits Horrorszenarien im Kopf!«, fahre ich sie an, sacke dann erleichtert zusammen und stütze den Kopf auf die Hand. »Jetzt mach es nicht so spannend und erzähl schon.«

»Also …« Sie holt tief Luft. »Zuerst möchte ich sorry sagen. Du hast ja mit allem recht. Ich brauche einen Job, das muss Ian einfach akzeptieren, und alles andere kriegen wir hin. Es gibt millionen Schlüsselkinder und meine wären dann ja nur welche, wenn sie nach mir das Haus verlassen müssen oder vor mir heimkommen. Und …«

»Du hast ein neues Vorstellungsgespräch?« Glücklich richte ich mich wieder auf und fahre mir durch die Haare. »Oh, Schwesterherz. Das ist so toll! Gratuliere! Ich freu mich so für dich. Und ich finde es klasse, dass du die Kurve bekommen hast. Bitte verzeih meine harten Worte im Park, ja? Du weißt, ich mache mir Sorgen.«

»Weiß ich doch. Und nein, ich habe kein neues Vorstellungsgespräch. Nun ja, zumindest nicht ganz neu.« Sie kichert und ich bin verwirrt. »Ich habe am Freitag gegen Abend noch mal in der Firma angerufen und Glück gehabt, dass die Personaltante noch da war. Tja, was soll ich sagen … Annie, ich hab den Job!«

»Moment … Du hast den Job? Wie? Ich meine, wann warst du dort zum Gespräch? Heute ist Samstag. Am Freitag noch?«

»Nein, ich komme eben zurück von der Firma. Dort werden hauptsächlich samstags Fremdsprachenkurse abgehalten und ich habe kurzfristig heute einen Termin bekommen. Ach Annie, das fühlt sich so gut an. Die wollen mich wirklich! Ich bin ihr Wunschkandidat gewesen, hat sie gesagt, und nach nicht mal einer halben Stunde plaudern hat sie mir den Vertrag hingelegt. Ich bin so unglaublich glücklich! Endlich werde ich wieder mein eigenes Geld verdienen!«

Ich quietsche laut und wäre am liebsten im Kreis gehüpft vor Freude. »Wann geht es los, Mella? Wann fängst du an?«, erkundige ich mich aufgeregt und sehe meinem rechten Fuß beim Wippen zu. Jetzt darf er, es gibt allen Grund dazu.

»Am ersten Oktober schon. Ist das nicht toll?!«

»Superklasse, fantastisch, genial, berauschend … Ach, es gibt viel zu wenige Worte dafür! Oh, warte mal.« Plötzlich ertönt das durchdringende Geräusch eines Schiffhorns. Ziemlich nah bei mir. Mit dem Hörer am Ohr blicke ich über die Schulter. »Ach du Sch…!«

»Was ist los, Annie? Wo bist du? War das ein Schiff?«

»Ja. Mella, ich muss Schluss machen. Bin auf einem Boot, muss wegrudern. Melde mich.«

Hastig stecke ich das Handy in die Hülle und dann in die Hüfttasche zurück. Verdammt! Das Schiff ist ziemlich nah, und wenn ich nicht sofort wieder Richtung Ufer rudere, rammt es mich im schlimmsten Fall. Wie konnte ich nur so dämlich sein und nicht darauf achten, wo mein Boot hintreibt?!

Hektisch nehme ich erst ein Ruder, hänge es ins Wasser und strecke mich, um an das andere zu kommen.

»Jetzt komm schon her, du …« Mit den Fingerspitzen berühre ich den Holm. Hilft nix, ich muss mich leicht vorbeugen, um es zu fassen zu bekommen.

In diesem Augenblick ertönt das Schiffshorn erneut.

»Ja, ich mach ja schon!«, brülle ich leicht panisch. SHIT! Das Ausflugsschiff sieht aus der Nähe viel größer aus, der Bug viel bedrohlicher. Und auf Deck stehen neugierige Passagiere und sehen mir zu, wie ich mich abmühe, das kleine Boot quer zur Strömung Richtung Ufer auszurichten.

Wie weit bin ich weg? Fünf Meter? Vier? Ich kann es schlecht einschätzen. Und dafür ist jetzt auch definitiv keine Zeit!

Möglichst schnell ziehe ich das linke Ruder durchs Wasser, damit ich mich drehe. Gar nicht so einfach, in Filmen sieht das immer leichter aus. Noch mal! Dann endlich drehe ich mich Richtung Ufer, tauche jetzt beide Ruder ins Wasser und ziehe kräftig durch. An der Reling des Ausflugsschiffes stehen die Gaffer, klatschen und johlen.

Offenbar habe ich es geschafft. Noch ein Zug, noch einer. Dann lasse ich die Ruder sinken und starre mit wild klopfendem Herzen dem Schiff hinterher.

Scheiße, das war echt knapp! Nur einen Steinwurf entfernt fährt das Schiff mit einer Schnelligkeit vorbei, die ich so nicht auf dem Schirm hatte. Aber … es ist ja noch mal alles gut gegangen.

Beim nächsten Wimpernschlag macht das Boot einen Hüpfer, ich werde zur Seite geschleudert. Instinktiv halte ich mich an den Griffen der Ruder fest, es knackt komisch von irgendwoher. Mist, die Halterung, in der das eine Ruder steckt, ist gebrochen! Noch eine Welle! Instinktiv lasse ich los und suche Halt am Rand des Bootes … und das rechte Ruder rutscht ins Wasser.

»Fuck!«, zische ich. Dann erreicht mich die nächste Welle. Diesmal bin ich vorbereitet, halte mich fest und das andere Ruder fest in der Hand.

Die nächsten Wellen sind schwächer und ich atme auf. Allerdings muss ich jetzt irgendwie an das verlorene Ruder kommen, das einige Meter vor mir auf dem Wasser treibt.

Es hätte schlimmer kommen können: Boot zerschellt, beide Ruder im Wasser, das unerwartete Aufziehen einer Gewitterfront …

Ich paddle los. Ganz schön anstrengend! Als Nächstes versuche ich, das im Wasser treibende Ruder zu erreichen, doch jedes Mal, wenn ich mich etwas aus dem Boot beuge, um mit der Hand danach zu angeln, kippelt es bedenklich. Also versuche ich, es mit dem anderen Ruder ans Boot zu ziehen und anzuheben. Herrje! Man gebe mir eine einfache Stange, klemme sie zwischen Boden und Decke, und ich vollführe die kompliziertesten Kunststücke. Aber an der Tätigkeit, ein blödes Holzteil aus dem Wasser zu fischen, scheitere ich kläglich!

So langsam werde ich sauer. Vielleicht, wenn ich mich hinknie und den Fuß unter dem Mittelbrett verhake? Gute Idee.

Angespannt rücke ich mich in die geplante Position, nehme das Ruder fest in beide Hände, bringe mich wieder näher zum Objekt der Begierde und versuche, es so nahe ans Boot zu ziehen, dass ich es zu packen bekomme. Scheint zu funktionieren. Jetzt! Ich greife mit einer Hand nach dem verlorenen Ruder. Doch ich habe die Hebelwirkung des anderen nicht bedacht. So ein Ruder ist ja eigentlich nicht schwer, außer man hält es, wie ich in diesem Moment, mit ausgestrecktem Arm ganz unten am Griff. Dann geht alles sehr schnell. Noch bevor ich gegensteuern kann, bekomme ich Schlagseite und plumpse ins Wasser.

Kurz tauche ich unter, halte instinktiv die Luft an und vor Schreck bleibt mir fast das Herz stehen. Scheiße, ist das kalt!

Na, wenigstens habe ich das andere Ruder nicht losgelassen.

Prustend komme ich hoch. Bewegen, bewegen. Die Jeans saugt sich mit Wasser voll. Es ist ein komisches Gefühl, mit Klamotten zu schwimmen. Insbesondere die Schuhe stören.

Super! Jetzt sind wir zu dritt im Fluss. Meine zwei Riemen und ich. Bibbernd vor Kälte sammle ich das andere Ruder ein und schwimme mit ihnen zum Boot. Nacheinander werfe ich sie hinein, und bin heilfroh, nicht nur an wasserdichte Hüllen für Handy und Geldbeutel gedacht zu haben, sondern auch, dass das Boot nicht gekippt ist. Mein Rucksack ist aktuell das einzig Trockene. Zum Glück, denn da sind zwei Handtücher drin.

So, die Ruder sind im Boot. Jetzt fehle nur noch ich.

Mit aller Kraft ziehe ich mich hoch. Doch das Boot kippt, die Jeans wird immer schwerer und … verdammt, ich schaffe es nicht! Das gibt es doch nicht?! Okay, andere Strategie. Ich schwinge einfach ein Bein über den

Holm, so als würde ich auf ein Pferd steigen. Das müsste funktionieren. Doch das Boot schaukelt und ich rutsche immer wieder am nassen, glatten Holz ab.

Nach unzähligen Versuchen bin ich nicht nur völlig fertig, auch zieht mir die Kälte des Wassers die Kraft aus den Muskeln.

Schwer atmend blicke ich mich um.

Mittlerweile bin ich um die Biegung und treibe mit dem Boot weiter in die Mitte des Flusses. Wenn jetzt ein Schiff kommt, habe ich ein Problem. Allerdings könnten die mich auch aufsammeln. Aber es kommt keines und es ist auch keines in Sicht.

Mein Blick schweift über das Ufer. Schätzungsweise zwei-, dreihundert Meter weiter steht das exklusive Landhaus, von dem Leona geredet hat. Pfft. Wer da wohnt, hat keine Sorgen mehr. Zumindest keine finanziellen. Vor dem Haus glänzt das Blau eines Swimmingpools zwischen dem Grün des gepflegten Rasens, der bis zum Fluss hinunter führt. Ein T-Steg. Davor ein Boot. Ich kneife die Lider zusammen. Etwas weiter flussabwärts sehe ich den Strand, zu dem ich wollte. Das Landhaus ist näher.

Aber wie komme ich dahin? Ich kann ja unmöglich das Boot alleine auf dem Fluss lassen. Oder? Kurz überlege ich, dann fälle ich eine Entscheidung. Boot oder Leben. Ich schwimme los.

Als hätte der Himmel ein Einsehen, betritt in diesem Augenblick jemand den Steg vor dem Landhaus.

Hastig schwimme ich zum Boot zurück, halte mich mit einer Hand fest, strecke die andere aus dem Wasser und winke.

»HEY! HALLO! HALLOOOO! HILFE! KÖNNEN SIE MIR HELFEN?! HALLOOO!!!«

Keine Reaktion. Mist! Nicht mal mit dem Ruder kann ich winken, denn die liegen ja im Boot. Mir kommt eine Idee.

Kurz tauche ich unter und ziehe mein Shirt aus. Nebenbei beglückwünsche ich mich, dass ich bereits im Hotel den Bikini drunter gezogen habe. So laut ich kann, rufe ich um Hilfe und schwenke dabei das Shirt hin und her.

Jetzt! JA! Er sieht mich! Oh Gott sei Dank!!

Der Mann hebt den Arm und ruft: »Ich komme.« Zumindest klingt es so, wenn auch leise und teilweise durch den leichten Wind davongetragen. Fast muss ich weinen, als er ins Boot springt, den Motor anlässt und in einem Affenzahn auf mich zufährt. Am ganzen Leib schlotternd und mit klappernden Zähnen fiebere ich seiner Ankunft entgegen und angle mich bis vor an den Bug meines Ruderbootes.

Schließlich hat er mich erreicht, drosselt einige Meter vor mir den Motor runter und hält quer von mir an. Direkt vor meinen Augen taucht eine am Boot fest montierte Leiter auf. »Was machen Sie denn für Sachen?«, fragt mich der etwas ältere Mann, der wie ein Bediensteter gekleidet ist, und hilft mir ins Boot. »Bisschen kalt für ein Bad, oder? Warten Sie …«

Der Mann hat Humor, das gefällt mir. »Schätze, das kriege ich hin«, sage ich mit zitternder Stimme.

»Was kriegen Sie hin?« Er holt eine Decke aus einer Kiste und legt sie mir um die Schultern.

»Das Warten. Oh, danke schön. Ich dachte, ich muss erfrieren.«

Er schüttelt den Kopf, als wäre ich ein kleines Kind, das irgendeine Dummheit begangen hat, schnappt sich ein Seil, springt ins Ruderboot und befestigt es am Heck des Motorbootes.

Als er wieder bei mir ist, drückt er mich auf eine gepolsterte Bank. »Sie bekommen gleich etwas Warmes zu trinken und vielleicht hat die Mylady trockene Sachen für Sie zum Wechseln.«

»Mylady?« Meine Stimme klingt wieder normal, auch das Schlottern und Zähneklappern hat aufgehört. Zum Glück ist es warm, fast schon heiß, so taue ich schneller auf. Wer hätte gedacht, dass dieser Fluss so saukalt ist?

»Meine Vorgesetzte. Ich bin der Butler.«

»Und der Bootsmann«, ergänze ich lächelnd. »Danke, dass Sie mich aus dem Wasser gefischt haben. Ich bin übrigens Annie. Annie Fairfield. Und Sie sind?«

»Nennen Sie mich Andrew.« Er lässt den Motor an und gibt Gas. Kurz darauf sind wir schon am Ufer.

Auf dem Steg kommt uns eine attraktive Frau mit besorgtem Gesichtsausdruck entgegen. Eine Mylady habe ich mir irgendwie immer anders vorgestellt. Älter, grauhaarig. Kostüm, Perlenkette. Diese Frau hat halblange blonde Haare, die zu einem lockeren Zopf gebunden sind, trägt ein einfaches weißes, ärmelloses Shirt, Jeans und knallrote Flip-Flops. Sie ist höchstens Mitte fünfzig, schätze ich. Und ich habe sie irgendwo schon einmal gesehen.

»Du liebe Güte! Was ist denn passiert?« Sie legt einen Arm um mich.

Statt meiner antwortet der Butler, der jetzt das Boot festtäut. »Die junge Dame - Mrs Fairfield – ist aus ihrem Boot gefallen und hat es nicht mehr hinein geschafft.«

»Danke, Andrew. Welch ein Glück, dass du gerade hier unten warst. Was hast du hier eigentlich getan?«

Plötzlich wird Andrew rot wie eine Leuchtboje. »Äh, ich habe … ich wollte das Kleid holen, das Sie gestern hier vergessen haben.«

»Oh, ach ja, das Kleid. Danke schön.« Auch sie wird plötzlich etwas verlegen, und schlagartig wird mir klar, warum. Die Lady des Hauses hat ein Verhältnis mit dem attraktiven Butler. »Kommen Sie, Mrs Fairfield, wir gehen auf die Terrasse in die Sonne. Während Ihre Sachen trocknen, können Sie sich in ein Handtuch wickeln. Ach, was rede ich! Wir dürften ungefähr die gleiche Größe haben. Sie bekommen ein Sommerkleid von mir, wenn Sie mögen. Und nennen Sie mich bitte Brianna, ja?«

»Schon gut, ich habe ja einen Bikini an, es ist warm genug. Aber sehr freundlich von Ihnen, Mylady … Brianna.«

Wenig später sitzen wir auf der Terrasse – beide im Bikini – vor dem imposanten, altehrwürdigen Landhaus, das ich eher als Schloss bezeichnen würde, trinken Zitronenlimonade und unterhalten uns angeregt.

Normalerweise bekomme ich in so einer Umgebung innerliche Versteifungszustände, denn es ist einfach nicht meine Welt. Aber im Augenblick fühle ich mich pudelwohl und überhaupt nicht gehemmt oder fehl am Platz. Wozu ein Sprung ins Wasser doch gut sein kann. Apropos Wasser. Hinter mir ein Schloss, vor mir ein fünfundzwanzig Meter langer Pool, der zum Schwimmen einlädt. Aber ich trau mich nicht zu fragen, ob ich darf.

Brianna ist eine sehr erfrischende Persönlichkeit und entspricht so gar nicht dem Bild, das ich mit einer adligen Landhausbesitzerin und Witwe – wie ich erfahre – verbunden habe. Sie wirkt jung, sportlich, unkonventionell und hat das Herz am rechten Fleck. Und sie ist in ihren Butler verliebt. Der bringt uns gerade etwas Shortbread und ein paar Weintrauben.

»Wünschen die Ladys einen Tee?«

»Für mich ausnahmsweise nicht, Andrew. Möchten Sie einen Tee, Annie? Oder etwas anderes?«

»Ein Kaffee wäre fein, wenn es keine Umstände macht.«

»Nur, wenn Sie die Bohnen röstfrisch direkt aus dem Ursprungsland eingeflogen haben möchten, Mrs Fairfield«, sagt er staubtrocken und geht ins Haus zurück.

Prustend verschlucke ich mich fast an der Limonade. »Na, der hat ja Sprüche drauf … Klasse!«

»Ja, er ist sehr … amüsant.« Brianna lehnt sich lächelnd zurück und schlägt grazil ein Bein über.

»Und attraktiv ist er auch. Wie alt ist er?«

»Vier Jahre älter als ich. Achtundfünfzig.« Sie beugt sich vor und schenkt mir nach. »Sagen Sie, Annie, sind wir uns schon mal begegnet? Sie kommen mir bekannt vor.«

»Danke.« Ich nehme das Glas und nippe daran. »Genau das ging mir auch schon durch den Kopf. Aber ich bin nicht von hier, und wenn Sie die letzte Zeit nicht in Nottingham waren, können wir uns eigentlich nur auf Robs und Sarahs Hochzeit gesehen haben.«

»Sie waren dort? Ich auch. Mit Andrew. Da haben wir des Rätsels Lösung.«

»Sie beide sind übrigens ein hübsches Paar«, platzt es aus mir heraus. Im nächsten Moment schlage ich die Hand vor den Mund. »Oh, Verzeihung, ich wollte keinesfalls indiskret sein.«

Seufzend lehnt sie sich im Korbstuhl zurück. »Ist das so deutlich, hm?«

»Schon. Ziemlich, ja.«

Ohne Ankündigung steht sie auf. »Ich brauche eine Erfrischung, Sie auch? Oder haben Sie heute genug vom Wasser? Das Poolwasser ist lange nicht so kalt wie der Loch Shiel. Also los, kommen Sie.«

Bevor ich eine Antwort geben kann, geht sie mit langen Schritten zum Pool, stößt sich ab und landet mit einem gekonnten Köpfer im Wasser.

Ich grinse und springe ebenfalls in das herrliche Blau. Kaum zu glauben, die Frau ist sechsundzwanzig Jahre älter als ich und ich habe trotzdem das Gefühl, es läge kaum ein Altersunterschied zwischen uns. Unabhängig von dem Landhaus und dem ganzen Klimbim wäre sie eine tolle Freundin.

Prustend tauche ich auf.

Brianna grinst mich an. »Herrlich, nicht wahr? Schwimmen Sie ein paar Bahnen mit mir?«

»Ein paar?« Ich streife mir mit einer Hand das Wasser aus dem Gesicht und bin heilfroh, heute Morgen auf Schminke verzichtet zu haben.

»Zwei, drei. Wir wollen ja keine sportlichen Höchstleistungen vollbringen. Außerdem kommt Ihr Kaffee gleich. Ach, wissen Sie was? Ich mag Sie, lassen wir doch das förmliche Sie weg. Ich Brianna, du Annie. Einverstanden?«

Und als hätten wir das schon dutzende Male getan, schwimmen wir einträchtig nebeneinander her und plaudern über die Hochzeit, über meine Kollegin Sarah, über den FKK-Strand, über Loch Shiel und Dreharbeiten zu Harry Potter, über das Glenfinnan Viadukt und vieles mehr.

»Mrs Fairfield?«, ruft Andrew vom Beckenrand. »Der Kaffee ist zubereitet.«

Ich lache laut auf.

»Was ist daran so komisch?«, will Brianna wissen.

»Ach nichts, aber an den Satz könnte ich mich gewöhnen. Das hat was. Mrs Fairfield«, wiederhole ich Andrews Worte und versuche, seinen Butler-Tonfall hinzubekommen. »Es ist angerichtet.«

»Daran gewöhnt man sich ganz schnell.«

»Ja, das befürchte ich«, zwinkere ich und will gerade hinter ihr aus dem Pool steigen, als ich eine bekannte Stimme höre.

»Was machen Sie denn hier?«

»Was ich hier mache? Lassen Sie mich überlegen. Ich trage einen Bikini und steige gerade aus einem Pool. Schwimmen?« Annie Fairfield wirft mir einen amüsierten Blick zu, geht an mir vorbei zur Sitzgruppe und rubbelt sich trocken.

Meine Kehle wird eng, so sexy sieht sie in dem orangefarbenen Hauch von Bikini aus. Das erste Mal sehe ich sie so knapp bekleidet und es verschlägt mir die Sprache. Ihr Körper scheint bis in den letzten Muskel durchtrainiert zu sein, sogar ein Sixpack zeichnet sich auf ihrem Bauch ab, und ihre Beine sind so lang, so unglaublich lang und wohlgeformt. Auf der Stelle treibt es mir den Schweiß auf die Stirn.

»Calan?« Meine Mutter bleibt bei mir stehen und legt mir eine Hand auf den Arm. »Ihr kennt euch?«

»Flüchtig«, krächze ich. »Von der Hochzeit gestern.« Gut, das war nur die halbe Wahrheit, aber mehr muss eine Mutter nicht wissen.

Sie runzelt die Stirn und deutet auf die Trainingstasche über meiner Schulter. »Ist alles okay mit dir?

Nicht, dass du dich zu sehr verausgabt hast. Ich werde Andrew bitten, dir etwas vom Mittagessen aufzuwärmen. Vielleicht solltest du eine Dusche nehmen und auch in den Pool gehen? Das erfrischt. Dein Kopf ist nämlich ziemlich rot, Junge.«

»Rot? Ich bin nie rot!«, widerspreche ich. »Außer, ich trainiere oder habe gerade trainiert.«

Meine Mutter zieht die Brauen hoch und auf ihre Lippen schleicht sich ein süffisantes Lächeln. »Habe ich etwas anderes gesagt?«

»Was? Nein. Nein, natürlich nicht. Dusche ist vielleicht genau das Richtige.« Ich drücke ihr einen Kuss auf die Stirn, lasse die Tasche an Ort und Stelle auf dem Boden ab und begebe mich zu den Poolduschen.

»Schenk mir auch noch etwas Zitronenlimonade ein, Annie«, höre ich meine Mutter rufen.

Aha! Sie duzen sich schon. Ich verziehe das Gesicht und gebe einen spöttischen Laut von mir. Diese Annie hat eine ganz neue Masche. Hätte ich mir denken können. Aber das macht sie in meinen Augen nur noch erbärmlicher!

Hinter der mit hellem Marmor gefliesten Abgrenzung ziehe ich mich aus und greife zu einer frischen Badehose aus dem gemauerten Regal.

Der kalte Wasserstrahl belebt und vertreibt die wirren Gedanken an diese Annie. Zumindest bilde ich mir das so lange ein, bis ich mich dabei ertappe, wie ich mit einem Grinsen meine Wirkung auf sie herbeisehne, sobald ich an den Pool trete. Ich weiß, mein Körper ist durchtrainiert, meine Schultern sind gerade und mein Sixpack nicht von schlechten Eltern. Das primitive Tier in mir will imponieren, sie feucht machen und sie dann von hinten nehmen. Der Adlige in mir schüttelt nur mitleidig den Kopf und sagt: Geh einfach nur eine Runde schwimmen, Calan. Und komm gefälligst mal wieder runter. Die Frau ist nicht anders als alle anderen.

Berechtigte Einwände, wie ich meine. Mehr noch. Diese Annie Fairfield ist eine ganz Gewitzte! Versucht sie doch, sich über meine Mutter einzuschleimen. Na, diese Tour werde ich ihr ordentlich vermasseln.

Bemüht, nicht auf die Frauen zu achten, die auf der Terrasse sitzen und miteinander plaudern, als würden sie sich schon ewig kennen, schlendere ich scheinbar locker an die Stirnseite des Pools und lege mein Handtuch auf den Boden. Tatsächlich jedoch übermittelt mein Gehirn völlig andere Informationen an meinen Körper: Bauch anspannen, Rücken gerade! Jetzt bloß keinen Steifen kriegen! Schultern zurück. Ja, so ist es gut. Sie wird bei deinem Anblick so nass, dass sie glaubt, gerade ein Bad genommen zu haben.

Herrje! Sie HAT gerade ein Bad genommen! Ich ärgere mich über mich selbst, habe jedoch das stete Funken der Testosterone nicht im Griff.

Mit einem Köpfer springe ich ins Wasser und kraule los. Erst nach fünf Bahnen lege ich eine Pause ein. Mein Herz rast, mein Atem geht schnell.

Verdammt, diese Annie ist immer noch da.

Aber nicht mehr lange. Dafür werde ich auf der Stelle sorgen!

Schwungvoll stemme ich mich hoch, lege das weiße Handtuch um meinen Nacken und schlendere zur Sitzgruppe.

»Setz dich doch zu uns, Calan«, sagt meine Mutter und deutet auf einen Korbsessel. Sie hat bereits ein Handtuch auf das Polster gelegt. Mütter denken immer mit.

»Gleich«, erwidere ich und rubble mir die Haare halbwegs trocken. Dann richte ich meine Aufmerksamkeit auf Annie. Verdammt, nicht auf die Titten gucken!

»Mrs Fairfield, was treibt Sie denn hierher?«, frage ich honigsüß, doch ich weiß, dass in meinen Augen steht, sie soll sich auf der Stelle von meinem Grundstück entfernen.

»Ich … Äh!« Mit zittrigen Fingern stellt sie die Kaffeetasse auf dem Unterteller ab und verschüttet dabei ein wenig vom Kaffee.

»Der Loch Shiel«, grätscht meine Mutter rein, sieht mich an und kneift argwöhnisch die Lider zusammen. »Andrew hat sie aus dem Wasser gefischt. Sie wollte mit dem Ruderboot zum Strand und ist aus dem Boot gefallen und nicht mehr reingekommen. Zum Glück war Andrew gerade am Steg. Warum bist du so gereizt?«

»Weil er mich nicht leiden kann.« Annie steht auf und nimmt ihr Handtuch. »Ich gehe wohl besser, Brianna. Scheint so, als wäre ich hier nicht erwünscht.«

»Nicht, wenn man so faule Tricks anwendet«, knurre ich. »Schönen Tag noch, Mrs Fairfield.«

Ich setze mich und schenke mir Kaffee aus einer Thermoskanne ein.

»Annie bleibt«, bestimmt meine Mutter, steht auf und drückt Annie, die viel zu verblüfft scheint, als dass sie sich wehren könnte, auf den Stuhl zurück. »Du bist unhöflich, Calan! Und du verhältst dich ausgesprochen befremdlich und definitiv nicht eines McGrant würdig. Vorsichtig ausgedrückt. Ich gehe jetzt hinein, mir ist es sowieso zu warm. Und ihr beide …« Sie blickt von mir zu Annie und wieder zurück. »Klärt, was zu klären ist.«

»Da ist nichts zu kl…«

»Erzähl mir nichts.« Und zu Annie gewandt. »Sehen wir uns morgen beim Whisky-Tasting? Rob hat ja einige nahe Bekannte eingeladen, bist du auch dabei?«

»J… ja, glaube schon.« Annies Augen huschen erst unsicher hin und her, dann richtet sie ihren Blick fest auf mich. »Aber ich werde wohl eher nicht kommen, denke ich, denn offenbar ist Mr McGrant von meiner Anwesenheit nicht besonders angetan. Um es mit anderen Worten zu sagen …« Jetzt steht sie wieder auf, beugt sich etwas vor und stützt sich mit beiden Händen auf dem Tisch ab. »Mr McGrant … wenn Sie so lang wären, wie Sie arrogant und eingebildet und … und unverschämt sind, dann … dann könnten Sie liegend aus der Dachrinne saufen.«

Auf dem Absatz macht sie kehrt, reißt ihre Jeans und ihr T-Shirt von der Liege am Pool und stapft mit langen, zackigen Schritten Richtung Steg davon.

Meine Mutter reißt die Augen auf. Wie ich ist sie sprachlos. In der nächsten Sekunde prustet sie los.

»Das Mädel hat ja Feuer! Gefällt mir.«

»Mir nicht!« Ich führe die Tasse an die Lippen, der Kaffee ist lauwarm, und stelle sie wieder ab. Dann gehe ich zu den Duschen und ziehe mich wieder an. Als ich zurückkomme, hat Andrew bereits frischen Kaffee gebracht und Brianna schenkt mir gerade ein. »Danke. Um ein letztes Mal diese Mrs Fairfield zu erwähnen … Sie ist so … gewöhnlich, und hat ihren 'Unfall' mit Sicherheit fingiert.«

»Meinst du?« Nachdenklich sieht sie an mir vorbei. »Nein«, sagt sie schließlich. »Diese Annie ist nicht der Typ, der so etwas nötig hat. Und du, Calan, du reagierst auf sie ungewöhnlich emotional, findest du nicht?«

Bevor ich antworten kann, tritt Andrew erneut an den Tisch und tauscht die leere Karaffe mit Zitronenlimonade gegen eine gefüllte aus. Wortlos entfernt er sich wieder.

Ich lache spöttisch auf. »Sie ist unter meinem Niveau!«

»Die Limonade?«, grinst sie, lehnt sich zurück und sieht mich an, wie einen nur eine Mutter ansehen kann. Dieser wissende Blick … Das habe ich schon immer gehasst.

Genervt verdrehe ich die Augen und beschließe, das Thema zu wechseln. »Wann willst du mir eigentlich sagen, dass du mit Andrew vögelst?« Sofort fühle ich mich schlecht. Mit der Hand fahre ich mir durch die Haare. »Verzeih, das … das war nicht so gemeint.«

Anstatt jedoch ertappt oder entrüstet zu wirken, sieht sie mich nur lächelnd an. »Seit wenigen Wochen, Calan. Vögle ich jetzt auch unter meinem Niveau? Ich sag dir mal was: Scheiß auf Niveau, scheiß auf den Standesdünkel, den du, nebenbei bemerkt, nur als Schutzschild hochhältst, nicht wahr? Die Liebe kennt nur Gefühl und das untrügliche Wissen, dass da ein Mensch ist, der dich ganz macht und der zu dir gehört. Die Liebe zieht dich zu diesem Menschen, ob du willst oder nicht. Das Herz weiß immer mehr als der Kopf, weil es nicht nachdenkt und nicht verurteilt. Andrew und ich … Tja, wir lieben uns. Ich wollte mir nur erst sicher sein, bevor ich es dir sage.«

»Und? Bist du dir sicher?«, frage ich steif nach.

»Ja.« Sie nimmt einen Schluck von der Limonade und seufzt mit einem verklärten Blick auf. »Ja. Es sind zwar erst wenige Wochen, aber ich kann mir ein Leben ohne ihn nicht mehr vorstellen. Erst gestern habe ich ein Inserat aufgegeben. Es wird Zeit, dass der Posten mit einem neuen Butler besetzt wird.«

Es ist, als sähe ich meine Mutter plötzlich mit anderen Augen. Vor mir sitzt eine verliebte, absolut glückliche Frau. Dass ich das nicht schon viel früher bemerkt habe? Aber möglicherweise geht an den eigenen Kindern so eine Verwandlung unbemerkt vorbei. Sie ist meine Mutter, und Mütter sind irgendwie, wie Väter auch, geschlechtslos. Zumindest ist das bei mir immer so gewesen, seit ich denken kann. Doch jetzt … Ich nehme ihre Hand.

»Mathaìr … Ich freue mich so unglaublich für dich. Du und Andrew, ihr … ihr seid so ein süßes Paar. Aber …« Beide Hände hinter dem Kopf verschränkt, lehne ich mich grinsend zurück. »Verlang nicht von mir, dass ich ihn Vater nenne.«

Die Erleichterung ist meiner Mutter förmlich ins Gesicht geschrieben. Sie öffnet den Mund für eine Erwiderung, kommt jedoch nicht mehr dazu.

»Verdammt! Was man nicht im Hirn hat!« Fluchend und mit zerzaustem Haar taucht plötzlich Annie am Pool auf – jetzt in Jeans und Shirt, schnappt sich ihre Chucks und dreht wieder ab.

Ich kann nicht anders, ich muss laut loslachen.

Meine Mutter schlägt mir auf den Oberarm. »Calan!«

»Was? Erst täuscht sie vor, aus dem Boot gefallen zu sein, dann vergisst sie ihre Schuhe. Was kommt als Nächstes? Du musst zugeben, das ist recht … erheiternd.«

Fast im selben Augenblick bleibt Annie stocksteif stehen und ballt die Faust ihrer freien Hand. Selbst auf die Entfernung ist ihre Wut zu spüren.

»Oh, oh«, sagt meine Mutter und steht auf. »Für mich wird es Zeit, euch beiden die Arena zu überlassen. Viel Spaß, Junge.«

Wie aus dem Nichts steht Annie vor mir. Ihre grünen Augen flackern dunkel und zwischen ihren Augenbrauen hat sich eine senkrechte Falte eingegraben. Beim nächsten Wimpernschlag holt sie aus und ihre Chucks treffen mich auf dem anderen Oberarm.

»Sie … Sie unterstellen mir nicht noch mal, ich würde über Ihre Mutter versuchen …« Wieder treffen mich ihre Chucks und ich wehre sie lachend mit den Händen ab. »Das ist das Allerletzte, Sie … SIE SNOB, SIE!« So langsam tut es weh, aber hey … ihre Wut ist einfach nur entzückend. »SIE … Sie haben ja nicht mehr alle Nadeln an der Tanne, Sie notgeiler Bock!«

»Das reicht!« Wie eine gespannte Feder spritze ich vom Stuhl hoch und packe sie am Handgelenk. »Sind Sie völlig von Sinnen?! Im Übrigen heißt das in unseren Kreisen nicht 'Notgeiler Bock', sondern 'Eine in Bedrängnis geratene männliche Ziege'.«

Im letzten Moment sehe ich, wie sie mit einem Wutschrei ihr Knie hebt, und drehe mich leicht ab. Dann reiße ich ihr die Chucks aus der Hand und ziehe sie mit mir.

»Wir reden jetzt!«, bestimme ich unmissverständlich. »Aber nicht hier!«

»Mit Ihnen rede ich kein Wort mehr, Sie … Lassen Sie mich sofort los!«

Himmel, was für eine Zicke! Sie wehrt sich, tritt nach mir, krallt sich mit der freien Hand in meinen Unterarm und ich beiße die Zähne zusammen. Ihre Fingernägel sind echt hart. Und das zierliche Weib hat eine Kraft, die ich ihr nicht zugetraut hätte.

Vor der Distillery nehme ich mit Erleichterung zur Kenntnis, dass die Autos meiner Mitarbeiter nicht mehr da stehen. Ich schiebe den Riegel der Tür auf. Das gestaltet sich schwer mit so einer wildgewordenen Mephista an der Hand.

Ich drehe mich zu ihr um und packe sie an den Schultern. »Reden! Alles klar? Nur. Reden! Und unten im Whisky-Keller ist es kühl und es kann uns niemand zuhören.«

»Ach ja?!« Sie versucht, mich abzuschütteln, es gelingt ihr nicht. »Wer sagt mir, dass Sie mich da unten nicht vergewaltigen, mir die Kehle durchschneiden und mich in einem Fass verstecken, hä?! Oder haben Sie das immer schon so gemacht? Hat etwa Ihr ach so toller Whisky deswegen seine ganz besondere Note? Aromatischer Geschmacksstoff aus Frauenleiche? Schmeckt euch Mistkerlen wohl! Hat so was Erdiges, hm?«

Tief atme ich durch, lasse sie los und zeige ihr meine Handflächen. »Gut, gehen Sie! Hauen Sie ab. Sofort. Oder Sie vertrauen mir und kommen mit runter und wir reden. Und ich schwöre auf das Leben meiner Mutter, dass ich Sie nicht meucheln und ins Fass stecken werde.«

Trotzig hebt sie das Kinn, verschränkt die Arme … Gott, sieht sie hinreißend aus! – und mustert mich von oben bis unten.

In der Folge lasse ich sie einfach stehen, ziehe die schwere Holztür auf und gehe hinein. In der Tür drehe ich mich noch einmal um.

»Ich gehe jetzt runter. Wenn Sie mir nachkommen mögen, bitte. Wenn nicht, auch gut.«

Annie

Völlig perplex starre ich ihm hinterher.

Wenn ich alles erwartet hätte, dann nicht, dass er mich einfach stehen lässt. Was mich wiederum zu der Frage bringt, was zur Hölle ich eigentlich erwartet habe? Mein Herz rast … Weil ich so verdammt sauer auf diesen arroganten Möchtegern-Earl bin. Und ich würde ihm am liebsten eine runterhauen und … und … Verdammt noch mal! Der kann mich doch so nicht behandeln?!

Mein Mund muss offen gestanden haben, denn irgendein kleines Insekt fliegt mir rein. Angewidert spucke ich das Tier aus und reibe mir mit dem Handrücken über die Lippen.

Heute Nacht hat dieser McGrant-Mistkerl sie berührt. Wie von allein fahren meine Fingerspitzen über die trockene Oberfläche meiner Lippen, und schlagartig erinnere ich mich an diesen Kuss und in meinem Magen zieht sich etwas zusammen. Zur Hölle, es kann doch nicht sein, dass ich mich in diesen ungehobelten Klotz, der nur das Eine im Sinn hat, verliebt habe?

Entrüstet über mich selbst drehe ich ab. Ich brauche jetzt ganz dringend jemanden zum Reden. Mella! Sobald ich auf dem Boot bin … Nein, sobald ich wieder am Guesthouse bin, werde ich sie anrufen und … Moment.

Abrupt bleibe ich stehen und denke nach. Wird wohl Zeit, dass ich zu meiner alten Form zurückkehre und dem Herrn Earl of Irgendwas zeige, wer hier das Spiel anführt. Von so einem Pimpf im Edelstöffchen lasse ich mir noch lange nicht die Sahne vom Eis nehmen. Nicht Annie Fairfield, Freundchen. Ich gehe jetzt da runter, mach ihn scharf wie einen Rettich und dann lasse ICH ihn stehen. Sozusagen im eigenen Saft! HA! Genau. Das wird ein Spaß.

Auf dem Absatz mache ich kehrt. Irgendetwas in mir flüstert mir zu, dass ich mich gerade auf Glatteis begebe. So ein Quatsch!

Vor der Tür atme ich einmal kurz durch, fahre mit den Fingern durch die Haare und ziehe das Shirt über eine Schulter. Ich glaube, ich werde die Verletzliche, Reuige mimen und mich anstandsmäßig distanziert geben. Darauf fahren die meisten Männer ab. Das weckt den Beschützerinstinkt … und macht sie scharf, wenn ich die entsprechenden Signale aussende. Halali, auf geht´s zur Jagd. Nur hat die Beute keinen Schimmer, dass sie nicht erlegt wird, auch wenn sie drum bettelt.

Im alten Steingebäude ist es tatsächlich angenehm kühl, es fröstelt mich sogar leicht. Mit klopfendem Herzen und einem unerwünschten Kloß im Hals nehme ich die Stufen nach unten. Leise Instrumentalmusik ist zu hören.

Kurz darauf stehe ich in einem riesigen Keller, an dessen Seiten in drei Lagen Whiskyfässer übereinander liegen. In der Mitte steht ein langer Tisch. Die sanfte Hintergrundbeleuchtung taucht alles in ein warmgelbes Licht. Am Tisch sitzt Calan, mit dem Rücken zu mir, und blättert in einem Prospekt.

»Hallo, Mrs Fairfield«, sagt er, ohne sich umzudrehen, und ich merke, wie mir übergangslos das Spiel aus der Hand genommen wird.

Am Fuß der Treppe bleibe ich stehen und versuche, das wilde Hämmern meines Herzens unter Kontrolle zu bekommen. Und dieses blöde Ziehen im Bauch. Und die weichen Knie. Verdammt! Ich reiße mich zusammen und sage beherrscht. »Reden. Bitte schön. Dann schießen Sie mal los!«

»Setzen Sie sich doch.« Er dreht sich zu mir um und beschreibt mit dem Arm einen Halbkreis über dem Tisch. »Es ist genug Platz. Falls Sie Angst haben, dass ich Ihnen zu nahetrete, ist es Ihnen freigestellt, ganz am hinteren Ende Platz zu nehmen. Angenehm kühl hier unten, nicht wahr?«

Sein Tonfall ist ausgesprochen locker, in seinen Augen jedoch blitzt es angriffslustig. Außerdem sieht er auf mein Shirt. Es ist von meinen halbnassen Haaren, die mir auf einer Seite über der Schulter nach vorne hängen, leicht durchnässt.

»Ja, es ist kühl, Mr McGrant. Und Sie können aufhören, wie ein testosterongefüllter Bulle auf meine Brustwarzen zu starren!«

So viel zu distanziert und reuig.

Mit erhobenem Kinn gehe ich zum Tisch und stelle mich neben ihn an die kurze Seite der Platte. Nur nicht zu weit von der Treppe weg, im Zweifelsfall muss ich hier schnell wegkommen können.

»Wie wäre es, wenn Sie Ihren Brustwarzen mitteilen würden, sie sollen sich einem Mann nicht so frech entgegenrecken?« Seine Lider verengen sich. Er will mich provozieren, der Mistkerl.

»Hören Sie ...« Meine Stimme klingt komisch, ich räuspere mich. Mist! Damit verliere ich an gewonnenen Metern in diesem Spiel! Egal! Jetzt nur nichts anmerken lassen. »Ein Mann Ihres Standes sollte durchaus in der Lage sein, seine niederen Instinkte im Griff zu haben.«

Oh Gott, was rede ich denn da? Ich habe mich ja selbst nicht unter Kontrolle! Dass sich meine Beine wie Pudding anfühlen, versuche ich auszublenden, genauso so wie dieses Sehnen in meinem Schoß. Und das Verlangen, das mich unvermittelt packt. Am liebsten würde ich jetzt die Finger in seinen vollen Haaren vergraben und mein Becken gegen seines pressen. Doch das verbiete ich mir aufs Energischste. Ich ärgere mich über mich selbst, denn eines will ich auf gar keinen Fall: Mich in einen Mann verlieben, der ein Arschloch ist. Es reicht, wenn meine Schwester diesen Weg gewählt hat. Meiner ist es definitiv nicht. Ach, Scheiß drauf. Ich bin ich. Keine Taktik, keine Spielchen. Mir ist die Lust dazu vergangen. Ich werde ihm jetzt sagen, dass ich gehe und keine Veranlassung sehe, mich mit ihm zu unterhalten, weil … ach, weil halt!

»Tut mir leid, Mr McGrant, aber ich …«

Er zuckt zurück und sieht mich ungläubig an.

»Was?!«, frage ich unwirsch.

»Ihr Ernst? Es tut Ihnen leid?«, fragt er und wirft mir einen misstrauischen Blick zu. »Hätte ich nicht erwartet.«

»Wunderbar! Dann sind wir schon zwei!« Ich schnaufe aus, lege meine Unterarme auf den Tisch und verschränke die Finger ineinander. Eigentlich wollte ich ja gehen, stattdessen sehe ich genervt zur Decke. »Nein, natürlich tut mir überhaupt nichts leid. Und wissen Sie was?« Herausfordernd sehe ich ihm in seine verdammt schönen, verdammt blauen Augen. »Wenn ich gewusst hätte, dass SIE hier wohnen, wäre ich lieber ersoffen!«

Mit einer Arroganz, die ihresgleichen sucht, sieht er mich abschätzig an. »Ach ja? Da gibt es hunderte Frauen, die würden was drum geben, hier mit mir zu sitzen. Dafür würden sie sogar freiwillig von einem Ruderboot springen und sich retten lassen.«

Was?! Habe ich das eben richtig verstanden? Will er mir etwa jetzt schon wieder unter die Nase reiben, dass …

»Sie sind so ein Widerling!«, stoße ich aufgebracht aus und bevor ich groß drüber nachdenken kann, landen vier Finger meiner Hand nicht gerade sanft auf seiner Wange. »Mir zu unterstellen, ich hätte das mit Absicht … Sie sind wirklich das Allerletzte, Sie … Sie eingebildeter Möchtegern-Earl, Sie … Sie McArschloch!« Zornig bis zum Anschlag hole ich erneut aus.

»Stopp!« Noch in der Bewegung wird meine Hand brutal abgebremst. Mehr noch!

Bevor ich eine weitere Schimpftirade auf ihn loslassen kann, zieht er mich ruckartig an sich und verschließt meinen Mund mit seinen Lippen. Unerwartet hart, brutal, fordernd und gleichzeitig mit einer Verzweiflung, die meiner erschreckend ähnelt.

Mein Atem geht schnell, meine Knie schlottern. Keine Kontrolle mehr! Ich hasse den Mann! Oh Gott, er riecht so gut! Ich beiße ihm die Zunge ab! Herrje, kann ein Mann so gut schmecken? Fest schließe ich meine Beine und kämpfe gegen den Impuls an, sie um ihn zu legen, damit ich seine Härte, die er gegen mein Becken presst, zwischen meinen Beinen spüren kann.

Und dann schaltet sich mein Kopf aus.

Ich liebe Herausforderungen! Das ganze Leben besteht daraus.

Heute jedoch habe ich offenbar jemanden vor mir, der mich an meine Grenzen bringt. In jeder Hinsicht. Meine Wange brennt immer noch. Und bis eben habe ich nicht gewusst, dass mich eine Ohrfeige von dieser Frau unglaublich heißmachen kann.

Annie schäumt beinahe vor Wut und sieht dabei so wahnsinnig sexy aus, dass ich sie eigentlich sofort auf den Tisch werfen und sie mit aller Härte nehmen müsste, nur, um ihr zu zeigen, wer die Karten in der Hand hält. Mich aber zu beherrschen und vorzugeben, ich wäre äußerlich ruhig, obwohl in mir ein Feuer lodert … Das ist die verdammt noch mal härteste Herausforderung, seit ich denken kann.

Ihre grünen Augen scheinen Blitze in meine Richtung zu sprühen und ihre roten Haare leuchten. Kein Zweifel: Eine Hexe, die mich gerade um den Verstand bringt.

Sie beschimpft mich und fuchtelt dabei mit den Händen. Ich starre auf ihren Mund und stelle mir vor, wie sie vor mit kniet, mich lasziv von unten herauf mit ihren stechend grünen Augen ansieht und ihre vollen Lippen um meinen Schwanz legt. Sofort wird es eng in meiner Hose, und noch bevor ich die Vorstellung weiter ausbauen kann, hebt sie die Hand und will mir erneut eine runterhauen.

»Stopp!« Resolut umfasse ich ihr Handgelenk, weide mich einen Augenblick an ihrem überraschten Gesichtsausdruck und will ihr sagen, dass wir so nicht weiterkommen.

Allerdings höre ich mich jedoch nur einen gutturalen Laut ausstoßen. Gleichzeitig ziehe ich sie an mich und drücke meinen Mund auf ihre vollen, leicht trockenen Lippen. Meine Zunge begehrt nachdrücklich Einlass. Sie wehrt sich nur halbherzig, drückt ihre Handflächen an meine Schultern, aber der Druck ist gering. Wenn sie wirklich vorhätte, mich wegzustoßen, würde sie es tun. Stattdessen drückt sie ihr Becken an meines und ihr Körper bebt. Unsere Blicke heften sich ineinander, unsere Zungen spielen miteinander. Nein, sie ringen und kämpfen, und ich küsse Annie mit einer Aggressivität, die ich so von mir nicht kenne. Meine Hand wandert zu ihrer Brust unter dem nassen Shirt. Deutlich taste ich ihre Brustwarze, die sich mir erwartungsvoll entgegenstreckt. Gott, ich muss diese Frau einfach haben. Jetzt! Sofort!

Verdammt, nein! Nicht mit ihr. Warum nicht, weiß ich selbst nicht, aber irgendetwas in mir reißt mich brutal zurück und warnt mich, einen großen Fehler zu begehen.

Total bescheuert! Ich muss total bescheuert sein! Annie drückt sich an mich, will es auch und … Und was mach ich?

Energisch drücke ich sie von mir weg, lege meine Hände auf ihre Schultern. Mein Atem geht stoßweise, mein Schwanz drückt so fest gegen die Jeans, dass es fast schmerzt. Und Annie scheint es ähnlich zu gehen. Ihr Gesicht ist leicht gerötet und ihr Brustkorb hebt und senkt sich schnell im Rhythmus ihres Atems. Die Lippen hält sie leicht geöffnet. Oh, welch eine süße und gleichzeitig verruchte Verlockung!

Ungläubig sieht sie mich aus großen Augen an. »Was ist denn jetzt los?!«

»Wir müssen reden, so geht das auf keinen Fall weiter!«

»Und ob das so weitergeht!«, bestimmt sie plötzlich, krallt ihre Finger in mein Shirt und zieht mich rückwärts an ein freies Stück Wand.

Hoppla?

»Hey, was …?«, setzte ich mich nicht wirklich zur Wehr, und beim nächsten Wimpernschlag beißt sie mir in die Unterlippe. Unwillkürlich stöhne ich auf.

Ach, scheiß drauf, Zeit zum Reden gibt es danach auch noch. Jetzt muss ich einfach auf ihre Aufforderung eingehen und ihre Lippen kosten. An dem Kuss ist nichts zärtlich, nur blanke Gier erfüllt jede einzelne Zelle in mir und reißt mich mit. Fest presse ich sie gegen die Kühle der Sandsteinmauer und sie schlingt ein Bein um mich, hält mich fest in dieser Umklammerung und mein vor Erregung zuckender Schwanz presst sich an ihre Mitte.

Annie intensiviert ihren Kuss, drückt ihr Becken vor, kreist damit direkt an meiner Hose und ich kann nicht anders. Scharf bis zum Anschlag ziehe ich ihr das Shirt hoch, befreie ihre Titten aus dem Bikinioberteil und knabbere an ihrer Brustwarze. Annie stöhnt auf und biegt sich mir entgegen. Gott, ich muss diese Frau haben, jetzt, daran geht kein Weg mehr vorbei.

Als würde sie meine Gedanken erraten, löst sie ihr Bein von mir, greift nach den Knöpfen meiner Jeans, öffnet sie mit einem Ruck und zieht mir die Hose über die Hüften.

»Ich will ihn sehen«, haucht sie heiser und befreit meinen Schwanz aus den Badeshorts. Sofort streckt er sich ihr zuckend entgegen. Sie umfasst ihn, massiert und reibt ihn, und jede Berührung durchzuckt mich wie ein Stromschlag.

Mit einer Hand stütze ich mich an der Wand ab, mit der anderen öffne ich in fliegender Hast auch ihre Jeans, ziehe sie ihr über die Hüften und sie steigt heraus, leckt sich dabei über die Lippen und ich will nur noch eines: In sie stoßen, immer wieder, hart und heftig, bis sie schreit und sich ihr perfekter Körper unter mir windet.

Stoßweise atmend schiebe ich meine Hand in die feuchte Wärme zwischen ihren Beinen. Ihr Stöhnen, während ich meine Finger über ihre Scham gleiten lasse, hallt durch den Keller, und dieses Geräusch heizt mich nur noch mehr an. Mit zwei Fingern dringe ich in sie ein, spüre, wie feucht und zugleich heiß sie ist. Ihre Finger spielen mit meinem Schwanz, mal zärtlich mit den Fingerspitzen, mal fest zupackend. Ich halte es kaum noch aus, stoße meine Finger tiefer und kräftiger in sie und stimuliere mit dem Daumen ihren Kitzler. Annie wirft den Kopf in den Nacken und lacht kehlig. Ihre Haare umfließen sie wie flüssige Lava, ihr Körper zuckt im Rhythmus meiner Finger in ihr und synchron zu mir wichst sie meinen Schwanz.

Jetzt!

Deutlich spüre ich, wie sich ihre Muskeln fester um meine Finger schließen. Die Lust fließt warm und feucht aus ihr heraus und ich kann kaum an mich halten. Doch es muss sein. Ich ziehe mich von ihr zurück.

»Dein Ernst?!«, japst sie atemlos.

Annie

Das ist wie von Wolke Sieben mit Überschallgeschwindigkeit zu den Sternen düsen, um dann plötzlich wie ein Stein zu fallen, und brutal auf einem Betonboden aufzuschlagen.

»Mein voller Ernst.« Seine Stimme klingt dunkel und heiser und lässt mir Millionen kleiner Eisperlen über den Rücken kullern. »Im Übrigen können wir uns jetzt gern offiziell duzen.« Dann stellt er sich nah vor mich, so nah, dass seine Schwanzspitze sacht meinen Kitzler berührt. Er stützt die Hände links und rechts von mir an der Mauer ab und senkt seinen Kopf.

»Sollen wir das jetzt wirklich tun«, fragt er beherrscht. Sein ganzer Körper bebt und die Kraft, die er aufwendet, um nicht sofort in mich zu stoßen, ist körperlich spürbar.

Ich selbst bin so erregt, dass mir die Flüssigkeit am Po runter fließt und eigentlich müsste ich das Becken nur ein kleines Stück anheben und sein riesiger Schwanz würde mich ausfüllen. Diese Vorstellung macht mich fast wahnsinnig. Kein Gedanke mehr daran, dass dieser Kerl ein Arsch ist, kein Gedanke mehr an das danach. Es zählt nur noch das Jetzt und das unglaubliche Verlangen, diesen Mann in mich aufzunehmen und ihn zu reiten wie einen ungezähmten Hengst.

»Verdammte Scheiße, ja! Und jetzt hör auf zu quatschen«, fahre ich ihn an, schlinge ein Bein um ihn, drücke seinen festen Hintern mit der Ferse zu mir und hebe ruckartig mein Becken. Jetzt!

Wieder stockt er. Jetzt jedoch legt er einen Zeigefinger an die Lippen. »Pscht. Ich habe was gehört.«

Auf der Stelle versteife ich und spitze die Ohren. Sogar zu atmen wage ich nicht. Aber nur zwei Züge lang.

Dann ein Schlurfen, ein Klopfen und »Hallo? Ist jemand da!?«

»Fuck!«, flucht Calan, tritt zurück und zieht die Hose hoch.

So schnell wie noch nie springe ich in meine Jeans, zerre das Shirt über meine entblößten Brüste, hüpfe auf einen Barhocker und schnappe mir einen Prospekt vom Stapel. Oh, die Haare! Hastig fahre ich mit den Fingern hindurch, angle aus der Jeanstasche ein Haargummi und binde sie am Hinterkopf zu einem Zopf zusammen.

In der Zwischenzeit begibt sich Calan zum Treppenaufgang und will hinaufgehen. »Ja, einen Moment, ich komme!«, ruft er nach oben.

Doch der Besucher ist schon auf dem Weg zu uns in den Whisky-Keller.

Tief atme ich durch und hoffe inständig, mir sieht niemand an, dass ich immer noch in dem abgebrochenen Orgasmus feststecke.

Die folgende Sekunde lässt mich jedoch abkühlen. Im Treppenabgang erscheint ein dicker Mann, seine Haare sind schütter, im Mundwinkel klebt eine erloschene Zigarre, und das enge weiße Hemd spannt so fest über seinem Bauch, dass ich am liebsten gerufen hätte: »Achtung, Deckung! Knopfschussalarm!«

Die Vorstellung ist so komisch, dass ich grinsen muss. Zum Schein ziehe ich mein Handy hervor, wische mit dem Finger darauf herum und linse immer wieder zu den beiden hinüber.

»Mr Stenger …« Calan ist jetzt ganz Geschäftsmann. Wüsste ich es nicht besser, ich würde ihm nicht ansehen, dass er eben noch kurz davor war, den besten Sex seines Lebens zu haben. »Soweit ich weiß, sind wir erst am Mittwoch verabredet.«

»McGrant!«, dröhnt das Walross an der Zigarre vorbei, steckt beide Hände in die Taschen seiner Anzughose und streckt seinen Bauch raus. »Ganz exquisit haben Sie es hier, ganz exquisit. Wissen Sie …« Er zupft die Zigarre aus dem Mundwinkel und steckt sie in die Hemdtasche. Na, hoffentlich ist die wirklich aus. »Meine Begleitung und ich haben einen kleinen Ausflug unternommen und da habe ich spontan an Ihrem Steg festgemacht. Mal kurz vorbeigucken, nicht wahr? Glück gehabt, Sie sind da. Ich muss schon sagen, Ihr Anwesen … Allererste Sahne, allererste Sahne. Oh, ich störe doch nicht?«

Sein Blick gleitet zu mir, eher auf meinen Ausschnitt. Mist, das Shirt hängt mir über die Schulter. Ich nicke ihm reserviert zu und versuche, einen gelangweilten Gesichtsausdruck aufzusetzen. Er hat einen komischen Akzent. Deutscher? Möglich. Aber egal welche Nationalität, der Typ ist eine Zumutung.

»Maaarcuuuus?«, tönt es plötzlich schrill von oben. »Hase? Wo bist du denn? Dein Häschen sucht dich schon überall.«

Du liebe Güte, in welcher Filmparodie bin ich denn jetzt gelandet? Und warum wird Calan auf einmal so blass?

»Hier unten, Mausebärchen. Komm mal runter, ist echt knorke hier.« Dann beugt er sich leicht vor und zwinkert Calan ziemlich übertrieben zu. »Hab mir eine Süße geangelt, solange ich hier bin. Aber nichts meiner Frau verraten. Verstehnse, gell, verstehnse.«

Calan hüstelt in seine Hand. »Ich muss doch bitten, Mr Stenger, es ist Kundschaft anwesend.«

»Ah. Aha. Kundschaft, verstehe.«

»Ja«, raunt Calan scharf. »Die Dame bucht aktuell ein Whisky-Tasting für einen Großkonzern.«

»Fein, fein. Immer schön die Geschäfte am Laufen halten. Ah, da ist ja mein Häschen.«

Es klackert auf den Steinstufen. Zuerst kommen ein paar knallgelb glänzende High Heels Marke Bordsteinschwalbe an gebräunten Füßen in Sicht, dann folgt der Rest. Gut, dass ich nicht gerade an irgendetwas genippt habe, denn ich müsste es unweigerlich heraus prusten.

Eine Wasserstoff-Blondine in einer Art rotem Schlauch, schulterfrei, stöckelt über die letzte Stufe und hängt sich mit einem gekünstelten Lächeln an die Zigarrenschwarte.

»Ach«, flötet sie und macht mit ihrer Hand eine tuntige Bewegung. »So sieht man sich wieder, was, Calan?«

»Hallo Teresa«, sagt Calan betont vornehm. »Wie schön, dich wiederzusehen.«

»Was! Ihr kennt euch?« Der Dicke lacht und klopft Calan auf die Schulter. »Können wir fast Bruder zueinander sagen, was. Nich? Oder?« Dann lacht er wieder und muss dabei husten.

»Das glaube ich kaum«, erwidert Calan reserviert und deutet unmissverständlich zur Treppe. »Wenn ich Sie beide nun bitten dürfte? Wie Sie sehen, habe ich eine Kundin hier.«

»Kundin, so?«, sagt die überschminkte Barbie und mustert mich von oben bis oben. »Sieht mir aber gar nicht aus wie eine Kundin.«

Ich öffne den Mund für eine passende Erwiderung, doch Calan wirft mir einen eindringlichen Blick zu. Ich verstehe und halte meinen Mund. Oh ja, ich will auch, dass die Karikaturen von Menschen schnell Land gewinnen.

»Komm, Mausepups.« Mr Zigarre klatscht seiner Begleitung auf den roten Schlauch. Ich zucke zusammen. Wider Erwarten ist alles heil geblieben. Nichts ist geplatzt und alle Knöpfe sitzen noch da, wo sie hingehören.

»Gleich, Hase.« Sie tätschelt ihm den speckigen Unterarm und kommt auf mich zu. Dabei wirft sie die blonden Haare zurück und schwingt bei jedem Schritt ihr Becken.

Ha! Das kann ich besser!

»Hallo.« Sie streckt mir ihre Hand hin. »Ich bin Teresa. Und Sie sind …?«

Tja, was mach ich denn jetzt? Ich denke, zusammenreißen wäre angebracht. Da kommt mir eine Idee.

»Angenehm, Señora Terrresssa«, sage ich mit spanischem Akzent, zische das s und rolle das R. Als Kinder haben Mella und ich uns einen Spaß daraus gemacht, unsere Puppen mit verschiedenen Sprachmelodien reden zu lassen. Ist wie Fahrrad fahren, verlernt man nicht. Zumindest nicht, wenn man es jahrelang geübt hat. Mit spitzen Lippen ignoriere ich ihre Hand. Teresa zieht sie hastig weg und umfasst ihre Handtasche, die so klein und genauso rot wie der Schlauch ist, dass ich sie eben erst bemerke. »Iss bin Cayetana de Alba Condessa-Duquessa de Olivaress. Sie auch das errrrrste Mal in diese bonito lugar, diese – wie sagt man – sssone Ort?«

»Ja, äh, nein. Ich komme von hier, aber hier bin ich zum ersten Mal. Sie kommen aus Spanien?«

»Si!« Ich fasse nach einer ihrer Haarsträhnen und seufze lange auf. »Bello cabello!«

»Hä?«

»Sssones gelbess Haarrr!«, gurre ich sie an und zwinkere ihr zu.

»Oh, ja. Danke. Na dann …« Sie schenkt mir ein angewidertes Lächeln, dreht sich um und stakst auf ihren Stecher zu. »Hase, mir ist etwas kühl hier unten, können wir gehen?«

»Aber sischa doch, Mäuschen. Ich bin ja sowieso erst am Mittwoch mit Mr McGrant hier verabredet. Nicht wahr, Meister? Stell schon mal das feine Stöffchen raus. Ha, ha, den Whiskey meine ich. Kleiner Scherz, was, kleiner Scherz.«

Endlich, sie wenden sich zur Treppe. Ich will schon aufatmen, da dreht sich Teresa unerwartet zu Calan und flüstert ihm etwas zu. Schätzungsweise geht es um mich, denn sie wirft mir einen flatternden Blick zu. Unsere Augen treffen kurz aufeinander. Lasziv und mit eindeutigem Augenaufschlag lecke ich mir über die Lippen.

Abrupt wendet sie sich um und stakst die Treppe hoch. Dann sind sie weg.

Calan dreht sich zu mir, und ich sehe ihm an, dass er genau wie ich wartet, bis oben die Tür zugeht.

Es stöckelt, es quietscht die schwere Holztür in den Angeln, dann ist Ruhe.

Wie auf Kommando prusten wir beide los.

»So, so«, sagt Calan breit grinsend. »Ich muss mich also vor dir in Acht nehmen, weil du offensichtlich auf Frauen stehst.«

»Probiere es aus«, sage ich kokett.

Langsam kommt er auf mich zu. Sofort zieht es sehnsuchtsvoll zwischen meinen Beinen.

In diesem Moment gibt mein Handy auf dem Tisch einen Ton von sich. Instinktiv sehe ich hin. Eine Nachricht von Mella ist aufgepoppt.

»Bitte melde dich. Sofort!«

Auf der Stelle überfällt mich ein ungutes Gefühl.

»Hey, ist alles okay?«, erkundigt sich Calan mit besorgter Mimik. »Du siehst auf einmal aus, als hättest du eine schlechte Nachricht bekommen?«

Ich nicke und nehme das Handy. »Ja. Von meiner Schwester. Das heißt: Ich weiß noch nicht, was passiert ist, aber … Entschuldige, ich muss jetzt gehen.«

Er legt mir eine Hand auf die Schulter. »Du musst dich dafür doch nicht entschuldigen. Wenn du meine Hilfe brauchst, sag bitte Bescheid, ja?«

»Okay … Danke, Calan.« In mir beißt sich die Ungeduld durch meine Nervenstränge und ich rutsche vom Barhocker. »Vielleicht ist ja auch nichts.«

»Warte«, sagt er und gibt mir seine Karte. »Und wenn doch etwas passiert ist und du Unterstützung brauchst, ruf an. Egal, zu welcher Tageszeit.«

Dankbar sehe ich zu ihm hoch, stelle mich auf die Zehenspitzen und hauche ihm einen Kuss auf die Wange.

Noch im Hochgehen wähle ich Mellas Nummer.

Kapitel 10

Inständig hoffe ich, mit Annies Schwester ist alles in Ordnung und es handelt sich um vernachlässigbare Frauenprobleme. Vielleicht um einen neuen Mann. Darüber müssen Frauen ja immer sofort und stundenlang quatschen.

Nach wie vor aufgewühlt von der vergangenen Stunde mit Annie, schenke ich mir einen Whisky ein, stelle mich an den Tisch und lasse die goldene Flüssigkeit im Glas kreisen. Sie bildet feine Schlieren an den Glaswänden.

Meine Gedanken kreisen ebenfalls. Um Annie.

Zur Hölle, die Frau kann mit mir spielen wie mit einer Marionette.

Ich lache kurz auf, schüttle den Kopf und kippe den Whisky hinunter. Noch nie zuvor in meinem Leben hat sich mein Hirn dermaßen massiv gegen das Gefühl gestellt. Bislang ist das auch noch nicht nötig gewesen. Bei keiner Frau waren je tiefere Emotionen im Spiel. Begierde, Verlangen, Lust auf heißen Sex, das ja. Immer, wenn die Nacht vorbei war, habe ich mich befriedigt gefühlt. Und jetzt? Tja. Seufzend stehe ich auf und verlasse die Distillery.

Draußen steht die Sonne bereits tief. Nachdenklich schlendere ich den Kiesweg zum Landhaus entlang, und alle meine Gedanken drehen sich nur noch um Annie und wie ich sie beinahe gevögelt hätte. Im Normalfall würde ich mich über die Störung massiv geärgert haben, in diesem Fall allerdings bin ich diesem Widerling und Teresa fast dankbar. Zwischen Annie und mir ist nichts passiert, zumindest nicht viel.

Zwar bin ich körperlich nicht gesättigt, aber trotzdem füllt mich etwas aus, das sich tausendmal besser anfühlt. Wenn ich an ihren Blick denke, ihren allerersten Blick aus diesen grünen Augen in der Redaktion von Robs Schwester, zieht es mir im Magen. Noch genau weiß ich, was ich gedacht habe: Ein Wahnsinnsweib, aber keines, auf das ich mich länger einlassen würde. Zu aufgestylt, zu offensichtlich schamlos. Aber definitiv Sex pur! Bei unserer ersten Begegnung hatte mich eine Art skrupellose Faszination eingelullt, und ihr ganzes Auftreten, ihre Erscheinung hatte mich bis in die Haarspitzen elektrisiert. Pure Erotik. Daran hatten mit hoher Wahrscheinlichkeit auch ihr Kleidungsstil und ihr leicht vulgäres Verhalten ihren Anteil.

Doch als ich sie im *Glenlaggan Castle* wiedergesehen habe, in ihrem Blümchenkleid, kaum Schminke im Gesicht und mit einer Schlagfertigkeit ausgestattet, die mir so noch nicht begegnet ist, muss etwas mit mir passiert sein. Hinzu kommen der seltsame Blick und die Worte meiner Mutter von vorhin.

Und du, Calan, du reagierst auf sie ungewöhnlich emotional, findest du nicht?

Im Nachhinein muss ich ihr recht geben.

Schwungvoll gehe ich am Pool vorbei zum Flügel meiner Mutter, denn ich habe das Bedürfnis, mit ihr zu reden.

Wie immer steht die Terrassentür offen. Ich runzle die Stirn. Aus der Küche vernehme ich das heitere Lachen von Fiona. Das ist nichts Ungewöhnliches, schon seit sie ein Teenager war, kommt sie oft her und probiert zusammen mit meiner Mutter neue Rezepte aus.

»Hey.« Ich betrete die Küche. »Das duftet köstlich. Was zaubert ihr beide denn heute?«

Die Frage ist eigentlich überflüssig, denn der Duft der in der Pfanne brutzelnden Shrimps hat mich schon im Flur erreicht.

Brianna putzt den Salat dazu und Fiona ist gerade damit beschäftigt, eine Avocado in feine, längliche Streifen zu schneiden.

»Ach«, winkt sie ab. »Nichts Besonderes. Shrimps-Salat. Möchtest du mitessen?«

»Gern, wenn genug für uns alle da ist?«

Meine Mutter steckt den Salat in die Schleuder und drückt sie mir in die Hand. »Wer essen will, muss was dafür tun.«

»Schmeck mal die Salatsoße ab«, sagt Fiona gleichzeitig.

»Eins nach dem anderen, Ladys.« Schmunzelnd drehe ich mithilfe der Salatschleuder zuerst das Wasser aus dem Salat, anschließend koste ich die Soße. »Fantastisch. Säuerlich und leicht süß.«

»Warum ist Annie denn schon gegangen?«, fragt meine Mutter.

»Sie muss ja mit dem Boot noch ein Stück rudern.«

Ich kann ihr ja schlecht sagen: Ja leider, wir sind von einem widerlichen Fettsack beim Vögeln gestört worden. Den Anruf ihrer Schwester lasse ich außen vor.

»Na, hoffentlich kippt sie nicht wieder ins Wasser«, sagt Fiona in einem Tonfall, der mich aufhorchen lässt.

»Oh, du weißt schon Bescheid?«, erwidere ich betont gleichmütig und schütte den Salat in eine Schüssel.

Meine Mutter wirft mir einen schuldbewussten Blick zu und gibt den Salat in die Porzellanschüssel. »Sie hat Annie noch wegpaddeln sehen, Calan.«

Irritiert blicke ich sie an und sie fängt meinen Blick auf, gibt mir mit einem Handzeichen jedoch zu verstehen, dass ich warten soll. In diesem Augenblick rammt Fiona das Messer in das Holzbrett, schüttet die Shrimps in eine bauchige Schale und geht mit der Pfanne zur Spüle. Kaltes Wasser trifft auf den heißen Pfannenboden.

Es zischt und meine Mutter raunt mir zu: »Fiona scheint nicht gut auf Annie zu sprechen zu sein. Sie ist wohl eifersüchtig. Du solltest dich entscheiden, Junge.«

»Entscheiden? Da gibt es nichts zu entscheiden. Fiona ist …«

»Ich bin was?«

»Ein hervorragende Köchin«, weiche ich aus und nehme drei Teller aus dem Schrank. »Wir essen draußen?«

»Lieber nicht. Die Mücken. Wir gehen ins Esszimmer. Oh, nimm noch die Servietten mit. Und Besteck.« Brianna legt mir drei Messer und genauso viele Gabeln auf die Teller.

Auf dem runden Tisch im Wintergarten flackert bereits eine Kerze in einem mit buntem Glasmosaik versehenen Teelicht.

Fiona und eifersüchtig … Fast kommt es mir so vor, aber … Nein, das muss etwas anderes dahinterstecken.

In Gedanken versunken verteile ich Teller und Besteck und zucke zusammen, als Fiona auftaucht. In der Hand drei Gläser.

»Deine Mutter hat mir erzählt, was diese Person sich erdreistet hat.«

»Erdreistet?«

Unsanft stellt sie die Gläser ab und stemmt eine Hand in die Hüfte. »Ja, genau. Oder findest du es nicht äußerst unverfroren, so zu tun, als wäre man ins Wasser gefallen, und käme nicht mehr ins Boot.« Sie lacht spöttisch auf. »Also, bitte … Wie kann man nicht mehr in so ein kleines Ruderboot hineinkommen?«

»Und Brianna sieht das auch so?«

»Ist das nicht egal?! Das liegt ja wohl auf der Hand!«, faucht sie mich plötzlich an und beginnt, mit zackigen Bewegungen das Tischtuch glatt zu streichen, obwohl es nichts glatt zu streichen gibt. Ihre Mimik ist wie eingefroren, ihre eigentlich vollen Lippen zu einem schmalen Strich verengt. »Dieses Miststück will nur dein Geld, Calan! Bist du so schwanzgesteuert unterwegs, dass du das nicht merkst?«

»Fiona!« Mit der Hand schlage ich auf den Tisch, dass die Gläser klirren. Aus dem Augenwinkel sehe ich meine Mutter in der Tür auftauchen, in der Hand die Salatschüssel, und wieder umkehren. »Was soll der Scheiß?! Hat es dich je interessiert, mit wem ich meine Nächte verbringe und was die Frauen von mir wollen? Nein, also warum jetzt?!«

Mit einem Blick, als hätte ich sie bis ins Mark getroffen, sieht sie mich an. Aber nur für den Bruchteil einer Sekunde, dann bekommt ihre Mimik etwas Unnahbares, Kaltes. Ich verstehe die Welt nicht mehr.

»Es hat mich nie interessiert, weil … weil es mich nie wirklich interessiert hat. Die Damen, die ich mitbekommen habe, die waren, nun ja, indiskutabel. Aber diese Annie …«

»Die ist diskutabel, oder was?«

»Nein!«, spuckt sie fast aus. »Die ist das Allerletzte!«

»Jetzt mach mal einen Punkt, Fiona. Seit wann bist du meine Anstandsdame? Freundschaft hin oder her, ich bin dir keine Rechenschaft schuldig. Und jetzt fährst du dich bitte wieder runter und bist ein liebes Mädchen. Außerdem werden die Shrimps kalt.« Versöhnlich will ich meinen Arm um sie legen, doch sie stößt mich weg.

»Du wirst schon sehen …«, sagt sie und wendet sich zur Tür. »Wünsche guten Appetit! Mir ist er vergangen!« Dann geht sie mit langen Schritten durch die Terrassentür nach draußen.

Wie vor den Kopf geschlagen sehe ich ihr durch das diffuse Licht der Poolbeleuchtung hinterher, bis sie um die Ecke verschwindet. Kurz darauf höre ich, wie ein Motor startet und ein Auto mit quietschenden Reifen davonfährt. Damit hat sich dann auch meine Frage beantwortet, ob ich ihr hinterherlaufen soll oder nicht.

»Sag ich doch, sie ist eifersüchtig, Calan.« Meine Mutter stellt den Salat auf den Tisch und verschwindet wieder.

»Das ist doch lächerlich!«, rufe ich ihr hinterher und fahre mir mit der Hand fassungslos durch die Haare. Dann dämmert es mir.

Brianna kehrt mit den Shrimps zurück und setzt sich. »Nimm Platz, Junge. Im Stehen isst sich Salat so schlecht.«

Ihr humorvoller Ton erdet mich ein wenig und ich lasse mich in den Stuhl plumpsen.

»Hast du ihr das eingeredet, dass Annie mit Absicht …?«, beginne ich und sehe, wie sie mit einem vielsagenden Blick das Salatbesteck sinken lässt. »Nein, hast du nicht.«

»Natürlich nicht.« Sie häuft erst mir Salat auf den Teller, anschließend sich selbst. »Da ist sie ganz allein draufgekommen. So wie du auch.«

Argwöhnisch sehe ich sie an und stütze das Kinn auf die Hände. »Reden wir mal Klartext, Mathaìr. Fiona ist deine Wunschschwiegertochter, stimmt´s?«

Sie zuckt mit den Schultern und nimmt sich von den Shrimps. »Sagen wir mal so, ich hätte nichts dagegen gehabt, wenn ihr beide eure Beziehung intensiviert hättet. Ich mag Fiona, sie ist mir fast wie eine Tochter.«

»Eben.«

»Eben?« Eine Braue hochziehend, legt sie die Ellenbogen auf den Tisch und verschränkt die Arme ineinander.

Seufzend lehne ich mich zurück. »So, wie sie für dich eine Tochter ist, ist sie mir eine Schwester. Ich könnte sie in tausend kalten Wintern nicht anfassen, selbst wenn sie die letzte Frau auf Erden wäre.«

»Jetzt übertreib mal nicht. Sie ist sehr attraktiv, gebildet, charmant und hat perfekte Umgangsformen.«

»Das macht sie nicht zu einer potenziellen Heiratskandidatin«, brumme ich unwirsch.

»Habe ich auch nicht behauptet. Ich vermute …« Sie steckt sich einen Shrimp in den Mund und kaut genüsslich. Das macht sie immer, wenn sie etwas sagen will und genau weiß, dass ich ungeduldig zuhöre.

»Du vermutest …?« Ich trommle mit den Fingerspitzen auf die Tischplatte.

»Nun, ich denke, sie spürt – im Übrigen genau wie ich – dass Annie zur Abwechslung mal dein Hirn beansprucht, nicht nur den Bereich unter deinem Hosenbund, und …«

»Also wirklich, Mutter!«

»Tu nicht so entsetzt, Calan. Mütter bekommen mehr mit, als man glaubt. Und jetzt unterbrich mich nicht, okay? Also. Und sie sieht nun endgültig ihre Felle wegschwimmen. Nebenbei bemerkt, der Vorwurf, den ihr beide an Annie gerichtet habt, sie hätte sich über mich, also deine Mutter, an dich heranpirschen wollen, trifft ebenso auf Fiona zu. Nur, dass dies schleichend und ohne Absicht schon vor vielen Jahren passiert ist. Sie gehört irgendwie zur Familie. Sie ist oft hier bei mir, wir verstehen uns gut. Aber ich merke, dass sie nur wegen dir hier ist.«

»Hm …« Im Geiste gehe ich verschiedene Situationen durch. Fiona, wie sie mit meiner Mutter kocht, an kalten Winterabenden auf dem Sofa sitzt und mit ihr Schach spielt, wie die beiden Blumen pflanzen. Und immer, wenn ich aufgetaucht bin, hat sie ihre Tätigkeit unterbrochen. Fiona, die mit mir Tennis spielt, im Pool planscht. Aber auch, wie sie mir zuhört, mir Tipps bezüglich Frauen gibt, und wie sie sich mir anvertraut, wenn es mit einem Typ mal wieder nicht funktioniert hat. Aber hey, genauso verhalten sich gute Freunde.

Brianna tupft sich mit der Serviette die Mundwinkel ab. Offenbar hat sie – ebenso wie ich – keinen Appetit mehr. »Zurück zu dem rothaarigen Wildfang. Am Rande: eine übrigens absolut entzückende, offenherzige und grundehrliche Person. Also, neben deinem Hirn, das bezüglich dieser Annie auf Hochtouren läuft, reagierst du – wie heute schon mal erwähnt – sehr emotional auf sie. Also nicht nur Hirn, auch Herz. Und jetzt frage ich dich: Wann ist dir so etwas Ähnliches zum letzten Mal passiert?«

»Hm«, überlege ich. »Lange her.«

»Richtig. Du warst sechzehn, wenn ich mich nicht täusche. Und du hast diesen kleinen, süßen Lockenkopf mitgebracht. Wie hieß sie noch gleich?«

»Hanna.« Ich bin verblüfft, dass mir das so spontan einfällt.

»Genau. Hanna. Ein unangepasster, quirliger Wirbelwind in Latzhosen.«

»Und was tut das zur Sache? Wir waren bei Fiona.«

»Eigentlich waren wir mittlerweile bei Annie, du Meister der Verdrängung. Und zu Fiona: Tja, das ist bitter. Sie ist in dich verliebt, Calan. Schon immer. Doch sie passt so wenig zu dir wie Gurkenscheibchen auf Vanilleeis.«

»Was ist denn das für ein Vergleich? Und Fiona … Nein, wirklich nicht. Sie ist ein … ein Kumpel. Mehr nicht. Schon immer. Eine gute Freundin.«

»Das ist das Problem von euch Männern. Ihr merkt erst, dass ihr bis Oberkante Unterlippe in der Scheiße steckt, wenn ihr das Elend bereits auf der Zunge schmecken könnt. Du musst mit Fiona reden.«

»Ich habe es befürchtet.«

Aber nicht mehr heute. Morgen. Vielleicht. Nach dem Tasting.

Annie

Freizeichen. Jetzt geh schon ran, Mella!

Langen Schrittes überquere ich den Rasen und steuere den Steg an. Zum Glück sitzt niemand mehr auf der Terrasse und ich kann ungesehen verschwinden.

Endlich meldet sich meine Schwester. Ihre Stimme klingt gehetzt und sie spricht leise, flüstert fast. Es hallt auch.

»Hallo Annie. Tut mir leid, dass es so lange gedauert hat, ich bin erst aus der Wohnung raus.«

Im Hintergrund höre ich eine Tür, dann die Geräusche einer belebten Straße. Inzwischen habe ich mein Boot erreicht und klettere hinein. Noch mache ich es allerdings nicht los. Einmal auf den Fluss treiben reicht.

»Was ist denn passiert, um Gottes Willen? Hat er dich geschlagen? Wo sind die Kinder?!« Nervös wippe ich mit dem Fuß.

»Nicht geschlagen«, antwortet sie atemlos. Mit einem Male wird es stiller um sie herum. Ich höre sie aufatmen. »So, jetzt kann ich reden. Bin jetzt im Pausenraum vom Gemüseladen der alten Hera. Annie, du hast mir doch angeboten, bei dir zu wohnen …«

»Ja, und du kannst jederzeit zu mir, das weißt du. Aber was verdammt noch mal ist denn geschehen? Ah, natürlich! Du hast ihm von dem Job erzählt und er ist ausgeflippt.«

»Ja, das auch. War echt schlimm, Annie.« Die Stimme bricht ihr weg und sie beginnt zu weinen. »Er hat … mich vor den Kindern als Schlampe bezeichnet und ich habe die Jungs in ihr Zimmer gesperrt und gesagt, sie sollen warten, bis ich sie wieder hole. Und … und dann hat Ian mir verboten, den Job anzutreten, mir gedroht, er würde dort auftauchen und dafür sorgen, dass ich die Stelle nicht lange behalte.«

»Du hast ihm doch nicht gesagt, wo du arbeiten wirst?!«, frage ich entsetzt nach.

»Nein, so weit bin ich gar nicht gekommen. Und glaub mir, er wird es auch nicht erfahren, weil …« Sie schnieft und putzt sich die Nase.

Ich bin so wütend auf diesen Arsch, dass ich am liebsten sofort nach Nottingham fahren und ihn mit meiner Pole erschlagen würde.

»Mella! Ich komme. Heute noch.« Ich blicke auf die Uhr. »Wenn ich mich beeile, müsste ich gegen Mitternacht bei dir und den Kids sein, dann fahren wir zu mir.«

»Lieb von dir, aber ich habe das anders geplant. Hör weiter zu, Annie, okay?«

»Oh? Okay …« Mein Fuß wippt immer heftiger, während sie erzählt, und ich bin so aufgebracht, dass ich kaum still sitzen kann.

»Dann hat er einen Whisky aufgemacht – einen der schweineteuren – hat aus der Flasche getrunken und sie an die Wand geworfen. Du glaubst es nicht, aber er hat doch tatsächlich eine neue aus dem Barschrank genommen. Annie! Eine von diesen Flaschen kostet um die dreißig bis vierzig Pfund! Und im Barschrank stehen auf einmal vier davon! Letzte Woche war das Fach noch leer und jetzt …«

»Er muss irgendwie zu Geld gekommen sein«, schlussfolgere ich. »Aber einen neuen Job hat er nicht? Spielt er Poker oder so was?«

»Für Poker braucht man einen klaren Kopf. Den hat er die letzten Monate nicht wirklich. Nein, das schließe ich aus.«

»Aber wie dann? Irgendwelche Wetten?«, frage ich nach. Dann fällt mir siedendheiß etwas ein: »Du liebe Güte, ist er jetzt etwa allein mit den Jungs?!«

»Nein, ich habe gewartet, bis er fertig damit war, mich zu beschimpfen. Er ist danach auf dem Sofa eingeschlafen. Mit der Flasche im Arm … Ich habe hastig Koffer gepackt, die ganzen Schulsachen von den Jungs, Spielzeug, Klamotten, wichtige Unterlagen, Papiere … Ach, eben das Notwendigste. Die Jungs und das Gepäck habe ich bei der Nachbarin geparkt, dir eine Nachricht geschickt und dann hast du auch schon zurückgerufen.«

»Du lieber Himmel …« Mehr fällt mir dazu nicht mehr ein. Aber es sieht alles danach aus, dass Mella jetzt endlich aufgewacht ist. Nur die Umstände, die dazu geführt haben, hätte ich mir anders für sie, Jay und John gewünscht.

»Ich hatte Angst um die Kinder und … um mich, Annie. Die Flasche ist nur wenige Zentimeter neben meinem Kopf an die Wand geknallt.«

»Mella. Ich komme!«

»Danke, dass du alles stehen und liegen lassen willst, sogar deinen verdienten Kurztrip in die Highlands, aber das ist überhaupt nicht nötig. Bis du da bist, ist alles erledigt. Der Schlüssel ist immer noch bei deinem Nachbarn?«

»Ja. Aber …«

»Du könntest mir helfen, wenn du ihn informierst, dass ich komme und er mir den Schlüssel gibt und mir vielleicht hilft, die Sachen nach oben zu tragen und …«

»Wieso soll ich nicht kommen? Tut mir leid, aber das verstehe ich nicht.«

»Ganz einfach. Ich werde nach unserem Gespräch ein Taxi bestellen und mich an irgendein Haus in einem anderen Stadtteil bringen lassen. Denn Ian kennt die meisten Taxifahrer in der Umgebung und …«

»… die Gefahr, dass er rausbekommt, wohin man dich gefahren hat, ist groß.«

»Richtig.«

»Weißt du, dass ich heilfroh bin, dass dein Dreckskerl nicht weiß, wo ich wohne?« Er kennt nur meine alte Adresse, aber vor knapp einem Jahr bin ich in eine größere Wohnung gezogen und habe Mella gebeten, ihm nicht einmal zu sagen, dass ich umgezogen bin.

»Ja«, sagt sie seufzend. »Darüber habe ich damals den Kopf geschüttelt. Jetzt rettet mich das aus dieser Lage. Annie, ich muss mich beeilen, ich schätze, Ian schläft vielleicht noch eine Stunde. Ich werde also ein paar Mal umsteigen. Das letzte Taxi bringt mich nach Stapleford. Dort fahre ich mit den öffentlichen Verkehrsmitteln an den Bahnhof, und dann zurück nach Nottingham. Wie praktisch, dass direkt an dem Haus, in dem du wohnst, eine Bushaltestelle ist.«

Ich schnappe nach Luft. »Und du meinst, dieser riesige Umweg ist nötig? Das kostet doch einen Haufen Geld? Es wäre doch viel einfacher, wenn ich …«

»Ja, einfacher schon. Aber er kennt dein Auto. Er würde sich von einem seiner Kumpels so lange durch Nottingham fahren lassen, bis er es findet. Und dann hat er uns, Annie. Außerdem könnte er mitbekommen, dass du mich und die Jungs abgeholt oder irgendwo aufgegabelt hast. Aber er weiß auch, dass du in den Highlands bist, also wird er dich erst einmal nicht mit meinem Verschwinden in Verbindung bringen.«

»Okay, das klingt logisch und sinnvoll. Aber Mella … Das hört sich alles an, als müsstest du vor der Mafia fliehen. Übertreibst du nicht etwas?«

»Möglich, aber sicher ist sicher. Und da ist noch was: Das Geld, das er plötzlich hat. Aus seiner Hosentasche sind Geldscheine herausgerutscht, als er sich auf dem Sofa umgedreht hat. Das waren ungefähr dreihundert Pfund! Und ich habe mich erinnert. Vor ein paar Tagen ist Nachts der Kiosk an der Ecke ausgeraubt worden. Drei Männer, Annie. Einer davon hatte laut Zeitungsbericht eine schwarze Basecap auf mit einem eingestickten »J«. Rate mal, was ich in der Mülltonne gefunden habe.«

»Nicht wahr!«, platzt es aus mir raus. Gleichzeitig fahren meine Gedanken Karussell. »Was, wenn ich am Montagabend zurück bin? Dann kann er immer noch rumfahren und mein Auto suchen.«

»Das ist in der Tat ein Problem, aber ich finde keine Lösung dafür.«

»Ich schon! Ich nehme mir einfach einen Mietwagen und verkaufe mein Auto. Das wollte ich sowieso tun.«

Euphorisch über diesen Einfall klettere ich mit dem Handy in der Hand etwas umständlich aus dem Boot und laufe den Steg auf und ab. Diese Stillsitzerei macht mich wahnsinnig. Gleich nach dem Frühstück am Montag werde ich losfahren, den Wagen in Nottingham sofort bei einem Autohändler abgeben und mir ein anderes Auto mieten. Perfekt!

»Danke, Schwesterchen. Wie kann ich das jemals wieder gutmachen?«

»Das hast du schon. Du verlässt diesen Arsch endlich. So, und jetzt rufst du das Taxi, holst die Jungs und ich sage meinem Nachbarn Bescheid. Wann kommst du ungefähr an?«

»In vier Stunden, vielleicht auch fünf. So genau weiß ich das nicht.«

Wir verabschieden uns und ich suche mir aus dem Adressbuch die Nummer von Mr Higgins raus. Ein Mann um die sechzig, der mit seiner Frau eine Etage unter mir wohnt. Ich hoffe inständig, die beiden sind heute nicht unterwegs.

Ich habe Glück. Seine Frau geht ans Telefon und ich schildere ihr in knappen Worten, warum es unglaublich wichtig ist, dass sie meiner Schwester den Schlüssel zu meiner Wohnung geben. Wie erwartet ist Mrs Higgins entsetzt über die Lage, in der sich Mella und die Jungs befinden, und teilt mir mit, dass sie sich gleich in die Küche stellt und für die kleinen was Leckeres kocht. Essen hilft immer.

Erleichtert gebe ich die Info als Nachricht an Mella weiter und springe ins Boot.

Mit einer Kraft und einer Ausdauer, über die ich mich selbst wundere, rudere ich ohne Pause in unter zwanzig Minuten zum Guesthouse, gebe das Boot ab, zahle die paar Pfund und rase zurück ins Hotel.

Heute Abend will ich mit niemandem reden, niemanden mehr sehen. Vielleicht eine Kleinigkeit auf dem Zimmer essen. Allerdings verspüre ich keinen Hunger, obwohl ich heute nur zwei Bananen und etwas Porridge gegessen habe. Ach, es ist einfach zu viel heute vorgefallen. Also werde ich auf meinem Zimmer bleiben, ein ausgedehntes Bad nehmen, jede halbe Stunde Mella eine Nachricht schicken, weil ich wissen will, ob alles nach Plan läuft und … nachdenken. Über mich, über Calan.

Oder besser, nachfühlen. Denn bereits der bloße Gedanke an diesen Mann schickt mir trotz der aktuell angespannten Situation eine Horde wildgewordener Bisons in die Magengrube.

Ungeachtet der Tatsache, dass mich alles zu meiner Schwester nach Nottingham zieht, um sie zu unterstützen, muss ich ihr doch recht geben. Es ist vernünftiger, wenn ich nicht sofort abreise, sondern die nächsten zwei Nächte im Hotel verbringe.

So werde ich Calan morgen Abend beim Whisky-Tasting wiedersehen. Das ist mir wichtig. Ich muss ihm einfach noch ein Mal gegenübertreten, bevor ich abreise. Und zwar in einer Situation, die weder hitzig noch von Emotionen überlagert ist. Nur so kann ich mir über meine Gefühle klar werden.

Seit etwas über einer Stunde ist Fiona in der Distillery und richtet alles für das leibliche Wohl der Gäste, die gleich eintreffen müssten. Natürlich ist sie ebenfalls eingeladen. Dass sie das Catering macht, hat sich allerdings angeboten, da Rob von der Angebotsvielfalt ihrer Gerichte absolut begeistert ist.

Um nicht mit ihr reden zu müssen, bin ich ihr bis jetzt aus dem Weg gegangen. Am Vormittag habe ich mir den Sandsack im Boxklub vorgenommen und noch ein wenig mit Rabbit im Ring trainiert. Anschließend bin ich eine Stunde am Fluss entlang gejoggt und habe zum Abschluss zwanzig Bahnen im Pool gezogen. Danach bin ich völlig fertig über die übriggeblieben Shrimps hergefallen.

Jetzt ist es kurz vor acht Uhr am Abend und die Dämmerung tritt bereits ein. Ich stehe frisch geduscht in Anzughose und weißem Hemd, dessen Ärmel ich hochgekrempelt habe, vor der Distillery und lächle Rob und Sarah entgegen, die soeben mit Robs Bentley vorfahren. Sein Chauffeur Edward springt aus dem Wagen und öffnet dem frischvermählten Paar die Türen.

Nacheinander treffen weitere Gäste ein. Susan, Robs Schwester, nebst ihrem Ehemann sowie May und Emilio. Meine Mutter nimmt natürlich auch teil, heute in Begleitung von Andrew. Auch Annie ist hier. Ihr Anblick macht mich augenblicklich atemlos! Sie hat ihre

Haare kunstvoll hochgesteckt, trägt eine champagnerfarbene Hose im Marlene-Style, farblich passende, vorne spitz zulaufende Pumps dazu und eine apricotfarbene Seidenbluse mit V-Ausschnitt.

Unsere Küchenhilfe reicht auf einem Tablett kleine Erfrischungen in Form von Sektgläsern, gefüllt mit Zitronenlimonade und Minzeblättchen, herum.

Die Atmosphäre ist entspannt, es wird geplaudert, sich über das gelungene Hochzeitsfest, die ungewöhnlich warmen Temperaturen zu dieser Jahreszeit und vieles mehr unterhalten.

»Ich frage mal kurz nach, ob Fiona mit dem Eindecken fertig ist«, sage ich zu Emilio und begebe mich zum Eingang. Ed kommt mir aus dem Keller entgegen. »Fünf Minuten, Boss«, sagt er und verabschiedet sich von mir.

Nachdenklich lehne ich mich gegen die vom Tag aufgewärmte Steinmauer der Distillery, nippe am Glas und lasse meine Blicke über die kleine, gut gelaunte Gesellschaft schweifen. Keinem der Gespräche konnte ich richtig folgen, denn zwischen Annie und mir knistert die Luft, obwohl sie sicher zwei Meter von mir entfernt steht und sich angeregt mit Susan unterhält. Ständig treffen unsere Blicke aufeinander. Wir mustern uns und ich kann ihre unausgesprochene Frage fast hören. »Was war das mit uns gestern? Ist es nur ein Fast-One-Night-Stand gewesen? Ist es mehr?«

Genau dieselbe Frage beschäftigt mich ununterbrochen.

In diesem Augenblick schlendert Annie wie zufällig zu mir herüber und hebt ihr Glas. »Zum Wohl, Calan. Ich bin gespannt auf das Tasting. Whisky gehört sonst nicht zu meinen bevorzugten Getränken.« Als Nächstes zwinkert sie mir zu und sagt leiser: »Ganz ehrlich? Ich hatte vor vielen Jahren mal einen probiert. Der hat geschmeckt, als hätte ich an Baumrinde gelutscht.«

»Was?« Ich verschlucke mich beinahe an der Limonade und lache laut los.

»Finde ich nicht witzig«, sagt sie schmunzelnd.

»Keine Sorge«, beruhige ich sie und lege eine Hand auf ihren Unterarm. Diese kleine Berührung elektrisiert mich sofort. Auch ihr scheint es nicht anders zu gehen, denn ich sehe, wie sie kurz die Augen schließt und leise seufzt. »Keine Sorge«, wiederhole ich. »Mein Grantfinnan ist nicht torfig.«

»Das erleichtert mich dann doch sehr«, sagt sie laut, lacht und fügt dann leise hinzu. »Können wir irgendwo ungestört reden?«

»Jetzt?«

»Warum nicht?«

»Es geht gleich los.«

»Okay, dann hier.«

Nach einem prüfenden Blick über ihre Schulter stelle ich fest: Wir sind weit genug von den anderen entfernt und niemand nimmt Notiz von uns.

»Morgen reise ich ab«, beginnt sie. »Und ich … ich weiß nicht, aber … Ach, ich bin mir unsicher, ob ich …« Hilfesuchend sieht sie mich an.

»Geht mir genauso«, sage ich mit krächzender Stimme und räuspere mich. »Wir sollten uns vielleicht etwas besser kennenlernen.«

»Nette Idee. Zwischen uns liegen ein paar Autostunden.«

»Du könntest auf *Granthouse* Urlaub machen«, schlage ich spontan vor.

»Urlaub auf wo?«

»In meinem Landhaus. *Granthouse*. Gut, wir vermieten eigentlich keine Gästezimmer, trotzdem stehen zwei, drei im mittleren Bereich leer. Brianna würde sich bestimmt freuen. Sie mag dich.«

Fionas Reaktion, wenn Annie ein Zimmer im *Granthouse* bezieht und somit fast dauerhaft anwesend sein wird, möchte ich mir in diesem Moment gar nicht vorstellen.

»Ich denke darüber nach.«

»Und auch mich würde es sehr freuen, Annie«, gebe ich zu und spüre in diesem Moment, wie sehr ich mich danach sehne, dass sie zusagt. Ihr zarter Duft nach Rose und Frau zieht mich zu ihr wie die Biene zur Blume und ich kann kaum dem Drang widerstehen, diese Frau an mich zu ziehen, zu küssen und auf der Stelle dort weiterzumachen, wo wir gestern so abrupt aufgehört haben. Dieses Gefühl verwundert mich, weil es so plötzlich und unerwartet von mir Besitz ergreift. Mit einem Male bin ich mir unsicher, ob da mehr ist als das Verlangen, sie unbedingt zu vögeln. Schließlich sind wir gestört worden, und das ist mir bisher in dieser Form auch noch nie passiert. Was, wenn ein Teil in mir nur das Eine von ihr will? Das gilt es herauszufinden. Und nebenbei auch, ob sie die Rolle, die sie hier spielt, auch wirklich ist. Ich habe sie anders kennengelernt, sie hat Leder getragen, ein knappes, tief ausgeschnittenes Oberteil und frivole High Heels. Mir ist, als stünde eine andere Frau vor mir. Kann ein Mensch zwei oder drei Wochen lang eine Rolle durchhalten und jemand anderen spielen? Kaum.

»Was ist, wenn ich tatsächlich komme, Calan?«, fragt sie und rammt mir ihren Ellenbogen in die Seite. »Kriegst du dann kalte Füße und sagst mit fadenscheinigen Gründen ab? Glaub mir, ich habe schon viel wirres Zeug zu hören bekommen, das die Männer aus ihren imaginären Taschen pulen, wenn ihnen eine Sache zu heiß wird.«

»Zu heiß wird?«

»Na ja. Beispiel: Generell überschätzen Männer ja maßlos ihr eigenes Äußeres. Das vorab. Nein, hör zu. Das geht so weit, dass sie glauben, die Gelegenheit auf einen ordentlichen Fick zu – Oh!« Sie schlägt gespielt die Hand vor den Mund. »Das sagt eine Lady nicht, hm? Aber zum Glück bin ich keine. Also, sie vermuten diese scheinbare Möglichkeit mit mir … du weißt schon, die ich ihnen nicht einmal in Aussicht gestellt habe, und bekommen von jetzt auf nachher Herzflattern, wenn ich scheinbar darauf eingehe. Plötzlich wartet ein wichtiger Geschäftstermin. Du verstehst? Wahrscheinlich ist es eher die Ehefrau, die auf sie wartet, oder sie glauben, sie würden vor lauter Aufregung keinen hochbekommen oder …«

Verblüfft sehe ich sie an und kann kaum glauben, was sie da vom Stapel lässt. »Du überraschst mich immer wieder, Mrs Fairfield.«

»Bei Gelegenheit erzähle ich dir mehr, Calan. Vielleicht, wenn ich bei dir Urlaub mache.« Sie zwinkert mir zu und dreht ab.

Im selben Moment erscheint Fiona in der Tür. »Kann losgehen! Das Tasting ist eröffnet.«

Kapitel 11

Annie

Mehr als zwei Stunden und drei Minischlückchen Whisky später, den Bauch voll mit Fionas kleinen Köstlichkeiten, hänge ich immer noch an Calans Lippen.

Dabei ist es mir total egal, dass diese Fiona immer wieder mit einem arroganten und irgendwie schadenfrohen Zug im Gesicht zu mir herübersieht. Eigentlich will ich mich nach der Veranstaltung bei ihr für diese köstlichen Häppchen bedanken und sie loben, doch ich glaube, das lasse ich lieber. Sie sieht aus, als würde sie mir am liebsten so viel von den superben Rumbledethumps-Talern in Mund und Nase stopfen wollen, bis ich dran ersticke. Die hat ein echtes Problem, die Frau.

Fasziniert über Calans Ausführungen knabbere ich an einem Shortbread und bin irgendwie erleichtert, dass er jetzt zum letzten Whisky des Abends übergeht.

»Kommen wir zum Herzstück der Distillery, dem Grantfinnan, sechzehn Jahre Marsala Cask Reserve, 46% Alkoholgehalt. Es ist ein dreifach destillierter Single Malt Whisky, unchillfiltered und ohne Zusatz von Farbstoffen. Meist wird Zuckercouleur hinzugegeben, darauf verzichte ich jedoch. Trotzdem haben alle Grantfinnan eine schöne, goldbraune Farbe, die sie von den Marsala-Fässern erhalten.«

Er nickt seinem Mitarbeiter zu, schenkt sich selbst etwas in ein neues Glas ein und wartet an die Kommode gelehnt, bis Ed, wie er ihn nennt, jedem von uns ein neues Glas hinstellt.

»Bitte einen kleinen Schluck nehmen und ihn kauen. Schmeckt ihr das leicht würzige und die angenehme fruchtige Süße aus Honig, einem Hauch Vanille und der feinen Marsala-Note heraus?«

Reihum erfolgt zustimmendes Nicken.

Ich nehme einen winzigen Schluck. Nur das mit dem Kauen bekomme ich nicht hin. Honig? Vanille? Ich schmecke nichts, dafür brennt der Tropfen am hinteren Zungenrand.

»Schmeckt ihr noch etwas heraus? Nicht? Probiert noch mal. Und immer schön kauen«, meldet sich jetzt Ed zu Wort.

Kauen! Wie kann man Flüssigkeit kauen?! Ich verkneife mir ein Kichern und May stupst mich an.

»Nicht kichern, kauen!«, gickert sie. »Kannst du damit auch so wenig anfangen wie ich?«

Zustimmend blicke ich kurz zur Decke und verdrehe die Augen. »Komm, lass uns mit dem Zeug gurgeln, das tötet mit Sicherheit alles ab.«

»Oh ja, lass uns einen Song gurgeln. Du fängst an, ich rate.«

Giftiger Blick von Fiona in unsere Richtung. Schnell wende ich mich ab. »Schokolade«, rufe ich. Tatsächlich schmeckt das scharfe Zeug leicht nach Schokolade, als ich den Tropfen schließlich in meine Kehle rinnen lasse. Hm, vielleicht doch nicht so schlecht, das alte Zeug.

Calan sieht mich verwundert an. »Richtig, Annie. Sobald man ihn lange genug im Mund hatte, sollte ein Hauch Milchschokolade im exzellent langen Abgang wahrgenommen werden.«

»Im was?« Jetzt muss ich doch lachen. Einen exzellent langen Abgang hätte ich eher mit einem lang gezogenen Abschied, der von Champagner und Trüffel begleitet wird, in Verbindung gebracht. Oder mit einer Amtsniederlegung eines hohen Würdenträgers oder was weiß ich. Aber irgendwas runterschlucken?

Alle Augen ruhen auf mir. Ich hebe mein Glas und lächle. »Für mich ist der Whisky einfach nur lecker. Aber erst im Abgang. Wegen der Schokolade.«

Calan schmunzelt, und auch alle anderen finden es irgendwie witzig. Bis auf eine. Fiona, die tötet mich gerade mit ihren Blicken.

»Hast du ein Problem?«, frage ich offen, denn so langsam geht mir die Frau echt auf die Eierstöcke.

»Ich nicht …«, sagt sie und verzieht einen Mundwinkel. Offenbar ist das Gespräch mit mir beendet, denn sie wendet sich zu Calan. »Was sind das für Fässer, in denen dieser Whisky reift?«

»Ehemalige Bourbon-Fässer aus amerikanischer Weißeiche. Zumindest für die ersten zehn Jahre, danach reift er weitere sechs Jahre in sizilianischen Marsalafässern nach.«

»Ah, deswegen warst du vor ein paar Jahren in Europa, richtig?«

»Ja. Hast du das vergessen, Fiona? Du und meine Mutter, ihr wart ja dabei.«

Um nicht laut loszuprusten, stecke ich mir ein Stück Shortbread in den Mund und spüle mit Whisky nach. Hey, das hat was. Aber wahrscheinlich würde mich jeder Whisky-Liebhaber jetzt teeren und federn.

»Ähem.« Rob verschafft sich Aufmerksamkeit. »Da wir nun am Ende des Tastings angekommen sind, möchte ich mich bei euch bedanken. Danke, dass ihr hier …«

Der Rest seiner Dankesrede rauscht an mir vorbei, denn in diesem Augenblick berührt mich jemand am Arm, ich hebe den Kopf und blicke direkt in Calans Augen. Von mir unbemerkt hat er seinen Platz an der Kommode verlassen und sich neben mich gestellt. Mir bleibt fast die Luft weg, denn jetzt nimmt er unter dem Tisch meine Hand und drückt sie leicht.

Ich halte still, obwohl alles in mir danach drängt, seine Wange zu berühren, seine vollen, leicht rauen Lippen. Zu gerne würde ich ihn jetzt küssen. Oh Gott, wie er mich ansieht mit seinen hellen, blauen Augen. Fast brennen seine Blicke wie kleine Feuerzungen auf meinem Gesicht, und ich bringe es nicht fertig, ihnen standzuhalten, und sehe angestrengt zu Rob.

Himmel, wonach duftet Calan? Orange? Ich nehme ein leicht spritziges und zugleich schweres Aroma wahr, das sich mit seinem warmen Whiskey-Atem und einem Hauch Ingwer oder so etwas Ähnlichem vermischt. Was auch immer, Calan duftet … verdammt männlich!

Das Klatschen vieler Hände reißt mich unsanft aus meinem Dufttraum und wie auch Calan klatsche ich ebenfalls. Meine Hand ist ja jetzt leider wieder frei.

»Bevor ihr geht, möchte ich euch bitten, noch einen Moment zu bleiben«, meldet sich Fiona offenbar auch für Calan unerwartet zu Wort, denn er wirft mir einen verwunderten Blick zu und zuckt mit den Schultern. Fiona tritt vor an die Kommode. »Ich habe eine kleine Überraschung vorbereitet. Keine Sorge, dauert nur wenige Minuten.« Sie greift zu einer Fernbedienung und eine Leinwand fährt oberhalb der Kommode herunter. Ich staune und bin gespannt. »Und jetzt … Film ab!«

Im nächsten Moment drohen mir die Beine wegzusacken und ich kralle mich an den Tisch.

Auf der Leinwand erscheint das Foto einer von Fußgängern belebten Straße in der Nacht. Kopfsteinpflaster. Es reiht sich eine Kneipe an die nächste.

»Wundert euch nicht, ihr werdet gleich erfahren, dass wir jemand ganz Besonderen in unserer Mitte haben, dem, wie ich denke, all unsere Aufmerksamkeit gebührt.«

Etwas ratlos linse ich zu Fiona hinüber. Ihre freundlich dahingesäuselten Worte passen nicht zu ihrem gehässigen Gesichtsausdruck. Das finde ich ziemlich verstörend. Und nicht nur ich, auch alle anderen blicken sich irritiert an. Das scheint Fiona aber nicht zu hindern, fortzufahren. »Hier seht ihr eine Fotografie von einem sehr zweifelhaften Etablissement.«

Das nächste Bild zeigt eine Art Nachtklub von vorne. »*Feelings*« steht in leuchtenden Buchstaben über der Tür.

Okay, denke ich und merke, wie sich Annie neben mir versteift.

Zu verwirrt, um irgendwas sagen zu können, sehe ich nach vorne, und hege die Hoffnung, Fionas Aktion löst sich in Wohlgefallen auf und hat wenigstens im Ansatz etwas mit Robs und Sarahs Hochzeit oder mit Whisky zu tun.

Mit einem diabolischen Lächeln klickt Fiona mit der Fernbedienung weiter. Was zur Hölle hat sie im Sinn?

Diesmal zeigt sie kein Bild, sondern ein Video von einem zwielichtigen, schwach beleuchteten Raum, offenbar der Nachtklub von innen. In der Mitte befindet sich eine runde Bühne, darum sitzen viele Menschen, die im Dunkel nur schemenhaft zu erkennen sind. Die Frau auf der Bühne allerdings, die zur Musik Kunststücke an einer Pole-Stange zeigt, ist ziemlich deutlich zu sehen. Sie trägt eine knappe Short, ein Bustier und rote High Heels. Kopfüber hängt sie von der Stange und spreizt ihre Beine. Das lange Haar wallt rot und von den Scheinwerfen so beleuchtet, das es wirkt, als glühe es, bis auf den Boden hinab.

Steif vor Bestürzung bringe ich kein Wort hervor und mein Blick heftet sich wie festgetackert auf die Leinwand, auf der sich Annie jetzt lasziv auf den Boden gleiten lässt und ihren Rücken durchbiegt. Mit geschlossenen Augen legt sie den Kopf in den Nacken und leckt sich langsam über die Lippen. Einige Hände schnellen vom Bühnenrand nach vorne und stecken ihr Pfundnoten ins Bustier und in den Bund der Shorts.

»Was die Internetsuche so alles ans Licht bringen kann, ist schon erstaunlich, nicht?«, beginnt Fiona zuckersüß. »Ein Hoch auf die Gesichtserkennung. Wie ihr sehen könnt, haben wir eine wahre Künstlerin unter uns. Leider, leider muss sie sich für Geld in einer Bar verkaufen. Meine Recherchen ergaben, dass viele der männlichen Gäste anschließend mit den Künstlerinnen in ein Hotelzimmer gehen und …«

Es klirrt. Etwas zerschellt auf dem Boden. Mein Kopf fliegt herum.

»Annie!«, rufe ich ihr hinterher, doch ich sehe nur noch den Absatz ihres Schuhs an der Treppe, dann ist sie verschwunden.

»Ah, da fühlt sich jemand ertappt.« Fionas Stimme trieft geradezu vor Genugtuung.

»FIONA!« Meine Mutter findet als Erste die Worte wieder, und als hätte sie einen Schalter umgelegt, kommt allmählich wieder Leben in die vor Verblüffung wie betäubten Gäste. Einschließlich mir.

»Was?!«, antwortet Fiona trotzig und sieht erst Brianna, dann mich triumphierend an. »Es wird Zeit, dass Calan …«

»Es reicht!« Mit zwei langen Schritten bin ich bei ihr, reiße ihr die Fernbedienung aus der Hand und schalte den Projektor aus. »Was ist nur in dich gefahren?! Verlasse sofort den Raum. SOFORT! Bevor ich mich vergesse!«

Wütend funkelt sie mich an. »Kapierst du jetzt endlich, auf was für eine Nutte du …«

May schiebt sich zwischen uns und versetzt Fiona einen kräftigen Stoß gegen die Schulter. »Du bist das Letzte! Eigentlich habe ich dich gemocht, aber das macht man nicht, du … du Miststück!«

»Ja, aber …« Ihre Mimik wechselt schlagartig von hämisch auf hilfesuchend, doch keiner nimmt davon Notiz.

Rob legt einen Arm um Sarahs Schultern. »Komm, Darling. Ich denke, die Veranstaltung hat ein bitteres Ende gefunden.« Und zu mir gewandt. »Was stehst du hier eigentlich noch rum? Du solltest ihr nachgehen.«

»CALAN?!« Fionas Stimme überschlägt sich fast. »Das wirst du nicht tun!«

Annie

Ich muss hier raus, jetzt sofort! Doch mein Körper gehorcht mir nicht.

Abwechselnd überläuft es mich heiß und eiskalt und ich möchte am liebsten im Boden versinken.

Das Video brennt sich in meine Augäpfel ein und ich starre an der Leinwand vorbei zu Fiona, die seitlich davor steht. Sie scheint es sehr zu genießen, mich in dieser peinlichen Weise bloßzustellen, die Tatsachen zu verdrehen, die sie ja nicht kennen kann. Aber sie dichtet dazu, was sie benötigt, um mich in einem möglichst schlechten Licht darzustellen.

Treffer, versenkt!

Die Bombe, die sie platzen lässt, trifft mich mit voller Wucht und lähmt mich so sehr, dass ich mich weder bewegen, geschweige denn etwas sagen kann. Ich traue mich nicht einmal mehr, die Blicke der anderen zu suchen, um vielleicht etwas Tröstendes zu finden. Durch die Bank folgen sie erstaunt, stellenweise ungläubig und entsetzt dem, was sich da auf der Leinwand zeigt. Mir wird schlecht und die Szenerie nimmt etwas Watteartiges an. Nur dumpf erreichen mich Fionas Worte, die jetzt triumphierend ihre Blicke schweifen lässt.

»… anschließend mit den Künstlerinnen in ein Hotelzimmer gehen und …«

Das war´s! Ich. Muss. Hier. Raus!

Plötzlich kommt Leben in meine Glieder. Auf dem Absatz wirble ich herum. Es klirrt. Wahrscheinlich mein Glas. Egal. Tränenblind stolpere ich zur Treppe und nehme – trotz hoher Schuhe – immer zwei Stufen auf einmal.

»FIONA!«, höre ich Brianna noch scharf sagen, dann bin ich oben und reiße die schwere Tür auf. Hals über Kopf stürze ich hinaus, renne den schwach beleuchteten Kiesweg entlang, stolpere über irgendetwas, knicke ein paar Mal um, aber ich renne weiter, bis ich meinen Wagen erreicht habe.

Fortwährend mit dem Handrücken die Tränen wegwischend, starte ich ihn und fahre los. Nur weg hier! Weg aus diesem elitären, falschen Umfeld, das so gut zu mir passt wie ein beschissenes Etuikleid.

Im Rückspiegel sehe ich Calan hinter mir herlaufen und den Arm dabei heben. Ich gebe Gas.

Mit quietschenden Reifen biege ich auf die Landstraße ein und schlage wütend auf das Lenkrad. Wie hatte ich auch nur im Ansatz denken können, ich würde mich in dieser feinen Gesellschaft bewegen können! Für diese Crème de la Crème bin ich doch nur der unerwünschte Bodensatz der Bevölkerung.

Allmählich versiegt der Tränenfluss und ich kann wieder klar sehen. Ist auch nötig, denn die verdammte Straße ist stockduster! Trotzdem trete ich das Gaspedal bis zum Anschlag durch.

»Ich gebe einen feuchten Furz auf euer scheiß blasiertes Leben, auf eure Lachshäppchen und edlen Whiskys! Erstickt doch alle dran«, brülle ich meinen Zorn heraus, und sehr schmerzhaft wird mir in diesem Moment klar, wonach Calan ohne jeden Zweifel der Sinn gestanden hat: mich ins Bett zu bekommen. Die Bedingungen waren ja äußerst günstig für ihn. Eine, die seinem

Charme erliegt und bei der er beinahe zum Schuss gekommen wäre. Spöttisch lache ich auf. Sonnenklar, dass er das nachholen will! Blöd nur, dass seine eifersüchtige Tussi ihm einen fetten Strich durch die Rechnung gezogen hat. Gott! Und ich bin so dämlich gewesen und auf sein Gesülze reingefallen. Ich, Annie! Tja, das Spiel habe ich wohl verloren. Eigentlich sollte ich dieser Fiona dankbar sein, auch wenn ich mich nächste Woche in der Redaktion höchstwahrscheinlich Susans Fragen zu dem Video stellen muss. Scheiß drauf, irgendwann wäre es sowieso rausgekommen. Ich hoffe inständig, dass Susan mich verstehen wird und mir nicht die Kündigung hinknallt.

Fest umschließe ich das Lenkrad, als wäre es Fionas dürrer Hals. Mir steht massiv der Sinn nach einem schönen, genüsslich ausgeführten und in die Länge gezogenem Tod durch Folter. Ich könnte dieser Fiona ihre Shortbreads in die Nase stecken und sie mit Lachshäppchen füttern, bis ihr der Fisch aus allen Poren quillt. Und dann … dann tackere ich ihr die Mundwinkel an die Schulterblätter und …

Oh, ich bin ja schon da! Wie schnell das doch geht, wenn man nur konsequent das Gaspedal durchdrückt.

Anstatt auf den Parkplatz zu fahren, stelle ich das Auto direkt vor dem Hoteleingang ab, ziehe die Schuhe aus und werfe sie auf den Rücksitz.

Ein Bediensteter in der Hoteluniform tritt auf mich zu. »Soll ich Ihren Wagen …«

»Danke, nein. Ich bin sofort wieder weg!«

In aller Eile nehme ich immer zwei Stufen der breiten Treppe und schnaufe erst aus, als ich den dritten und letzten Stock erreicht habe. Während ich den Gang mit langen Schritten durchquere, angle ich die Karte aus der Handtasche. Meine Finger zittern und nur mit Mühe schaffe ich es beim dritten Mal, die Karte so durch den

Scanner zu ziehen, dass die grüne LED blinkt und ich endlich ins Zimmer kann. Fieberhaft werfe ich alle meine Sachen in den Koffer und verlasse diesen wunderschönen Raum, der so gut zu mir passt wie ein Kaviarhäubchen an Haggis.

An der Rezeption stellt niemand unnötige Fragen, und keine fünf Minuten später habe ich ausgecheckt.

Mein Wagen ist der einzige auf dieser gottverlassenen Straße und seine Scheinwerfer streichen wie verwaiste Irrlichter über den Asphalt. Steif sitze ich hinterm Steuer und kann nicht verhindern, dass mir erneut heiße Tränen in die Augen schießen. Ich versuche, sie durch kurzzeitiges Luftanhalten oder Schlucken daran zu hindern. Ohne Erfolg.

Ich drehe das Radio an. Der Sender spielt einen Song von Ed Sheeran. Perfect. Danke! Das ist aktuell eines der letzten Lieder, die ich mir anhören mag. Mir ist eher nach Heavy Metall oder Scream. Gibt es in dieser verfickten Einöde keinen gescheiten Sender? Ohne den Blick von der Straße zu lassen, wühle ich im Handschuhfach nach einer CD. Ah, ja, DAS ist perfekt! Hastig lege ich die CD ein.

Nebenbei freue ich mich auf einen neuen Wagen mit USB-Anschluss. Diese CD-Wechslerei geht mir auf den Geist. Wie auch die verdammten Highlands. Die Lautstärke voll aufgedreht, gröle ich mit. »Hells Bells« von AC/DC.

Dann beginnt es zu regnen. Na, das passt ja prima zu meiner Verfassung. Wenigstens das Wetter heult mit mir. Wie nett.

Wesentlich schneller als auf der Hinfahrt, lege ich die Strecke in nur fast vier Stunden zurück.

Erleichtert atme ich auf, als ich Nottingham erreiche

und schlage den gewohnten Weg nach Hause ein. Mittlerweile bin ich hundemüde und kann kaum noch die Augen offenhalten. Sogar so müde, dass die Gedanken – die sich ausschließlich um Calan drehen – wie Dunstwolken in meinem Kopf umherschweben. Doch jedes Mal, wenn ich an Calan denke, glaube ich, seinen Duft wahrnehmen zu können, seine warme, dunkle Stimme zu hören und seine Hände auf meinem Körper zu spüren. Und dann krampft es mir den Magen zusammen und meine Augen beginnen zu brennen. Also versuche ich, nicht an ihn zu denken.

Denken Sie nicht an einen blauen Elefanten!

Eine Ampel springt auf Rot und ich trete in die Eisen. Fast hätte ich sie übersehen. Die Straßen sind menschenleer und ich empfinde es fast schon als Schikane, an der Ampel zu warten, bis ich weiterfahren darf.

Plötzlich fällt mir siedendheiß das Gespräch mit Mella ein.

Ian kennt dein Auto und wird so lange durch Nottingham fahren, bis er es gefunden hat.

Ich muss das Auto irgendwo abstellen. Aber wo?

Die Ampel springt um und ich fahre los, nehme die nächste Abzweigung nach rechts Richtung Industriegebiet. Dort ist auch der Autohändler. Gute Idee. Er wird nichts dagegen haben, wenn ich den Wagen bei ihm abstelle, morgen kann ich alles erklären. Also heute, es ist ja bereits kurz nach ein Uhr in der Nacht.

Auf einem der Kundenparkplätze stelle ich mein Auto ab und zerre den Trolley aus dem Kofferraum. So, das wäre geschafft. Jetzt nur das Taxi rufen und hoffen, dass es sich beeilt. So ganz alleine in einem verlassenen Industriegebiet wird mir etwas mulmig. Ich wühle in der Handtasche nach meinem Handy. Wo hab ich es denn nur …? Kein Handy drin. Ich taste mich ab und stelle fest, die Hosen haben ja gar keine Hosentaschen. Ob es mir aus der Handtasche herausgerutscht ist?

Hastig schließe ich das Auto wieder auf und suche danach. Es ist nirgends, nicht zwischen Tür und Sitz, nicht in den Fußräumen, nicht unter den Sitzen. Auch in den Ablagen ist es nicht zu finden.

Einen verzweifelten Seufzer ausstoßend lasse ich mich in den Sitz fallen. Ich muss das Handy auf dem Tisch in der Distillery liegengelassen haben, ich Dummnuss!

Ungefähr fünfundvierzig Minuten später weiß ich dann auch, dass ein zügiger Marsch mit Trolley, an dem eine von zwei Rollen den Geist aufgegeben hat, durchaus stimulierend sein kann. Erstens für die Nerven, zweitens für die Synapsen, die für den Wachzustand zuständig sind.

Jenseits von Müdigkeit schließe ich die Tür zu meiner Wohnung auf und versuche, möglichst leise zu sein. Duschen? Nein, lieber nicht, die Jungs könnten aufwachen. Im Flur stehen Kinderschuhe herum, ihre winzigen Jacken hängen feinsäuberlich an den Garderobenhaken und die Schulranzen stehen neben der Tür. Wahrscheinlich sind sie schon für morgen – also heute – gepackt. Mella legt großen Wert auf Disziplin.

Auf Zehenspitzen trage ich den Trolley ins Wohnzimmer und gehe anschließend in die Küche, um mir einen Kaffee zu kochen. An Schlafen kann ich jetzt unmöglich denken, meine Nerven stehen mittlerweile wieder unter Dauerbeschuss und das Gedankenkarussell dreht sich immer schneller. Doch jede Umdrehung bringt mich immer wieder zu dem Schluss: Ich habe mich rettungslos in diesen Earl-Arsch verliebt und jetzt leide ich wie ein Hund.

Gut, dann leide ich eben. Schnell durchlitten ist schneller verarbeitet.

Mit den Händen auf der Küchenplatte aufgestützt, warte ich, bis die Maschine aufgeheizt ist und drücke auf das Knöpfchen. Mit lautem Dröhnen tröpfelt die lebenserhaltende schwarze Brühe in die Tasse.

Mist! Viel zu laut! Daran habe ich nicht gedacht.

Schnell schalte ich die Kaffeemaschine aus. Eine halbe Tasse reicht auch. Hauptsache schwarz und stark.

Ich lausche. Stille. Gut, niemand aufgewacht. Leise ziehe ich den Stuhl vom Tisch zurück, setze mich und lege die Beine hoch. Hin und wieder am Kaffee nippend sehe ich aus dem Fenster. Vollmond. Schön.

Dann brechen sich die Tränen endgültig Bahn. Ich lasse sie laufen, schließlich muss ich jetzt nicht mehr auf den Verkehr achten.

Unerwartet legt sich eine Hand auf meine Schulter.

»Annie?«, flüstert Mella. »Was ist denn geschehen?«

»Ach, Mella …« Einem spontanen Impuls folgend springe ich auf und falle ihr in die Arme. »Es ist alles ganz furchtbar schrecklich.«

Kapitel 12

Der Kies knirscht unter unseren Schritten.

»Warum, Fiona?«, quetsche ich heraus, vergrabe die Fäuste tief in den Hosentaschen.

Nachdem ich Annie nicht mehr erwischt habe, bin ich zurück zu den anderen, die vor der Distillery auf mich gewartet haben, um sich zu verabschieden und das Tasting lobend zu erwähnen. Keiner ist mehr auf Fionas Präsentation eingegangen, aber die Stimmung hat sich spürbar abgekühlt.

An diesem Abend wollte ich eigentlich mit Annie reden. Jetzt gehe ich angespannt neben Fiona her. Die Nachtluft tut gut. Trotz allem. Sie macht den Kopf klar.

»Damit du nicht auf dieses Biest reinfällst!«, antwortet sie, verschränkt die Arme und blickt starrsinnig vor sich auf den Weg, der im Mondlicht gut erkennbar ist.

»Warum nehme ich dir das nicht ab? Du hättest in der Vergangenheit mehr als genug Gelegenheiten gehabt, den einen oder anderen One-Night-Stand bloßzustellen. Bis Annie aufgetaucht ist, waren sie alle uninteressant. Mehr noch, überhaupt nicht existent. Erklär mir deinen Gesinnungswandel, Fiona, denn ich verstehe ihn nicht!«

»Wirklich nicht?«

»Nein! Und soll ich dir was sagen? Ich will es nicht mehr verstehen. Dein Verhalten hat dich über alle Maßen diskreditiert. Nicht nur bei mir! Da gibt es nichts zu verstehen und zu beleuchten. Selbst, wenn das Video die Wahrheit zeigt, gibt es dir noch lange nicht das Recht, jemanden so bloßzustellen. Und dann auch noch auf Robs Veranstaltung!« Wütend kicke ich einen Stein zur Seite und fahre mir mit beiden Händen durch die Haare.

»Was soll das heißen: Wenn du recht hättest?«, fährt sie mich an. »Ich habe recht! Dieses niveaulose Frauenzimmer ist eine Hure, die ihren Körper verkauft. Und du … Du denkst ja nur unterhalb deiner Gürtellinie, du …«

»JA? Was, ich?!« Verärgert bleibe ich stehen, packe sie an der Schulter und drehe sie zu mir herum.

»Du schwanzgesteuerter …«

»Und DAS ist etwa nicht niveaulos? Warum sagst du nicht, was deine wahren Beweggründe gewesen sind, Fiona?«. Mit einem Zorn im Bauch, wie ich ihn so in Bezug auf Fiona nicht kenne, blicke ich ihr direkt in die Augen. »Na, los. Ich höre.«

»Ich wollte dich vor ihr bewahren. Ich wollte …«, beginnt sie aufgebracht und hält nach wie vor verkrampft die Arme vor ihrer Brust verschränkt.

»Ach ja? Wenn es nicht so traurig wäre, könnte ich fast drüber lachen. Und jetzt reden wir mal Klartext, Lady!«

»Wie … Was meinst du? Ich …«

»Genau. Du! Es geht immer nur um dich. Nie um mich. Du bist in mich verliebt. Und ich Trottel habe es nicht bemerkt. Bis Annie aufgetaucht ist und du dich vom lieblich lächelnden Kumpel in eine Giftspritze verwandelt hast. Endlich weiß ich, warum. Im Gegensatz zu mir haben du und meine Mutter schnell erkannt, dass Annie mehr für mich werden könnte als ein schneller Fick.«

»Calan, du wirst ordi…«

»Halt die Klappe. Du bist der letzte Mensch, der hier und jetzt das Wort erheben und irgendwelche Moralsprüche anbringen kann. Ich bin noch nicht fertig mit dir.« Wie ein Fisch an Land schnappt sie nach Luft und sieht mich mit flatterndem Blick an. Entschlossen, sie mit meiner Gewissheit zu konfrontieren und das unausgesprochene Problem zwischen uns endgültig aus der Welt zu schaffen, fahre ich fort. »Die einzige, die sich über meine Mutter Zugang zu mir verschafft hat, bist du. Nicht Annie.«

»Das ist ja …«

»Die Wahrheit. Und wenn du noch einen Funken Ehrgefühl in dir hast, sagst du jetzt besser nichts mehr. Denn DU bist die Falschspielerin, Fiona. Mimst den Kumpel, versuchst, dich in mein Herz zu schleichen in der Hoffnung, ich gewöhne mich mit den Jahren an dich und werde dich schließlich aus lauter Bequemlichkeit zu Lady Fiona McGrant machen. Habe ich recht?«

Fionas Unterlippe zittert und ihre Augen füllen sich mit Tränen. Ich sehe ihr an, dass sie etwas sagen will, jedoch die Lippen zusammen kneift.

»Das werte ich als Zustimmung.« Verkrampft wende ich mich von ihr ab. »Komm, lass uns runter zum Fluss gehen.«

Schweigend gehen wir nebeneinander her, bis wir das Ufer erreicht haben. Die Stille hier unten und die vom Mondlicht in sanftes Licht getauchte Wasseroberfläche beruhigen mich etwas.

»Weißt du, die ganzen Jahre habe ich geglaubt, wir wären gute Freunde.« Ich bücke mich, hebe einen Kiesel auf und lasse ihn über das Wasser hüpfen. »Bis heute habe ich dich als Mensch sehr geschätzt. Ich kann kaum glauben, mich so in dir getäuscht zu haben.«

»Hast … hast du nicht«, schluchzt sie neben mir. Ich werfe einen weiteren Kiesel. »Ich … Ach, Calan. Ich hatte solche Angst, dir meine Gefühle zu gestehen. Was, wenn du mich ausgelacht hättest? Unsere Freundschaft wäre vorbei gewesen und …«

»Ja, vielleicht wäre sie das. Vielleicht aber auch nicht.« Seufzend gehe ich in die Knie und sammle mehrere Steinchen auf. »Du bist mir als Freundin ungeheuer wichtig, Fiona. Wir kennen uns länger als unser halbes Leben und …«

»Und ich liebe dich schon lange«, sagt sie kaum hörbar, geht zum Steg und setzt sich. Ihre Füße baumeln kurz über der Wasseroberfläche.

Mit einem Ruck werfe ich alle Kiesel gleichzeitig ins Wasser und lasse mich anschließend neben Fiona nieder.

»Du bist für mich all die Jahre etwas sehr Wertvolles und Besonderes gewesen, das weißt du.« Von der Seite sehe ich sie an. Ihr Gesicht ist mir so vertraut und mit einem Male doch so fremd. Schniefend nagt sie an ihrer Unterlippe herum. Und ich habe das Gefühl, sie in den Arm nehmen und trösten zu müssen, als wäre sie ein kleines Mädchen, das eine Dummheit begangen hat.

»Ach, Calan«, seufzt sie lange auf und ich merke, wie sie nach Worten sucht. »Du erinnerst dich an meine letzte längere Beziehung?«

»Hmja. So ein Schnösel. Immobilien. Zwei Jahre ist das her, oder?«

»Anderthalb. Und ja … was soll ich sagen? Du hast mich getröstet und ich hab dir das Hemd vollgeheult und da …« Sie wirft ihre Hände in die Luft und lässt sie wieder auf die Schenkel fallen.

»Ab da dachtest du, ich wäre der perfekte Mann für dich, oder was?«, platzt es aus mir heraus.

»Ungefähr so, ja.«

»Jetzt, wo du es erwähnst … Tatsächlich, seitdem bist du öfter bei mir zu Hause aufgekreuzt.« Ich nehme ihre Hand in meine und starre auf die glitzernde Wasseroberfläche. »Hör zu, kleine Schwester. Kann es sein, dass du was verwechselst? Mal ehrlich, niemand verliebt sich plötzlich in jemanden, den er fast sein ganzes Leben kennt. Und komm mir nicht mit dem Spruch: Tausendmal berührt.«

Ich habe die Wahl, eine jahrelange Freundschaft zu beenden oder ihr noch eine Chance zu geben. Egal, was sie getan und aus welchen Beweggründen sie es getan hat, sie ist mir wie eine Schwester. Auch wenn ich ihr Verhalten aufs Schärfste verurteile. Wäre sie meine leibliche Schwester, würde ich sie auch nicht verstoßen.

»Doch, fürchte ich. Es fühlt sich so an. Gut, die Schmetterlinge und so weiter, die fehlen, aber sonst …« Sie verbirgt ihr Gesicht in den Händen und ich will schon antworten, doch sie redet leise weiter. »Die anderen Frauen, die du so hattest und von denen ich was mitbekommen habe, die haben mich … kaltgelassen. Aber Annie Fairfield … Als sie aufgetaucht ist, habe ich sofort gespürt, dass da was zwischen euch ist, gegen das ich keine Chance habe. Und das … das wollte ich irgendwie nicht akzeptieren und …«

»Scht. Schon gut. Ich verstehe. Aber das, was du getan hast, ist …«

»Nicht zu entschuldigen. Ich weiß.« Sie richtet sich auf. In diesem Moment wird mir klar, dass sie sehr verzweifelt gewesen sein muss, was es jedoch nicht besser macht.

»Einen Fehler zu erkennen, ist ein guter Anfang«, sage ich leise.

»Ja …« Lautstark zieht sie die Nase hoch. »Entschuldigung, habe meine Handtasche nicht dabei, da sind die Taschentücher drin. Glaube ich.«

Eine Weile sitzen wir schweigend nebeneinander.

»Calan?«

»Hm?«

»Es tut mir wirklich leid. Ich habe mich wie eine Idiotin aufgeführt.«

»Das hast du sehr vorsichtig ausgedrückt.«

»Und ob sie eine Prostituierte ist, weiß ich ehrlich gesagt nicht.«

»Dachte ich mir.«

Schweigen. Dann ein Seufzer.

»Du bist wirklich verliebt in diese … in Annie?«

»Ich weiß es nicht.« Das ist nicht einmal gelogen. »Aber ich werde es herausfinden. Wollen wir gehen? Es ist kühl.«

Ich komme in die Höhe und biete ihr meine Hand. Mit einem verlegenen Lächeln zieht sie sich an meinem Arm hoch und gemeinsam gehen wir zurück.

»Ich fühle mich unglaublich mies«, nuschelt sie schuldbewusst. »Was soll ich denn jetzt tun?«

»Na, dann besteht ja noch Hoffnung. Ich schlage vor, du redest erst einmal mit Brianna, dann entschuldigst du dich in aller Form bei Rob. Es war seine Veranstaltung.«

Statt einer Antwort seufzt sie nur auf, doch ich sehe, wie ihr das schlechte Gewissen ins Gesicht geschrieben steht und es in ihr arbeitet.

»Zuerst werde ich mit Annie reden. Gleich morgen früh!«

Wieder an der Distillery geht sie zur Sitzbank neben der Tür und nimmt ihre Handtasche, die sie dort hat liegen lassen.

»Und? Hast du Taschentücher dabei?«, will ich wissen.

»Ja. Und das hier auch.« Sie hält mir ein Handy hin. »Das hat Annie auf dem Tisch liegen lassen. Eigentlich wollte ich …« Sie schluckt und winkt ab. »Es ist bei dir mit Sicherheit in besseren Händen.«

Nach einer fast schlaflosen Nacht stehe ich am nächsten Morgen mit Annies Handy in der Hand und in Shorts vor dem Kaffeeautomaten und warte, bis die Tasse gefüllt ist.

Noch im Stehen trinke ich den ersten Schluck. Der starke Kaffee weckt die Lebensgeister. Ich lehne mich an die Küchenarbeitsplatte, tippe auf das Symbol für das Adressbuch und wundere mich, dass das Handy nicht durch eine PIN oder einen Daumenscan geschützt ist. Schwesterherz, Redaktion, Archie. Das sind die drei obersten Einträge.

Seufzend lege ich das Handy ab, nehme einen weiteren Schluck aus der Tasse und rufe mit meinem Telefon im Hotel an. Von der Rezeptionistin erfahre ich, dass Annie gestern schon abgereist ist.

Und jetzt?

Mein Hirn befindet sich größtenteils noch im Schlafmodus, kreist jedoch diffus und ununterbrochen um Annie. Wie heißt diese Bar, in der sie auftritt? Es will mir nicht mehr einfallen.

Ich beschließe, eine Dusche zu nehmen und mir anschließend einen weiteren Kaffee zu genehmigen.

Während ich lauwarmes Wasser über meinen Körper laufen lasse, überlege ich, ob ich Annie anrufen soll. Ist ihre Festnetznummer überhaupt eingespeichert? Ich erinnere mich nicht, in der Liste einen entsprechenden Eintrag gesehen zu haben. Ich müsste schon im Hotel nach der Adresse fragen. Oder aber, das Handy im Hotel abgeben. Sie würden es ihr dann zusenden. Über Rob und dessen Schwester Susan, die ja die Chefin von Annie ist, könnte ich mit ihr Kontakt aufnehmen.

Oder ihre Schwester anrufen.

Spontan drehe ich das Wasser auf eiskalt! Jetzt bin ich definitiv wach.

Ich trockne mich ab, schlinge das weiße Handtuch um die Hüften, lasse noch einen Kaffee durch die Maschine laufen und greife zu Annies Smartphone.

Ohne lange darüber nachzudenken, was ich sagen soll, drücke ich auf »Schwesterherz« und hoffe, neun Uhr morgens ist nicht zu früh. Ist es nicht. Schließlich ist heute Montag.

Nach nur zwei Freizeichen wird abgehoben.

»Hallo?« Eine Frauenstimme, die ein bisschen nach Annie und leicht verunsichert klingt, meldet sich.

»Guten Morgen. Entschuldigen Sie die Störung. Mein Name ist Calan McGrant. Sind Sie die Schwester von Annie Fairfield?«

»Ja, die bin ich. Wie kann ich Ihnen helfen?« Sie klingt erleichtert, warum, erschließt sich mir nicht.

Kurz erkläre ich ihr, wer ich bin, und teile ihr mit, dass Annie ihr Handy in meiner Distillery vergessen hat.

»Können Sie mir die Adresse geben, dann würde ich es zurückschicken.«

Schweigen.

»Hallo? Sind Sie noch da?«

»Ja«, antwortet sie zögerlich. »Wer sagt mir, dass Sie der sind, für den Sie sich ausgeben? Ich werde nicht einfach die Adresse meiner Schwester rausgeben. Schönen Tag noch!«

»Warten Sie!«, rufe ich laut ins Handy.

»Was denn noch?«

»Auch, wenn Sie mir nicht glauben … Ich hätte noch eine Frage, eine für mich wichtige Frage.«

»Da bin ich jetzt aber gespannt.«

Bevor ich weiterrede, muss ich grinsen. Sie klingt wie Annie. Im Geiste sehe ich Annie vor mir, wie sie auf einem Stuhl sitzt und mit dem Fuß wippt.

»Würden Sie mir anstatt Annies Adresse die Anschrift oder den Namen der Poledance-Bar geben, in der sie auftritt? Ich glaube, es war irgendwas mit G oder E.«

»Wie kommen Sie denn darauf, dass meine Schwester in einer Bar tanzt?«

»Es wurde gestern …« Verdammt, ich kann der Frau ja unmöglich erzählen, dass ihre Schwester gestern auf peinliche Art und Weise bloßgestellt wurde. »Wir haben ein Video angesehen.«

»Kann nicht sein. Annie macht das nur als Hobby in einem Studio. Schon seit sie 16 ist.«

»Vielleicht mal googeln? Nottingham, Poledance, Annie …«

»Moment …«

Irritiert nippe ich am Kaffee. Ob vielleicht doch nicht Annie auf dem Video getanzt hat, nur jemand, der ihr verblüffend ähnlichsieht?

»So, der Laptop ist hochgefahren, der Browser gestartet.«

Ich höre das Tippen von Fingern auf der Tastatur, dann ein »Oh!«

»Was gefunden?«

»*Feelings*. Die einzige Bar, die hier im Ort Poledance Auftritte zeigt.«

Mit der flachen Hand schlage ich mir an die Stirn. »Natürlich. *Feelings*!«

»Beginnt aber weder mit E noch mit G. Ach du Scheiße!«

»Was? Ist das so eine Sexbar?«, frage ich und setze mich. Mist. Kaffee vergessen. Ich springe wieder auf und hole die Tasse.

»Da ist auch das Video … Ja, das ist Annie. Ich … ich fasse es nicht. Hören Sie, Mr McGrant. Das ist mit Sicherheit ein ganz normaler Nachtklub, keine Sexbar! Nehme ich zumindest mal an. Und meine Schwester ist eine rechtschaffene Frau, auch wenn dieser Nachtklub vielleicht etwas … wie soll ich sagen … zwielichtig erscheint. Poledance ist Annies Hobby, seit sie ein Teenager war. Vielleicht verdient sie sich ein bisschen Geld mit der Tanzerei nebenher. Das …« Sie stockt und sagt kurz darauf wie zu sich selbst: »Ja klar, sie muss zusätzlich Geld verdienen, um …«

»Um was?«

»Das geht Sie nichts an, Mr Crank.«

»McGrant.«

»Wie auch immer. Meine Schwester ist eine anständige Frau. Sie verdient Geld mit dem, was sie liebt. Mehr nicht!«

»Hören Sie.« Ich versuche, meiner Stimme etwas Eindringliches zu geben. »Niemand will Annie an den Karren fahren, wenn Sie das befürchten. Sie soll ihr Handy zurückbekommen, mehr nicht.«

»Warum geben Sie es nicht im Hotel ab? Die haben Annies Adresse und können es ihr zusenden.«

»Wunderbare Idee«, lüge ich. »So werde ich das machen. Eine Bitte noch … Sagen Sie Annie nicht, dass ich angerufen habe, ja?«

»Warum nicht?«

»Weil … weil ich …. Herrje, ich muss herausfinden, ob ich mich in sie verliebt habe.« Keine Ahnung, warum ich das gesagt habe, aber ich habe es. Jetzt ist es raus.

»Oh.«

»Sie sagen ihr nichts von meinem Anruf. Bitte.«

»Okay, geht klar. Jetzt habe ich eine Frage: Was wollen Sie tun?«

»Weiß ich noch nicht.«

»Sie könnten herkommen.«

»Habe ich eine Adresse?«

»Stimmt auch wieder«, kichert sie jetzt. »Aber ich gebe sie Ihnen trotzdem nicht. Wie gesagt, ich kann nicht sicher sein, dass Sie der sind, der Sie sagen.«

»Sie sind aber wirklich sehr misstrauisch.«

»Ich habe meine Gründe. Aber keine Sorge, ich werde Annie nichts verraten.«

Nach dem Telefonat schalte ich mein Notebook an und suche nach dem Nachtklub in Nottingham. Gefunden.

Mit einem dritten Kaffee und endlich hellwach sehe ich mir das Video an, das Fiona gestern in der Distillery gezeigt hat. Unter dem Video steht ein kurzer Text über die Tänzerin Amie Field, die mit ihrem Poledance schon mehrere Preise abgeräumt habe, und dass der Besitzer Archibald Mugs stolz sei, sie für den Club als Künstlerin gewonnen zu haben.

Angespannt klicke ich weiter auf »Vorstellungen«.

Treffer! Heute Abend tritt sie um acht Uhr auf.

Amie Field also.

Es klopft an der Tür und ich klappe das Notebook zu. Irgendwie ist mir, als hätte ich etwas vergessen.

Als ich öffne, weiß ich auch, was.

»Sag jetzt nicht, du kannst heute nicht mit joggen gehen«, grinst Rob und tänzelt schattenboxend vor meiner Tür hin und her.

Annie

»Tante Annie. Aufstehen.« Irgendwas kitzelt mich an der Nase und ich öffne ein Auge.

»Jay?«, nuschle ich an der Feder vorbei und blicke in ein Paar lachender, blauer Augen. Wo bin ich? Bei Mella? Wenn ja, warum?

»Nee, ich bin doch John, Tante Annie. Mummy sagt, du solltst jetzt mal aufwachen, es gibt nämlich Mittagessen. Und sie sagt, dein Kühlschrankinhalt ist eine Katastose.«

Mit einem Schlag bin ich hellwach, setze mich auf und reibe mir die Augen. »Katastrophe meinst du. Okay … John, sag Mummy, ich komme sofort, ja?«

»Okay.« Er strahlt und hüpft aus dem Wohnzimmer und wiederholt bei jedem Sprung. »Ka-tas-stos-stro-phe, Katas-stophe, strophe. Katas. Mummyyyy, Annie kommt gleich.«

Wieso ist er nicht in der Schule? Und ist Jay auch hier? Wie spät ist es eigentlich? WAS?! Schon halb eins? Du liebe Güte, ich habe fast den ganzen Tag verpennt.

Gähnend und mein Schlafshirt zurechtzupfend tappe ich in die Küche.

»Guten Morgen.« Uh, hell. Ich blinzle gegen die Sonnenstrahlen, die durch das fast deckenhohe Fenster hereinfallen. »Hier riecht es gut.«

»Kartoffelsuppe mit Würstchen. Na, ausgeschlafen?« Mella steht am Herd und rührt im Topf. Der kleine Tisch in meiner Küche ist für vier Personen gedeckt.

»Geht so.« Ich gähne in meine Hand und plumpse auf einen Stuhl.

»John«, bestimmt Mella. »Schenk uns mal Wasser ein. Annie hilft dir, wenn du die Flasche nicht aufbekommst.«

»Ich krieg sie aber auf, ich bin stark! Guck, Annie!« John nimmt die Flasche vom Tisch, klemmt sie zwischen seine Beinchen und dreht den Verschluss auf. Stolz auf seine Leistung schenkt er die vier Gläser randvoll.

»Prima«, lobe ich ihn. »Habt ihr heute schulfrei?«

Bevor John antworten kann, stürmt Jay in die Küche und springt auf meinen Schoß. Im nächsten Augenblick umschlingen mich zwei Kinderärmchen. »Dein Bett ist soooo weich, Tante Annie.«

Mella schmunzelt und stellt den Topf mit der Suppe und einen Teller mit Würstchen auf Untersetzer in die Mitte des Tisches. »So, Jungs. Setzen, essen und dann ab ins Wohnzimmer. Schulfrei heißt nicht, dass ihr eure Hausaufgaben nicht erledigen müsst.«

»Spielverderber«, murmelt Jay und löffelt lustlos seine Suppe. Ich esse einfach nur ein Würstchen aus der Hand.

Keine fünfzehn Minuten später brüten die Kids über ihren Schulsachen und ich trinke endlich einen Kaffee. Hatte ich auch noch nie. Erst essen, dann Kaffee. In der

Regel läuft das bei mir umgekehrt. Erst Kaffee, dann lange nichts, dann erst mal einen Kaffee, noch einen Kaffee, und sukzessive denke ich anschließend über feste Nahrung nach. Aber gut, es ist schon fast ein Uhr am Mittag.

Immer noch ungeduscht und wohlweislich noch keinen Blick in einen Spiegel geworfen, sitze ich Mella gegenüber am Küchentisch und halte die Tasse in meinen Händen.

»Du siehst wie eine Vogelscheuche aus«, beginnt Mella das Gespräch und schmunzelt.

»Danke, ich hab dich auch lieb. Und du siehst aus, als hättest du nicht nur zehn Stunden geschlafen, sondern dir auch noch eine entspannende Gesichtsmassage gegönnt.«

Gegen vier Uhr heute Morgen bin ich erst ins Bett, beziehungsweise aufs Sofa gefallen, heilfroh, dass Mella mit den Kids unbehelligt in meiner Wohnung angekommen ist und alles geklappt hat. Ganz besonders erleichtert hat mich jedoch die Tatsache, dass Mella nicht mehr ianfiziert ist. Natürlich haben wir uns nicht nur über die Hochzeit in den Highlands, das tolle Hotel und über Calan unterhalten, auch darüber, dass Mella mit den Jungs jetzt ein neues Leben beginnt. Gleich heute will sie auf Wohnungssuche gehen.

»Mit zwei Kindern lernt eine Frau, mit wenig Schlaf auszukommen.« Sie lacht und sieht dabei so entspannt aus wie schon lange nicht mehr.

»Wie lange hast du geschlafen?«, frage ich nach, denn ich weiß, die Jungs sind am Wochenende morgens um fünf hellwach. Außer, es ist Schule. Aber die fällt ja offensichtlich heute aus.

»Ausnahmsweise bis neun Uhr.«

»Ist heute keine Schule?«

»Doch«, sagt sie und seufzt. »Aber ich habe die Jungs entschuldigt und der Schulleiterin auch mitgeteilt, warum Jay und John nicht mehr in ihre Schule kommen werden.«

Fast verschlucke ich mich am Kaffee. »Gar nicht mehr? Aber …«

»Zu riskant, Annie. Was, wenn Ian an der Schule auftaucht? Nein, das Risiko gehe ich nicht ein.« Sie blickt auf die Uhr. »Um vier habe ich einen kurzfristigen Termin in der Schule am Park.«

Ich nippe am Kaffee. »Du warst ja schon ganz schön aktiv. Wie haben denn die Jungs reagiert? Ich meine, an der alten Schule haben sie doch sicher Freunde.«

»Pah! Freunde! Nicht wirklich, Annie. Die beiden freuen sich auf die neue Schule. Wenn alles klappt, geht es nächste Woche bereits los. Aber erst habe ich das Gespräch. Drück mir die Daumen.«

Mein Kaffee ist leer. Ich stehe auf und hole Nachschub. »Für dich auch?«, frage ich Mella.

»Danke nein, habe schon genug. Oh, das Hotel hat angerufen. Ein Mann hat dein Handy abgegeben. Sie schicken es dir nach.«

»Ah, gut.« Mit der vollen Tasse setze ich mich wieder.

»Erzähl doch noch mal ein bisschen von diesem Calan.« Lächelnd lehnt sie sich zurück, schlägt ein Bein über und sieht mich neugierig an.

Ich blase die Backen auf. »Was soll ich da noch erzählen, was ich dir nicht heute Nacht schon erzählt habe?«

»Das war mehr ein Bericht, Annie. Wie sieht es in dir aus? Wenn du mich fragst, bist du verliebt. Also nicht nur ein bisschen verschossen, sondern so richtig, richtig verliebt. Hab ich recht? Kann es sein, dass dieser Mann keiner von denen ist, die du anbaggerst und dann fallen lässt wie heiße Kartoffeln?«

Bei der Erwähnung von Calan flattern auf der Stelle die Schmetterlinge in meinem Bauch los.

»Ich glaube schon«, gebe ich zu. Und winke dann seufzend ab. »Aber wie das eben so ist mit dem Prinzen und der Gänsemagd, sie passen nicht zusammen. Das funktioniert nur im Märchen.«

»Ehrlich gesagt, verstehe ich immer noch nicht, warum du so Hals über Kopf abgereist bist. Nur weil dich diese Fiona ein bisschen beleidigt hat, weil sie eifersüchtig ist, streicht man nicht gleich die Segel. Schon gar nicht meine Schwester.« Lauernd sieht sie mich an.

»Doch. Grund: Gänsemagd. Was soll ich da kämpfen? Er hat seine Fiona und ich … ich habe …«

»Niemanden.«

»Noch, Mella. Noch. Irgendwann kommt der richtige Mann. So!« Ich stehe auf. »John sagte, mein Kühlschrankinhalt ist ne Katastrophe. Ich gehe einkaufen. Du bleibst besser hier, nicht dass uns Ian über den Weg läuft. Danach fahre ich in die Redaktion … Oh, ich rufe besser vorher an. Will mit Susan reden, wegen … Und heute Abend treffe ich mich um Acht mit einer Freundin. Es gibt also viel zu tun.«

Bevor Mella nachfragen kann, greife ich zum Telefon. Susan ist tatsächlich schon am Arbeitsplatz. Und das, obwohl die Redaktion offiziell erst morgen wieder besetzt ist. Wie erwartet, klingt sie etwas reserviert, als sie mir einen Termin für nachher gibt.

Nun, dann muss ich bei meiner Arbeitgeberin bezüglich meines kleinen Nebenverdienstes nachher wohl die Hosen runterlassen.

Während ich eine Dusche nehme, schreibt Mella den Einkaufszettel.

»Hier«, drückt sie ihn mir in die Hand, als ich wieder angezogen – Jeans, Shirt, Chucks – in der Küche stehe und einen schnellen Kaffee trinke.

Entgeistert lasse ich das karierte Blatt sinken, das sie wohl aus einem Schulblock gerissen hat. »Dein Ernst? Müssen wir uns verbunkern und für die nächsten Jahre die Verpflegung sicherstellen?«

»Schätzchen, das ist die Liste für eine Woche. Ich gebe dir das Geld zurück, sobald ich mein erstes Gehalt habe. Versprochen.«

»Mella! Die Kohle ist kein Problem. Ich fürchte nur, ich werde mir einen Transporter mieten müssen. Zehn Pack Wasser …«

»Trinken ist wichtig.«

»Schon, aber ich habe kein Auto. Du erinnerst dich?«

»Oh.«

Also Planänderung. Eigentlich wollte ich erst morgen zum Autohändler, aber so wie es aussieht, brauche ich dringend vier Räder unterm Po. Und damit meine ich nicht den Bus. Kurzerhand rufe ich ein Taxi und lasse mich zum Autohändler fahren. Praktischerweise liegt der direkt neben einem Mietwagen-Service. Was für ein Tag! Ich komme nicht mal dazu, in Ruhe an Calan zu denken.

Und das kommt mir sehr gelegen.

»Eintausend Pfund, mehr kann ich Ihnen für die Karre nicht geben, tut mir leid. Aber wenn Sie den neuen Wagen bar zahlen, kann ich mit dem Preis etwas runtergehen.«

Ich lache ihn aus und stülpe die Hosentaschen meiner Jeans nach außen. »Guter Witz, Mr Fraser. Ich muss teilfinanzieren. Mehr als fünftausend Pfund geht nicht.« Mein schönes Erspartes wäre somit Geschichte. Aber hey, genau dafür habe ich die letzten Jahre Geld zurückgelegt. Okay, und für einen Urlaub auf irgendeiner schönen Insel mit Bungalow direkt am Meer. Das muss dann eben jetzt warten, so vier bis fünf Jahre. Jetzt freue ich mich auf einen nagelneuen und jeansblau-metallicfarbenen Vauxhall.

Wir machen den Vertrag fertig und ich sehe auf die Uhr. Es ist kurz vor halb drei, ich will noch einkaufen und in die Redaktion. Puh!

»Danke«, sage ich und stecke die Unterlagen in die Handtasche. »Ende der Woche hole ich den Wagen ab. Jetzt gehe ich noch nach nebenan und hole mir solange einen Mietwagen.«

»Da müssen Sie nicht rübergehen«, sagt er unerwartet. »Sie bekommen als unsere Kundin natürlich einen Wagen von uns. Sie müssen nur die Spritkosten bezahlen.«

Dankbar und mit der Gewissheit, dass das Schicksal sich gerade anstrengt, um wenigstens ein bisschen was bei mir gut zu machen, fahre ich später mit einem kleinen Mini-Cooper vom Hof. Wenn ich die Rücksitze umlege, müsste ganz schön viel reinpassen. Vielleicht auch zehn Packen Wasser à sechs Flaschen.

Völlig geschafft von dem Marathoneinkauf sitze ich jetzt vor Susans Schreibtisch und halte fast die Luft an, so verkrampft bin ich.

Ohne Punkt und Komma habe ich meiner Chefin den Grund für meine Poledance-Auftritte genannt und ihr mehrmals versichert, dass ich mich auf keinen Fall an Männer verkaufe. Nur Tanzen, sonst nichts. Einmal die Woche. Okay, diese Woche zwei Mal, weil ich am Samstag ja auf der Hochzeit war. Nur Tanzen. Für meine Schwester, die seit heute Nacht mit ihren Jungs bei mir wohnt.

»Und du schläfst auf dem Sofa?« Sie sieht mich über den Brillenrand hinweg an und schlägt das Heft zu, in dem sie sich zu allem Übel auch noch Notizen gemacht hat, während ich geredet habe.

»Ja. Bis sie eine Wohnung gefunden hat.« Mein Fuß wippt so sehr, als wolle er sich selbstständig machen und durchs Büro springen.

»Du weißt, dass ich als deine Arbeitgeberin für diese Nebentätigkeit eine Erlaubnis hätte ausstellen müssen.«

»Ich weiß«, krächze ich und gehe sofort in die Verteidigungshaltung. »Es tut mir leid, aber ich wollte es geheimhalten. Und jetzt hat meine Schwester einen Job, also kann ich damit aufhören, sobald sie ihr …«

Susan hebt die Hand. Ich verstumme sofort und ich presse die Lippen zusammen.

Mit ernster Miene zieht sie die Brille ab, beugt sich vor und verschränkt die Finger ineinander. Das war es dann wohl mit meinem Job.

»Kaum zu glauben, zu welchen Mitteln Frauen greifen. Wer hätte gedacht, dass sich hinter einer so hübschen Fassade so ein Luder verbirgt.«

»Bitte, was?! Das ist ja wohl …« Wie vor den Kopf geschlagen suche ich nach Worten, finde aber keine. Diese Kopfnuss habe ich wohl verdient, dennoch … Sie hätte es ein bisschen umschreiben können. Aber das Luder lasse ich mir nicht gefallen. Ich mache Anstalten, aufzustehen.

»Setz dich. Ich meine Fiona, nicht dich. Aber es hat sich gerade so schön angeboten.«

Verdattert klappe ich den Mund wieder zu. »Das heißt …«

»Ja, du behältst deinen Job. Gegen ein bisschen Poledance ist nichts einzuwenden und die Nebenbeschäftigung ist genehmigt.«

Einem spontanen Impuls folgend, springe ich auf, umrunde den Schreibtisch und falle ihr um den Hals. »Danke, Susan. DANKE!«

»Lass mich los, um Gottes Willen, du drückst mir die Luft ab. In dem Fall wäre es aus mit Job in der Redaktion, die gibt es dann nämlich nicht mehr.«

Die nächste Stunde verbringe ich mit Mella und den Kids auf einem nahegelegenen Spielplatz inmitten Schatten spendender Laubbäume. Wir sitzen auf einer Bank und lecken an unserem Eis. Wir reden über alles Mögliche, nur nicht über Ian oder Calan oder meinen Aufenthalt in den Highlands. Das ist gut. Je mehr ich die letzten Tage verdränge, umso schneller geraten sie in Vergessenheit.

In diesem Moment schubst Jay seinen Bruder von der Schaukel. Der steht auf und tritt John gegen das Knie. Sie kabbeln sich kurz, dann geht Jay zur Rutsche und John schaukelt weiter.

»Sie werden so schnell groß.«

»Ja, viel zu schnell. Es kommt mir vor, als hätte ich gerade gestern den ersten, ausgespuckten Karottenbrei von der Wand gewischt.« Ich muss lachen und erinnere mich an Mellas Verzweiflung. Sie hatte den Brei selbst hergestellt und nicht ein Löffelchen davon war in einem der Kindermägen gelandet.

»Ach, Annie. Das haben wir lange nicht mehr gemacht«, sagt Mella versonnen.

»Karottenbrei gekocht?«

»Scherzkeks. Zusammen mit den Kindern auf einen Spielplatz gehen, meine ich.«

»Stimmt. Das letzte Mal waren Jay und John drei Jahre alt.«

»Zwei. Hast du Pistazie?«

»Echt schon so lange?« Ich halte ihr mein Eis hin. »Ja. Und du Aprikose? Tauschen?«

»Aber auch wieder zurücktauschen.«

Wir grinsen uns zu. Irgendwie fühlt es sich gerade an, als wären wir wieder die Kinder von damals, die auf einer Mauer sitzen, mit den Füßen baumeln und Eis schlecken.

Leider wird es langsam Zeit für mich. Bevor ich zu Archie gehe, muss ich Mella und die Jungs nach Hause fahren.

Und ich bin heilfroh, dass ich alles, was ich für meine Auftritte brauche, in der Künstlerkabine habe.

»Bis zum Baum?« Herausfordernd sehe ich Rob an. Nach fast anderthalb Stunden am Glenfinnan Viadukt vorbei, hoch zur Corryhully Bothy, einer nicht bewirtschafteten Wanderhütte am River Finnan, sind wir beide ziemlich fertig. Doch wir lieben auch die Herausforderung, an unsere Grenzen zu gehen. Der Laubbaum ist circa hundert Meter entfernt.

»Wer zuerst da ist!« Rob sprintet sofort los.

»Hey, das ist …« Den Rest denke ich mir. Rennen und reden gleichzeitig ist nicht mehr drin.

Kurz vor mir schlägt Rob grinsend ab. »Erster. Was wolltest du noch sagen.«

Japsend stütze ich die Hände auf die Knie. »Unfair.«

»Das nächste Mal bekommst du den Vorsprung. Okay?«

Den Rest bis zum *Granthouse* legen wir in gemütlichem Trab zurück, und ich lade Rob noch auf ein Wasser ein.

»Kein Bier?«

»Kein Bier.« Ächzend lasse ich mich auf den Korbstuhl auf der Terrasse fallen und ziehe die Schuhe aus. Rob tut es mir gleich.

»Ah, Lüften! Tut gut.« Er streckt sich aus und verschränkt die Arme hinter dem Kopf. »Du hältst mich auf dem Laufenden bezüglich deiner Annie?«

»Worauf du dich verlassen kannst.« Bei unserer Joggingrunde hatten wir Gelegenheit, über den gestrigen Vorfall zu sprechen. Nebenbei habe ich erfahren, dass Fiona bereits in aller Frühe im Hotel aufgetaucht ist und sich bei Rob entschuldigt hat.

»Ah, da bist du ja!« Meine Mutter tritt auf die Terrasse. »Hallo, Rob. Schön zu sehen, dass ihr beide wieder zusammen laufen geht. Aber ich dachte, du und Sarah seid heute schon auf dem Weg in die Flitterwochen?«

»Erst morgen.«

»Hach, zwei Wochen Bahamas. Ihr Glückspilze.« Sie wendet sich an mich. »Calan, ich bin ein paar Tage weg. Andrew und ich fahren zur Isle of Sky und lassen uns ein bisschen rauen Wind um die Nasen wehen. Wenn etwas sein sollte, Martha, die Haushälterin, wird zwischenzeitlich Andrews Job übernehmen.«

Wir wünschen ihnen eine schöne Zeit, und als sie weg sind, fragt Rob erstaunt: »Die Mylady und der Butler? Ist das jetzt amtlich? Ehrlich gesagt, dachte ich mir schon was Ähnliches, als er sie auf die Feier begleitet hat, wollte aber nicht indiskret sein.«

»Tja, in der Tat. Meine Mutter und Andrew. Hübsches Paar, oder? Ich hole uns Wasser.«

Der Einfachheit halber trinken wir direkt aus der Flasche.

»Wann fliegst du und in welchem Hotel wirst du wohnen?«, knüpft Rob an das Gespräch über Annie an, das wir beim Joggen geführt haben.

Ich schiebe die Sonnenbrille vom Kopf auf die Nase. »Der Jet ist gegen achtzehn Uhr startklar. Nach einem Hotel habe ich noch nicht geguckt. Das entscheide ich vor Ort. Kann ja sein, dass ich heute noch zurückfliege.« Die Vorstellung, Annie heute Abend in dieser Bar tanzen zu sehen, lässt mein Herz schneller schlagen und es im Lendenbereich angenehm ziehen. Allerdings habe ich keine Ahnung, was ich tun oder sagen werde, ob ich sie überhaupt anspreche oder besser getarnt an einem der hinteren Tische sitze und warte, ob sie … ob sie mit irgendeinem Typen verschwindet.

»Du fragst dich doch hoffentlich nicht immer noch, ob du in sie verliebt bist.«

»So schnell verliebt man sich nicht, Rob«, sage ich etwas genervt, stehe auf und ziehe mir das Shirt über den Kopf.

»So, meinst du?«

»Das mit dir und Sarah ist eine Ausnahme. So was wie ein Lottogewinn. Eher werde ich vom Blitz erschlagen, glaub mir. Die Wahrscheinlichkeit ist höher einzustufen.«

Ohne seine Antwort abzuwarten, springe ich ins Wasser.

In wenigen Stunden werde ich in Nottingham in einer Bar sitzen und Annie beim Poledance zusehen. Danach weiß ich mehr.

Als ich wieder auftauche, steht Rob am Beckenrand. »Ich gehe jetzt, muss noch packen. Hier.« Er hebt einen Schlüssel hoch. »Der Schlüssel zu meinem Penthouse.

Nur damit du dir nicht in der Nacht ein Hotel suchen musst – falls du nicht zurückfliegst. Du kennst ja die Adresse.«

Montagabend, halb Acht.

Das *Feelings* ist gefüllt mit Männern, die mit offenem Mund zur Bühne starren. Mit einer tief in die Stirn gezogenen Basecap sitze ich an einem der hinteren Tische.

Vor mir ein billiger Whisky, der den Namen nicht verdient hat, aber acht Pfund kostet. Die Tische neben mir sind frei, die meisten Männer drängen sich um die runde Bühne in der Mitte, um nur ja kein Detail der scharfen Blondine mit den künstlichen Titten zu verpassen. Immer wieder strecken sie ihre Hände nach vorne in der Hoffnung, die Blondine befingern zu können, die nur einen Lederrock und High Heels trägt. Sonst nichts. Und tanzen kann man das nicht nennen, was die Frau da bietet. Aber dass sie ihre Titten im Takt zur Musik knetet und die Typen unter ihren Rock gucken lässt, scheint zu genügen.

Die ganze Show widert mich an, auch wenn mich die Vorführung scharfmacht. Mann bleibt eben Mann.

Jetzt dreht sich die Blondine so, dass ich sie von vorne sehen kann, und stellt sich breitbeinig vor einen der Männer. Sie hebt ihren Rock und berührt sich selbst mit dem Zeigefinger zwischen ihren Schamlippen, während sie aufreizend die Hüfte kreisen lässt. Sofort springt ein blonder Typ auf. Sie lässt ihn den Finger ablecken und drückt danach sein Gesicht auf ihre glattrasierte Scham. Die Menge johlt und klatscht. Auch ich stehe dem Anblick nicht gefühlskalt gegenüber und mein Schwanz wird hart, als ich sehe, wie der Kerl die Pussy der Blonden leckt und saugt. Gleichzeitig bin ich entsetzt und hoffe inständig, dass Annie aus anderem

Holz geschnitzt ist. Allerdings befürchte ich das Schlimmste.

Am liebsten würde ich gehen, doch einerseits hält mich das Geschehen auf der Bühne gefangen, und andererseits will ich mit eigenen Augen sehen, ob Annie sich ebenfalls begrapschen lässt.

Du lieber Himmel, was geht denn jetzt da vorne ab? Die Frau stellt sich seitlich, dabei steigt sie mit einem Fuß von der Bühne, sodass der Typ sie weiterlecken kann. Ihren Arsch streckt sie in die andere Richtung. Der kleine Japaner kann offenbar sein Glück nicht fassen, lässt so etwas wie einen Kampfschrei fahren und schiebt seine Finger in die Möse der Frau. Oder in den Hintern, das kann ich von hier aus nicht erkennen. Aber egal wie, es macht mich geil. Zwar unerwartet und von einem wirklich miesen Whisky begleitet, aber ich kann mich der erotisierenden Wirkung nicht entziehen. Dann bekommt die Blonde mitten auf der Bühne ihren Orgasmus und der Japaner leckt sie jetzt ebenfalls, nur von hinten, packt dabei seinen Schwanz aus und holt sich einen runter.

Himmel, das ist schlimmer, als ich mir vorgestellt habe.

Alles klar. Ich weiß Bescheid, was hier läuft.

Dann ist die Show zu Ende, ich schütte den Whisky in mich hinein und bestelle noch einen.

Miese Show, mieser Whisky. Irgendwie gehört das zusammen.

Vor dem nächsten Auftritt ist Pause. An einer Wand schaltet sich ein riesiger Fernseher ein und zeigt einen Porno. Wahrscheinlich bis zur Überbrückung, damit sich die noch einen runterholen können, die nicht fertig geworden sind. Zwei Mitarbeiter, darunter der Dicke von eben, reinigen die Bühne. Wenigstens das.

Irgendjemand kündigt Amie Field als nächste Künstlerin an. Ich lache spöttisch auf, rutsche im Stuhl etwas tiefer und ziehe mit die Basecap noch weiter ins Gesicht.

Trotz der Tatsache, dass jetzt viele das Etablissement verlassen bis auf die Gruppe der Japaner, hat sich die Hoffnung, dass Annie eine harmlose Show abliefert, gegen Null eingependelt. Trotzdem bleibe ich sitzen.

Im Zweifel für den Angeklagten. Solange nichts Gegenteiliges bewiesen ist, gilt die Unschuldsvermutung.

Kapitel 13

Annie

Die Highlands sind weit weg, nicht nur strecken- , auch kopfmäßig. Und somit auch Calan und Fiona.

Lasziv presse ich mich gegen die Pole, hebe ein Bein und führe meine Hände mit streichelnden Bewegungen und im langsamen Takt der Musik an der Stange nach oben. Heute habe ich wieder das rote Lederoutfit gewählt. Außerdem ist es eigentlich egal, was ich trage, die Typen wollen Muschis und Titten sehen und anfassen. Beides bekommen sie von mir nicht. Einige wissen das, andere hoffen auf mehr. Tja, tut mir leid, Jungs. Nicht mit Annie.

Fest halte ich die Augen geschlossen. Ich weiß, dass die Männer mich angaffen wie ein Stück Fleisch und sich nach der Vorstellung einen runterholen. Okay, manche sind so dreist und warten nicht, sondern schrubben sich sofort einen ab. Das will ich nicht sehen. Nicht mal zufällig im diffusen Schein der Tischlampen.

Heute ist es für einen Montag ungewöhnlich voll.

Das hat Archie erwähnt, als er in der Garderobe aufgetaucht ist und mir kichernd erzählt hat, dass die neue ein Glücksgriff ist, weil sie sich auf der Bühne lecken und vögeln lässt. Ich habe ihn nur gebeten, die Sauerei anschließend wegzumachen und bitte die Pole und den

Boden zu desinfizieren, bevor ich da hochgehe. Aber das kennt er ja schon von mir.

Der Rest ist mir herzlich egal. Ich ziehe meine Nummer durch und fertig. Zum Glück habe ich nur den einen Auftritt, denn ich bin platt wie eine Bierdose auf der Autobahn nach der Bekanntschaft mit einem Lkw-Reifen.

Wie immer konzentriere ich mich voll auf meine Figuren und merke gegen Ende der fünfzehn Minuten, wie meine Kraft schwindet. Gerade noch so bekomme ich es hin, kopfüber zu hängen und die Beine zu spreizen. Auf das langsame zum Boden Gleiten verzichte ich, dazu fehlt mir die Energie. Kurzerhand schließe ich die Beine und führe sie zu Boden, dann lege ich mich hin und biege mich noch ein wenig durch.

Puh, das war´s.

Ich stehe auf, winke vage in die Runde und verzichte heute sogar auf den abschließenden Rundgang, um die Geldscheine einzusammeln. Viel zu müde.

Ein Gefühl der Befreiung durchströmt mich, als ich endlich durch die Hintertür hinaus trete. Jetzt freue ich mich auf eine Dusche, um mir den Bargeruch nach Whisky, Rauch und Sperma wegzuwaschen. Er widert mich an, was mich wundert, denn bisher ist mir das noch nie so aufgefallen. Und Archies Gesicht … herrlich. Na ja, irgendwie hat er mir ein bisschen leidgetan. Aber hat er mir die sprichwörtliche Knarre unbedingt auf die Brust setzen müssen?

Ich öffne den Kofferraum des Mini-Coopers und werfe drei vollgepackte Plastiktüten und eine Stofftasche, Marke Zirkuszelt, hinein. In der befinden sich fünf Paar Schuhe in allen Farben. Alles andere habe ich kurz entschlossen in die Tüten gepackt. Eine Annie Fairfield lässt sich nicht von notgeilen Arschlöchern begrapschen. Niemals. Nicht für alles Geld der Welt. Soll er doch die neue mehrmals die Woche auf die Bühne stellen, die hat da Spaß dran. Genauso wie Mel. Titten und Muschi zeigen oder du kannst zu Hause bleiben, hat Archie gesagt. Mit Schwung knalle ich den Kofferraum zu.

Was für eine Woche!

Müde schlurfe ich an die Fahrertür und will sie gerade öffnen, da fliegt mein Kopf zur Seite.

Nicht nur mein Kopf. Mein ganzer Körper folgt dem Schwung, und ich kann von Glück reden, dass ich so nah am Wagen gestanden habe, sonst läge ich jetzt auf dem Asphalt. So hänge ich nur am Auto.

»Was zur …!« Ich fasse mir an die Unterlippe, die sich seltsam taub anfühlt, und erschrecke fast zu Tode. Blut am Finger. Mit der Zunge lecke ich mir über die an der Seite aufgeplatzte Lippe und sehe mich panisch um.

»HEY!«, rufe ich in die Dunkelheit des Innenhofs. »Was soll der Scheiß!«

Bin ich eigentlich blöd, hier noch rumzustehen? Ich muss zusehen, dass ich ins Auto komme. Und dann weg hier!

Hektisch öffne ich die Tür … und dann schreie ich auf vor Schmerz.

Irgendjemand reißt mich an den Haaren zurück. Ich stürze, falle rücklings auf den Boden, werde weggeschleift. Geistesgegenwärtig greife ich nach hinten und halte dagegen, bevor mir noch die Kopfhaut abgerissen wird. Hinter mir ein gehässiges Lachen. Ein Mann!

Nicht liegen bleiben, nicht liegen bleiben … Komm auf die Beine! Wenn du liegst, hast du verloren.

Ich höre die Straße, aber noch sind wir im Hinterhof. Der Mann hält kurz inne, wahrscheinlich, um sich zu vergewissern, dass auch niemand in der Nähe ist.

Meine Chance!

Blitzschnell hebe ich mein Becken an und umschlinge statt der Pole einen Hals! Sofort sind meine Haare frei! Jetzt hänge ich kopfüber an einem Typen, der so fürchterlich nach Urin stinkt, dass ich mich fast übergeben muss.

Brüllend und fluchend dreht er sich mit mir, und einer spontanen Eingebung folgend kralle ich meine Fingernägel in sein Gemächt!

Ein schmerzhafter Schrei. Diesmal nicht von mir. Ich stütze mich mit einer Hand auf dem Boden ab, löse meine Beine, und als ob ich ein einhändiges Rad schlagen würde, komme ich wieder auf die Füße.

»Ian?!« Dieser stinkende, brüllende Fettsack, der Ehemann meiner Schwester, rollt jetzt wie eine Dampfwalze auf mich zu und drängt mich weiter in den Hinterhof hinein.

»Bist du irre!«, schreie ich ihn an und weiche ihm im letzten Moment aus. Er ist das Vierfache von mir, aber er ist schwerfällig. Und er kann sein Tempo nicht mehr drosseln. Mit Wucht rennt er gegen den Müllcontainer und fällt hin.

Schwer atmend gehe ich mit langen Schritten zu meinem Auto, will nur weg hier. Wie hat er mich nur gefunden? Er muss an der Redaktion gewartet haben, mir gefolgt sein … Oh Gott, hoffentlich geht es Mella und den Kindern gut.

Völlig unerwartet fühle ich mich plötzlich herumgewirbelt.

YES! Sie hat eine harmlose Show abgeliefert.

Die Erleichterung schwappt wie eine Welle über mir zusammen. Sogar der scheußliche Whisky, den ich jetzt im Stehen runterkippe, schmeckt eine Spur weniger unterirdisch.

Diesmal wird die Bühne nicht gesäubert. Ist auch nicht notwendig. Der dicke Typ mit der Halbglatze kommt in diesem Moment aus einer Tür hinter dem Tresen.

Er wird mir sagen können, ob ich zu Annie kann.

»Da könnte ja jeder kommen«, lacht er mich aus, steckt sich eine Zigarette an und bläst den Rauch in kleinen Kringeln heraus.

»Gut möglich, Mr …«

»Archie.« Er streckt den Bauch raus und versucht, sich etwas größer zu machen. »Ich bin der Chef hier.«

»Deswegen frage ich Sie. Man sieht Ihnen den Boss sofort an, Archie«, schmeichle ich ihm. Dann zücke ich meine Karte und knalle sie auf den Tresen. Wenn ich den Adel auspacke, zieht das meistens. Jetzt lege ich aber noch ein Argument drauf.

»Gestatten: McGrant, Earl of Chesire, Inhaber der Grantfinnan Distillery. Ihr Whisky ist scheußlich. Vorschlag zur Güte: Sie sagen mir, wo ich Annie finde, ich liefere Ihnen noch diese Woche eine Kiste vorzüglichen

Whiskys. Da bekommen Sie für das Glas mindestens das Doppelte.«

Er nimmt meine Karte, verengt die Lider, brummt beeindruckt und steckt sie in die Tasche seines verschwitzten Hemds.

Mit dem Kopf deutet er Richtung Tür. »Hinterhof. Da hat sie ihr Auto geparkt. Im Moment stopft sie gerade ihre Sachen in Tüten. Die feine Lady will ihre Titten nicht zeigen. So eine kann ich hier nicht brauchen.«

»Kann ich verstehen«, sage ich, verschweige aber, wen ich verstehen kann. »Ende der Woche bekommen Sie den Whisky, Archie.«

Von dem Dunst in dem Laden noch leicht benebelt trete ich vor die Tür auf die Straße. Und erstarre.

Ein Mann schreit auf, nur kurz. Ein Kampf? Kommt von Links. Hinterhof. Annie?

Ich stürme los. Kurz darauf bleibe ich wie angewurzelt stehen, unsicher, ob ich eingreifen oder dazwischen gehen soll. Annie scheint die Situation im Griff zu haben.

Ungläubig verfolge ich das Geschehen: Annie hängt kopfüber an einem bulligen Kerl, die Beine um seinen Hals geschlungen, wie vorhin um die Pole. Und der Typ dreht sich, brüllt, versucht, sie abzuschütteln. Plötzlich sackt er fluchend und schreiend zusammen. Annie kommt auf die Beine, weicht einige Schritte zurück und sagt etwas.

Sie scheint ihn zu kennen, oder? Verdammt, es ist nicht hell genug, dass ich ihre Mimik erkennen kann, auch steht sie leicht von mir abgewandt. Keiner von beiden sieht mich. Gut so. Ich beschließe, erst dann einzugreifen, wenn es notwendig ist. Gleichzeitig bin ich fasziniert von Annie. Sie kämpft wie eine Löwin – stellt sich einem Typ, der das Mehrfache von ihr ist, mutig entgegen.

Läuft da Blut an ihrer Lippe hinunter oder ist das nur ein Schatten? Angespannt balle ich die Fäuste, will losstürmen. Doch ich beherrsche mich. Die Kleine hat gute Chancen, mit dem Kerl fertig zu werden. Er ist zu plump, zu langsam. Außerdem scheint er betrunken zu sein. Verdammt, es fällt mir höllisch schwer, nicht einzuschreiten. Aber im Moment stehen sie sich nur gegenüber. Er schweratmend und sie breitbeinig, gespannt wie ein Panther vor dem Sprung und mit verengten Lidern. Sic sagt irgendetwas, das ich nicht verstehe.

An diesem Punkt rennt der Mann los. Annie weicht zurück. Jetzt! Ich kann nicht mehr länger zusehen. Mit zwei langen Schritten stehe ich vor dem Hinterhof, der durch kein Tor zur Straße abgegrenzt ist, und sehe, dass Annie im letzten Moment ausweicht und der Typ durch die eigene Schwungmasse weiter stolpert und erst durch einen Müllcontainer gestoppt wird.

Hastig ziehe ich mich an die Backsteinmauer zurück, will schon erleichtert ausatmen, als die Lage sich unerwartet verschärft.

Annie

Mit Wucht knalle ich gegen den Wagen und ein stechender Schmerz fährt mir durch den Rücken. Ich atme den Schmerz einfach weg. Ist nur ein verschreckter Muskel.

Ian drückt mich grob und mit seinem gesamten Gewicht gegen den Wagen. Dabei stellt sich der Mistkerl leicht seitlich, sodass ich ihm das Knie leider nicht in die Eier rammen kann.

»Du bist schuld, dass Mella mich verlassen hat!«, haucht er ungefähr drei Finger breit vor meinem Gesicht. Gut, was der Fausthieb nicht geschafft hat, kriegt der Atem hin. Ich glaube, vor Ekel ohnmächtig zu werden.

Beim nächsten Wimpernschlag rutscht mir das Herz in die Hose. Dicht neben meiner Schläfe vernehme ich ein schnappendes Geräusch und es blitzt auf.

»Verdammt! IAN! Nimm das scheiß Messer runter!«, schreie ich mit sich überschlagener Stimme. Zum ersten Mal in meinem Leben weiß ich, wie sich Todesangst anfühlen muss.

Statt einer Antwort atmet er mir fast direkt in die Nasenlöcher und der Odem der Hölle trifft mich ungefiltert. Gott, mir ist noch nie so übel gewesen. Gleichzeitig muss ich lachen. Die Vorstellung, dass ich den Kampf gewinnen könnte, wenn ich ihn vollkotze, hat etwas Erheiterndes. Wahrscheinlicher ist das aber nur ein Schutzmechanismus des Hirns. Kurz vorm Tod noch an was Lustiges zu denken, macht es leichter.

Ian hebt das Messer, die Spitze deutet direkt auf mein linkes Auge.

»Ian …« Ich versuche es mit ruhiger Stimme. Gelingt mir nicht. Sie zittert, als stünde ich auf einer Rüttelplatte.

»Nie wieder wirst du mir Mella …«

Plötzlich und unerwartet tut es einen Schlag und Ian torkelt von mir weg. Mit einem klirrenden Geräusch bleibt das Messer auf dem Kopfsteinpflaster liegen. Ohne darüber nachzudenken, hechte ich vor, greife es mir und stelle mich Ian entgegen, breitbeinig und mit ausgestreckter Hand. Gut, sie zittert, aber immerhin zittert das Messer mit.

Ian hat sich überraschend schnell wieder gefangen und schnaubt mich wutentbrannt an. Mich? Nein, nicht mich. Er sieht an mir vorbei und wischt sich mit dem Handrücken über das Gesicht. An seiner Augenbraue läuft Blut runter.

»Du kannst das Messer runternehmen, Annie. Ich kümmere mich um den Typen.«

Kann ich meinen Ohren trauen? Langsam wende ich den Kopf und sehe über die Schulter. Ein hochgewachsener, athletischer Mann in Jeans und Shirt steht seitlich hinter mir. Seine Basecap hat er tief ins Gesicht gezogen.

»Hi, Annie.«

Verdammt. Der hört sich an wie Calan. »Wer …«, beginne ich, doch Ian kommt mir zuvor. Wie ein wütender Gorilla stürmt er plötzlich mit Gebrüll an mir vorbei, direkt auf den Mann zu.

Der jedoch bleibt seelenruhig stehen, wartet ab, tritt dann leichtfüßig zur Seite und knockt Ian mit einer gezielten Rechten einfach aus.

Platsch macht es, als der Fettkloß auf das Pflaster fällt.

»Respekt!«, rutscht es mir raus.

»Danke.« Der Mann zieht sein Basecap ab.

Und dann fällt noch was. Das Messer. Diesmal jedoch aus meiner Hand.

»Erkennst du mich jetzt?«, fragt Calan.

Plötzlich sacken mir die Beine weg. Ist wohl doch ein bisschen viel gewesen die letzten Tage.

Bevor ich wieder auf dem Boden lande, fängt Calan mich auf und drückt mich an sich.

»Hey, Annie. Du kämpfst wie eine Löwin, weißt du das?«

»W…w…was?«, stottere ich, weil ich einfach nicht aufhören kann zu zittern. »L…Löwin? D…d…danke schön, Calan!« Dann vergrabe ich mein Gesicht in seinem Hemd und lasse den Tränen freien Lauf.

Calan ist hier, kann ich nur denken. Calan ist bei mir. Er ist hier.

Beruhigend und gleichmäßig streicht er mir über den Rücken und atmet in mein Haar. Seine Umarmung tut so unglaublich gut, sein Duft lullt mich ein, und ich fühle mich einfach nur behütet. Ich, Annie Fairfield, fühle mich behütet! Darf ich niemandem erzählen … Und doch, verdammt, ich will genau das, und zwar genau jetzt!. Denn es ist ein neues Gefühl. Ich lasse mich endgültig fallen und umschlinge Calan mit meinen Armen.

»Hältst du mich noch einen Moment fest?«, frage ich, weil ich fürchte, dass er mich gleich loslässt, denn das Zittern lässt nach. Endlich kann ich wieder durchatmen und stehe auch wieder sicherer auf den Beinen.

»Solange du willst«, sagt er leise.

Und ich frage nicht, wie er mich gefunden hat. Ich will es jetzt noch nicht wissen. Er ist da. Das genügt.

RUMMS! Die Hintertür vom *Feelings* fliegt auf. Archie erscheint in der Tür, in den Händen einen Baseballschläger.

»Wer hat hier geschrien?!«

Als Erstes sieht er Calan und mich und kommt den Schläger schwingend auf uns zu. »Hey, lass sofort die Frau los, du …!«

»Archie!« Ich schäle mich aus Calans Arm und hebe die Hand. »Alles gut! Wenn du jemandem die Rübe vom Kopf hauen willst, nimm den da!«

Ich deute zu Ian, der mit schmerzverzerrtem Gesicht rücklings an der Backsteinmauer klebt und eine Hand auf die linke Wange presst. Als Archie mit erhobenem Baseballschläger auf ihn zu geht, hebt er den Arm zum Schutz hoch und wimmert wie ein Mädchen.

»Wer bist du, hä?!«, brüllt Archie ihn an.

»Das …« Ich trete neben Archie. »Das ist der Noch-Ehemann meiner Schwester. Wenn Calan nicht aufgetaucht wäre, gäbe es mich jetzt wahrscheinlich nicht mehr. Der Arsch hat mich mit einem Messer bedroht.«

»Ruf die Polizei, Annie«, sagt Archie ohne den Blick von Ian abzuwenden.

»Soeben geschehen.« Calan legt den Arm um meine Schulter. »Sie sind gleich da.«

»FUCK!«, stößt Ian aus, spuckt übel riechenden Schleim vor unsere Füße und rutscht an der Mauer runter.

»So ist´s gut, du Wichser.« Archie ist ganz offensichtlich voll in seinem Element und ich werde einen Teufel tun, ihn zurückzupfeifen. »Bleib ja brav da hocken. Immer den Blick gesenkt und an der Mauer gelehnt. Der beste Platz für Ratten wie dich.«

Schneller als gedacht fahren die Bobbys vor, parken direkt vor dem Hinterhof und steigen aus. Ich weiß, traditionell trägt ein Bobby keine Schusswaffe, nur einen Schlagstock, aber heute wäre es mir lieber gewesen.

Nach kurzer Schilderung des Vorfalls legt ein Bobby dem zu allen Fragen schweigenden Ian Handschellen an und packt ihn in den Wagen.

Der ältere der beiden, der sich als Constable Smith vorgestellt hat, tritt zu mir und deutet auf meine Lippe.

»Die Platzwunde stammt von dem Schlag des Ian Findlay? Gibt es dafür einen Zeugen?«

»Ja«, sage ich wahrheitsgemäß. »Er hat mich zuerst mit der Faust getroffen, aber das hat noch niemand gesehen, erst …«

»Als ich dazukam, hat er sie mit dem Messer bedroht«, ergänzt Calan.

»Also Körperverletzung und versuchter Mord.«

»Oh, und noch was!« Vor Aufregung hätte ich das fast vergessen. »Meine Schwester, also Mrs Findlay … Sie meinte, er hätte etwas mit dem Überfall auf den Kiosk letzte Woche zu tun. Er wäre zu Geld gekommen, sie hat vierhundert Pfund oder so bei ihm gefunden. Und eine Kappe mit einem J drauf im Abfall.«

»Ach ja?« Der Constable zieht interessiert die Brauen hoch. »Dann hätten wir eine Gegenüberstellung. Ein Zeuge, der sich zur Tatzeit in unmittelbarer Nähe des besagten Kiosks aufgehalten hatte, wurde bewusstlos geschlagen und liegt jetzt im Krankenhaus. Wir prüfen, ob das ebenfalls auf das Konto des Mr Findlay geht.« Er tippt sich an den Helm. »Danke, Mrs Fairfield. Ich möchte Sie alle und Ihre Schwester bitten, auf der Wache auszusagen. Am besten sofort. Nehmen Sie Kontakt mit Ihrer Schwester auf oder sollen wir …?«

»Nicht nötig, ich … ich mach das schon.«

Den Abend habe ich mir zwar anders vorgestellt, aber hey, endlich ist der Drecksack hinter Schloss und Riegel. Mella wird aus allen Wolken fallen!

»Ist es wirklich erst kurz vor Mitternacht? Ich komme mir vor, als hätte ich die ganze Nacht durchgemacht.« Annies Schwester zieht sich die dünne Strickjacke vor der Brust zusammen, als wir aus dem Polizeigebäude treten.

»Wir alle sind total durch den Wind«, ergänze ich und drücke Annie an mich. Sie fröstelt ein wenig in dem ärmellosen Shirt. Vielleicht ist es auch nur die Anspannung, die sich jetzt bei ihr löst. An ihrer Unterlippe klebt ein wenig angetrocknetes Blut, der Riss ist zum Glück nur winzig.

»Hört zu.« Archie steckt sich eine Zigarette an. »Ich schlage vor, wir gehen jetzt alle zu mir und trinken einen ordentlichen Schnaps auf den Schreck.«

»Also ich nicht«, bemerkt Mella und sieht auf die Uhr. »Ich bin froh, dass die Nachbarn bei den Kindern sind. Ich will sie nicht länger warten lassen.« Unsicher blickt sie ihre Schwester an. »Das verstehst du doch, oder?«

»Ach, Schwesterherz!« Sie windet sich aus meinem Arm und drückt Mella kurz, aber fest an sich. »Das musst du doch nicht fragen.«

»Annie, ich …« Mella sieht dankbar von einem zum anderen. »Ich meine, ihr alle habt mitgeholfen. Danke dafür. Ich … ich kann es immer noch nicht glauben, dass …«

»Der fette Kloß singt bestimmt wie ein Kanarienvögelchen!« Archie lacht dreckig auf, nimmt einen tiefen Zug von der Zigarette und bläst den Rauch langsam und genüsslich in die Nachtluft.

Tatsächlich hat Ian zugegeben, dass er den Kiosk mit ein paar Kumpeln ausgeraubt und er selbst den Zeugen zusammengeschlagen hat. Sicher wird er im Laufe der Verhörmaßnahmen auch die Namen seiner Freunde verraten. Dass er Annie mit dem Messer töten wollte, hat er jedoch abgestritten. Er hatte sie nur Bange machen wollen. Ja, klar. Mit der Messerspitze kurz vorm Auge. Es schüttelt mich immer noch, wenn ich daran denke, was hätte geschehen können.

»Der ist jetzt erst mal eine Weile weggesperrt!«, sage ich zufrieden.

»Archie?« Annie legt ihm eine Hand auf den Unterarm. »Nicht traurig sein, aber mir ist jetzt eher nach einer Dusche und einer Mütze voll Schlaf, als in deiner Bar zu sitzen.«

»Ich schließe mich an«, sage ich und klopfe ihm auf die Schulter. »Danke für deine Hilfe, Mann.«

»Keine Ursache.« Er wirft die Zigarette auf den Boden, tritt sie aus und wendet sich zum Gehen. »Ich trink einfach für euch mit! Haltet die Ohren steif.«

An der gegenüberliegenden Seite stehen zwei Taxis, die auf Kundschaft warten. Ich nehme die beiden Frauen links und rechts von mir in den Arm. »Dann machen wir uns mal auf den Heimweg, hm?«

»Wo bist du denn untergebracht?«, fragt Annie und der Blick aus ihren warmen, grünen Augen breitet sich wie ein behagliches, wunderbares Gefühl in mir aus. »Ich meine, ich würde dich ja gerne … Aber ich selbst schlafe auf dem Sofa. Das Schlafzimmer ist für Mella und die Kids … Und die Badewanne ist schätzungsweise etwas klein für dich. Ich rede Unsinn. Du bist sicher in einem Hotel untergebracht.«

»Nicht ganz. Ich übernachte in Robs Penthouse.«

»Oh?«

Inzwischen ist Mella zum Taxi vorausgeeilt und winkt uns zu sich. »Wir fahren alle mit einem Taxi, schlage ich vor. Calan? Wir setzen dich an deinem Hotel ab und fahren dann weiter, okay?«

Vor dem mehrstöckigen Gebäude mit Robs Penthouse angekommen, nehme ich Annies Hand und sage leise: »Ich weiß, du möchtest gern bei deiner Schwester sein. Wäre es sehr vermessen, dich zu bitten, mit zu mir zu kommen?«

Mella, die auf dem Vordersitz Platz genommen hat, dreht sich um und zwinkert uns zu. »Ich habe verdammt gute Ohren. Annie, alles gut. Wenn du magst, übernachte bei Calan. Glaub mir …« Sie sieht mich an und seufzt laut. »Keine Sekunde würde ich überlegen.«

»Aber ich … Aber du … Und die Kinder …«, begehrt Annie auf.

»Die Jungs schlafen und haben von alledem nichts mitbekommen. Ich denke, ich werde mit den Nachbarn ein Gläschen Wein trinken und ihnen erklären, warum sie Babysitten mussten. Dazu ist ja vorhin nicht wirklich Zeit gewesen. Außerdem brauche ich jetzt keine Angst mehr zu haben, dass Ian vor der Tür steht, und werde das erste Mal nach langer Zeit wie ein Baby schlafen. Also steigt schon aus, ihr zwei.«

»Mella«, sage ich. »Du bist eine tolle Frau. Und deine Jungs möchte ich gerne einmal kennenlernen.«

»Danke, Calan, das lässt sich sicher einrichten. Und gib auf mein Schwesterchen acht, ja?«

»Das kann ich ganz gut allein, Mella.« Annie tut so, als würde sie schmollen, und öffnet die Tür.

Ich reiche dem Taxifahrer ein paar Pfundnoten nach vorne.

»Hey, Mister! Das ist viel zu viel«, ruft er mir hinterher, aber da stehe ich schon mit Annie auf der Straße und schlage die Taxitür zu.

»Oh. Mein. Gott.« Annie geht staunend durch den breiten Flur ins Wohnzimmer hinein, streicht mit den Fingerspitzen über eine schwarzglänzende Skulptur, die an ein ineinander verschlungenes Liebespaar erinnert, und bleibt vor der bodentiefen Fensterfront stehen. »Was für ein Luxus! Was für eine Aussicht!«

»Rob hat einen exquisiten Geschmack. Möchtest du erst etwas trinken oder gleich duschen?«

In meinem Hals setzt sich ein Kloß fest, als ich an der Sitzgruppe stehen bleibe und das Bild »Annies Silhouette vor Glasfront« auf mich wirken lasse. Nur schwer widerstehe ich dem Drang, zu ihr zu gehen, meine Arme um sie zu schließen, die Lippen auf die sanfte, reizvolle Wölbung zwischen Hals und Schulter zu legen und Annies Duft einzuatmen.

»Duschen!« Unerwartet wirbelt sie herum, in ihren Augen funkelt es fast schon euphorisch. »Sind Handtücher im Bad? Und wo ist das Bad überhaupt?«

»An dem Wandbild rechts, dann geradeaus, du kannst es nicht verfehlen. Ich sehe in der Zwischenzeit mal in den Kühlschrank.«

Fast zeitgleich mit dem Öffnen der Kühlschranktür ertönt ein spitzer Schrei und ein: »Ogottogott, das ist kein Bad! Das ist ein Wellnesstempel! Calan?«

»Ja?«, rufe ich zurück und stelle fest: Der Kühlschrank glänzt durch gähnende Leere.

»Handtücher sind hier. Und zwei Bademäntel. Riechen sogar wie frisch gewaschen.«

Ich gehe durch den Flur und klopfe an die Tür zum Badezimmer.

»Annie? Hast du Hunger?«

»Was?«

»Ob du Hunger hast?«

»Ein bisschen. Hast du denn welchen?«

»Könnte ein Hochlandrind verspeisen.«

»Chinesisch, Indisch oder Englisch?«, fragt sie nach.

»Chinesisch, aber im Prinzip ist es …« Der Rest geht im Rauschen des Wassers unter.

Kapitel 14

Annie

»Ich platze gleich! Schade um den Rest.« Pappsatt beuge ich mich vor, stelle die fast leere Schachtel auf den steinernen Tisch und stecke die Stäbchen hinein. »Das Nasi Goreng war echt lecker und der Pflaumenwein dazu … köstlich. Wusste gar nicht, dass der warm so gut schmeckt.«

Aus reinem Appetit könnte ich die zweite Portion in mich reinschaufeln, aber ich bekomme beim besten Willen nichts mehr hinunter.

Calan sitzt schräg neben mir auf dem L-förmigen Ledersofa und sieht mich mit einem Blick an, der mir durch und durch geht. Im Gegensatz zu mir trägt er immer noch Jeans und Shirt. Lediglich die Schuhe hat er ausgezogen.

»Freut mich, dass es dir geschmeckt hat. Noch einen Pflaumenwein?« Er hebt die Flasche an.

»Da sage ich nicht nein.« Obwohl ich so schläfrig bin, dass ich auf der Stelle zur Seite kippen und einschlafen möchte, halte ich krampfhaft die Augen geöffnet. Wie immer, wenn mir die Müdigkeit die Lider schwer werden lässt, fühle ich mich wie leicht angetüdelt. Und das liegt nicht an den zwei kleinen Pflaumenwein.

»Schon komisch, hm?«, sagt Calan, lehnt sich zurück,

beide Arme ruhen ausgestreckt über der Sofalehne. »Gestern noch dachte ich, das Chaos hätte seinen Höhepunkt erreicht und dann komme ich nach Nottingham und …«

Unverhohlen gähne ich, ohne die Hand vor den Mund zu halten, und schlage die Beine zum Schneidersitz über. »Oh, Tschuldigung. Bin etwas müde.«

»Rob hat zwei Schlafzimmer«, sagt er plötzlich und ich brauche eine Weile, um das in meinem Hirn sortiert zu bekommen.

»Ah, ach so. Fein.« Auch ich lasse mich nach hinten fallen, dabei öffnet sich der Bademantel etwas. Schnell ziehe ihn wieder über meine Brust. »Ich will nicht schlafen. Ich will hier sitzen und mit dir plaudern und Pflaumenwein trinken, bis … bis …« Verdammt, ich muss schon wieder gähnen. Calan lacht leise. »Ja, mach dich nur über mich lustig. Oh, und du hast mir noch gar nicht erzählt, warum du … Ich meine, wieso bist du im *Feelings* gewesen? Wolltest du dich davon überzeugen, ob deine Fiona recht hat und ich nur eine … Frau für spezielle Dienstleistungen bin?«

Lange sieht er mich an, dann seufzt er und rutscht zu mir. Mit einem fragenden Blick hebt er den Arm.

»Das ist keine Antwort auf meine Frage«, sage ich misstrauisch.

»Deine Fragen. Es waren zwei, wenn ich richtig hingehört habe. Also, was ist?« Ohne den Arm zu senken, wartet er ab.

»Okay, aber nicht begrabbeln.« Ich kuschle mich in seinen Arm und schließe die Augen. Wohlig seufze ich auf. Gott, Calan duftet so unglaublich gut nach … Calan.

»Begrabbeln?«, fragt er mit einem amüsierten Unterton.

»Fummeln und so.«

»Verstehe. Kein Begrabbeln. Versprochen. Um deine Fragen zu beantworten: Fiona ist eine gute Freundin, die ich …«

»Ha! Ja, das hab ich gemerkt.« Eigentlich will ich die Augen öffnen, geht aber nicht.

»Halt doch mal einen Moment deinen süßen Mund und lass mich reden, ja?«

»Okay.« Ich lege einen Arm um seine Mitte.

»Fiona und ich, wir kennen uns, seit wir Teenager waren. Gestern Nacht – nach dem Tasting und … du weißt schon …, habe ich mit ihr geredet.«

Das war erst gestern? Mir kommt es vor, als wäre es schon viele Tage her.

»Pscht!«

Ups, habe ich das etwa laut gesagt? Ich dachte, ich hätte es gedacht. Unwillkürlich muss ich kichern und Calan macht ein Geräusch, als verdrehe er genervt die Augen. Wobei Augen per se ja keine Laute von sich geben oder welche verursachen können. Mehr das begleitende Stöhnen, oder so. Man stelle sich vor, Augen würden knarzen beim Öffnen oder wie ein eingerostetes Scharnier quietschen, wenn sie sich zur Seite bewegen, oder …

»Annie?«

»Hm?«

»Du schnarchst ja.«

Ups!

»Kann überhaupt nicht sein. Bin hellwach. Rede weiter. Wieso warst du im *Feelings*? Weil du scharf auf mich bist?«

»Ja klar. Deswegen fliege ich mit dem Jet hierher. Um zu vögeln brauche ich nur eine Ortschaft weiter …«

»Hey, das ist aber gar nicht nett«, nuschle ich und zwicke ihn in den Arm. Und das mit geschlossenen Augen. Die Lider sind aber auch verdammt schwer. Und Calans Stimme so herrlich weich und dunkel, als er weiterredet.

Wie aus weiter Ferne erfahre ich alles über ihn und Fiona. Am Ende bin ich überraschenderweise immer noch wach, und Fiona tut mir fast leid.

»Tja, und du hast dein Handy vergessen. Fiona hat es mir gegeben.«

»Das ehrt sie.«

»Irgendwie schon, ja. Und heute Morgen habe ich deine Schwester angerufen und …«

Schlagartig bin ich hellwach und setze mich auf.

»Du hast was?!«

»Äh, Mella angerufen? Du hast ihre Nummer eingespeichert. Im Übrigen solltest du dein Handy mit einer PIN schützen.«

»Ja, ja, muss ich mal machen. Was hast du Mella erzählt?« Die Vorstellung, dass Mella Bescheid weiß, wie ich das Geld verdiene, das für sie bestimmt gewesen ist, entsetzt mich.

»Ich habe sie gefragt, ob sie mir deine Adresse geben kann. Keine Chance übrigens. Vom *Feelings* und dass du da auftrittst, wusste sie nichts.« Er nimmt die Weinflasche und verharrt auf der Stelle, als er merkt, was er da gerade gesagt hat. »Oh … Shit!«

»Allerdings!« Ich vergrabe mein Gesicht in den Händen.

Calan stellt die Flasche wieder ab. »Da habe ich offensichtlich ziemlichen Mist gebaut. Gott, wie kann ich das nur wieder … Bitte glaub mir, hätte ich gewusst, dass …«

»Schon gut«, winke ich ab und blicke auf. »Wie hättest du das auch wissen sollen? Ich nehme dir Nichts übel. Tja, irgendwie ist es vielleicht ganz gut so. Jetzt weiß sie es. Es wundert mich nur, dass sie vorhin nichts erwähnt hat. Sie … Egal. Ich werde mit ihr reden.« Schräg lächelnd deute ich auf den Wein. »Ich hätte dann gerne noch ein Glas.«

Nachdem sich Calan mehrmals entschuldigt hat, erzähle ich ihm, warum ich als Pole-Tänzerin auftrete. »Aufgetreten bin«, ergänze ich abschließend. »Heute war mein letzter Auftritt.«

Plötzlich streckt er die Hand aus, streicht meine Haare über die Schulter zurück und sieht mich liebevoll an. »Warum hast du Mella nichts gesagt?«

»Sie hätte das Geld nicht angenommen, sich geschämt, was weiß ich.«

»Hm, das kann gut sein. Bei unserem Telefonat allerdings hat sie sich sehr lobend über deine Liebe zum Poledance geäußert. Du machst das schon sehr lange.«

»Das hat sie gesagt?« Überrascht stürze ich den mittlerweile kalten Pflaumenwein hinunter. »Echt?«

»Echt.« Er legt seine Hand an meinen Nacken und ich werde weich wie ein Marshmallow im Feuer. Langsam nähert er sich mir, bis sein Gesicht nur wenige Zentimeter von meinem entfernt ist. Kein Zweifel, seine Augen haben eine hypnotische Wirkung auf mich. Sie halten meine Lider oben und ich versinke in diesem tiefen, warmen Blau.

»Annie«, beginnt er heiser. »Du kannst dir nicht vorstellen, wie erleichtert ich war, dass du einfach nur deine Kunststücke gezeigt hast. Okay, ziemlich knapp bekleidet und ausgesprochen sexy, aber das war es dann auch. Zum Glück, denn das, was deine Kollegin auf der Bühne abgezogen hat, war …«

Hastig lege ich ihm einen Finger auf die Lippen. »Das will ich gar nicht wissen. Küsst du mich jetzt endlich?«

Meine Müdigkeit ist wie weggeblasen und alles in mir sehnt sich nach Calans Umarmung, nach seinen Lippen, seinen Händen auf meinem Körper.

Er lacht leise und streicht mit einem Finger über meine Unterlippe. »Annie Fairfield, du bist die zäheste, reizvollste und faszinierendste Frau, die mir je begegnet ist.«

Und dann küsst er mich. Zärtlich, fast vorsichtig, berühren seine Lippen die meinen. Unsere Blicke verschmelzen zu einem emotionsgeladenen See der Sinne aus Blau und Grün, darunter Calans männliches Aroma, ein Hauch Pflaumenwein, die Andeutung von Honig und asiatischem Chili. So süß, so scharf. Dann kann ich nicht anders und senke meine Lider, lasse es zu, dass unsere Zungen miteinander spielen. Oh ja, der Mann kann höllisch gut küssen, natürlich habe ich das nicht vergessen, doch im Gegensatz zu dem verlangenden, fordernden Kuss bei unserem heftigen Aufeinanderprallen im Whisky-Keller liegt in diesem eine unglaubliche Zärtlichkeit und die Frage, ob ich bereit für mehr bin.

Meine Antwort äußerst sich in einem Stöhnen, das mir nicht nur aus der Kehle, sondern direkt aus meinem Herzen quillt. Calan versteht. Sanft öffnet er meinen Bademantel.

Kein Gedanke mehr, was danach ist, was morgen ist oder in ein paar Monaten. Vielleicht sehen wir uns nie wieder. Mag sein. Die Gedanken wabern wie Nebelfetzen durch meinen Kopf, während Calans Finger behutsam über meinen Hals streichen, mein Dekolleté berühren und meine Brüste umkreisen. Ich werde fast wahnsinnig, so sehr will ich, dass er mich überall küsst. Und doch warnt mich etwas sehr eindringlich. Entschlossen ignoriere ich diese innere Stimme. Ja, ich weiß, Calan ist ein Mann, der mir wehtun kann. Richtig weh. Scheiß drauf! Wenn es so sein soll, soll es eben so sein. Auch das werde ich überleben, aushalten, aussitzen.

Ich habe mich rettungslos in diesen Mann verliebt. Und wenn das unsere einzige Nacht sein soll, dann habe ich wenigstens etwas, an das ich mich in einsamen Nächten klammern kann.

Mit einem Mal fühle ich mich hochgehoben und schlinge instinktiv die Arme um seinen Hals.

Mit dem Fuß stößt er die Tür zu einem der Schlafzimmer auf, wo sich bei unserem Eintritt ein warmes, fast orangefarbenes Licht hinter dem mit dunklem Leder bezogenen Kopfteil des Bettes ausbreitet.

Fast will ich aufbegehren, als Calan mich auf die Füße stellt, sich mit beiden Händen durch die Haare fährt und am ganzen Körper zu beben scheint. Genauso wie ich.

»Annie, ich … Wir … Wir sollten nichts tun, was wir anschließend bereuen könnten.«

»Dein Ernst?« Ungläubig von Wolke Sieben geschubst sehe ich ihn an. Dann wird mir klar, dass dieser Moment für ihn mehr bedeuten muss.

Diese Erkenntnis berührt mich tief und ich schlucke heiße Tränen runter. Verdammt, die haben hier jetzt aber mal absolut gar nichts verloren. »Calan«, krächze ich und beginne von vorne. »Calan, selbst wenn wir morgen irgendetwas bereuen von dem, was wir gleich tun werden … Verdammt, dann ist das ebenso. Aber jetzt … Herrje! Falls du es nicht bemerkt haben solltest, ich glühe noch heißer als Lava, und zur Hölle, ich will dich endlich in mir spüren. Und du willst mich auch. Sollte ich mich täuschen, was ich nicht glaube, wäre jetzt eine gute Gelegenheit, mir ein Taxi zu rufen.«

Mein Herz rast, mein Atem geht stoßweise. Ihm geht es nicht anders, das sehe ich genau.

Dann fängt er an zu lachen.

Lacht er mich etwa aus? Also, das ist ja … Wütend hebe ich die Hand, um ihm eine runterzuhauen.

»Stop! Nein, halt. Ich … Verzeih, Annie.« Ruckartig zieht er mich an sich. »Du bist einzigartig. Du bist witzig. Außerdem unverschämt ehrlich und herrlich offen. Und ja, ich will dich so sehr, dass es wehtut!«

In der nächsten Sekunde küsst er mich, öffnet meinen Bademantel und seine Hände gleiten über meinen Rücken, fahren hinunter zu meinem Po.

»Gott, Annie … Annie«, haucht er immer wieder meinen Namen zwischen seinen Küssen. Dann stockt er. »Du hast ja gar nichts drunter?«

Ich zucke mit den Schultern. »Robs Unterwäsche schien mir dann doch etwas unpassend.«

»Du hast sie anpro…?« Amüsiert sieht er mich an.

»Natürlich nicht! Wollen wir reden oder vögeln? Im Übrigen hast du im Gegensatz zu mir viel zu viel an.« Umgehend streife ich ihm das Shirt hoch. Er hebt die Arme, hilft nach und schleudert das Shirt von sich.

Sein Anblick raubt mir den Atem. Fast schon ehrfürchtig streiche ich mit den Fingerspitzen über seine harten Bauchmuskeln. Jetzt hält mich nichts mehr. Das Knistern zwischen uns ist kaum auszuhalten und meine Mitte beginnt, sich schmerzhaft schön zusammenzuziehen. Erregt bis zum Anschlag öffne ich den Knopf seiner Jeans und will den Reißverschluss, aufziehen, da schiebt Calan mich zurück.

»Nichts da, du kleine Hexe, heute lassen wir es langsam angehen. Ich gebe das Tempo vor.«

»Aber …«

»Scht.« Mit unerträglicher Langsamkeit streift er mir den Bademantel ab und ich stehe nackt vor ihm. Er sieht mich einfach nur an und ich strecke eine Hand aus, berühre seine harte Brust. Zwei perfekte Vierecke über einem ebenso perfekten Sixpack.

Wortlos streicht er mir von den Schultern über die Brüste hinab bis zum Bauch. Dort gleiten seine Hände weiter zu meinen Hüften, schließen sich um meine Pobacken. »Leg dich hin«, flüstert er und tritt nah an mich heran, drängt mich mit seinem Körper zurück, bis ich den weichen, gepolsterten Rand des Betts an meinen Kniekehlen spüre.

Mit einem langen, sehnenden Seufzen sinke ich auf das Bett, strecke die Arme nach ihm aus.

Scheiß auf alle griechischen Götter! Die haben Calan noch nicht gesehen. Der zieht sich jetzt aus, bis er ebenfalls nackt ist. Seine Lust reckt sich mir entgegen und ich kann mich gar nicht sattsehen an ihm.

Hin und her gerissen zwischen dem Wunsch, für immer in diesem Moment zu verharren, weil er so unglaublich einzigartig ist, und dem Gefühl, diesen Mann auf der Stelle in mir spüren zu müssen, schließe ich die Augen und lache leise. »Das halt ich nicht aus. Das ist Folter auf höchstem Niveau.«

»Das Beste kommt immer zum Schluss«, sagt er rau und seine Brust hebt und senkt sich schnell. Langsam klettert er über mich. Seine Hände sind links und rechts neben meinem Kopf und ich biete ihm meine Lippen an, spreize die Beine und mein Becken zuckt von ganz alleine.

Auf der Skala von 1 bis 10 der sexuellen Spannung befinde ich mich auf zwölf. Mindestens! Denn Calan quält mich mit seiner Langsamkeit. Wie kann er nur so beherrscht sein? Ich spüre doch, dass er ebenso wie ich fast platzt vor Lust. Trotzdem kostet er in aller Seelenruhe jeden Millimeter meines Körpers mit seiner Zunge, vom Ohrläppchen über meine empfindliche Stelle am Hals bis hinunter zu meinen Kniekehlen. Der Weg von meinem Bauchnabel abwärts, über die Innenseite der Schenkel fordert mir alle Geduld ab, die ich aufbringen kann.

Schluss mit Beherrschung! Ich halte das nicht mehr aus!

Ruckartig hebe ich den Oberkörper an, packe Calan sanft an den Haaren und ziehe ihn zu mir hoch. Bevor er etwas sagen kann, küsse ich ihn hart und verlangend. Gleichzeitig schlinge ich meine Schenkel um ihn und drücke mit den Fersen gegen seinen festen Hintern.

Endlich! Endlich spüre ich das ganze Gewicht seines atemberaubenden Körpers auf mir und schreie spitz auf, als er mit einem rauen Stöhnen tief in mich eindringt. Wie versteinert bleiben wir liegen, küssen uns, flüstern uns zärtliche Worte zu, dann bewegt er sich langsam in mir. Quälend langsam. Damit schürt er meine Lust nur noch mehr, und ich will nur noch eines: mit Calan gemeinsam über die Klippe in die tosende Gischt des ultimativen Orgasmus springen. Denn ich spüre schon jetzt, dass eine Nacht mit Calan nicht nur auf meinem Körper Spuren hinterlassen wird, die ich ewig behalten werde. Lustvoll schreie ich auf, als er sich plötzlich schneller bewegt, dabei seine Hände in meinen Po krallt, und mich mit einem Verlangen küsst, das mich ungehemmt mit sich reißt.

In dieser Nacht bekommen wir herzlich wenig Schlaf.

Viele Stunden später streiche ich über Calans dichte Haare. Mit dem Kopf auf meinem Bauch ist er eingeschlafen. Ich schlucke, wische mir eine Träne von der Wange und drehe den Kopf zum Fenster.

Draußen wird es langsam hell, die Morgendämmerung setzt bereits ein. Und ich schwöre, ich habe noch nie so einen wunderbaren Tagesanbruch wie diesen erlebt. Zitternd atme ich ein, wieder aus, und wage nicht, mich zu bewegen oder gar einzuschlafen. Dieser Moment kommt nie wieder. Ich will ihn festhalten, so lange es geht.

Sie sieht so unglaublich niedlich aus, wenn sie schläft. Ich widerstehe dem Drang, sie zu berühren. Auf keinen Fall will ich sie jetzt schon wecken.

Mein Herz quillt fast über vor Glück und noch vor weniger als einem Tag hätte ich jeden ausgelacht, der mir erzählt hätte, dass ich so empfinden kann.

Vielleicht hätte ich ihm geglaubt, wenn … Ja, wenn ich zuerst Annies leises Lächeln gesehen hätte, das jetzt ihr Gesicht wie das eines Engels erscheinen lässt. So bezaubernd schön. Alles an ihr ist wundervoll, von den wallenden Haaren bis hinunter zu ihren Füßen und der winzigen, tätowierten Rose am Knöchel. Tatsächlich gibt es keine einzige Stelle an Annie, die ich nicht anbete. Und ich kenne sie alle, denn in der Nacht habe ich jeden Quadratzentimeter ihres Körpers eingehend studiert. Bis hin zu der kleinen Narbe an ihrer Achillesferse, die sie sich als Kind bei einem Sturz vom Fahrrad zugezogen hat.

Ohne Fionas Fiasko im Whisky-Keller wäre ich möglicherweise niemals auf die absurde Idee gekommen, nach Nottingham zu fliegen. Ich muss ihr eigentlich dankbar sein. Aber dass ich jetzt hier bin, habe ich zu einem Teil auch Rob zu verdanken, der mir beim Joggen von sich und Sarah erzählt hat. Und wie er in ihr von Heute auf Morgen die große Liebe fand und sich das erst nicht eingestehen wollte. Tja, wer hätte gedacht, dass es mir ähnlich geht?

Spontan – und weil ich einfach nicht mehr anders kann – hauche ich einen sanften Kuss auf ihre Wange. Gott, diese Frau duftet so verdammt gut und so wahnsinnig betörend. Sofort spüre ich ein Ziehen in meinen Lenden, und die Sehnsucht nach ihrer Umarmung und ihrem Körper wird übermächtig.

Ein Glücksgefühl durchströmt mich. Kaum zu fassen, mir ist, als könne ich nicht mehr eine Minute ohne sie überleben. Und schon gar nicht ist es mir möglich, sie anzusehen, ohne sie anzufassen.

Wie lange sehe ich sie eigentlich schon an? Ich schiele auf meine Armbanduhr. Halbe Stunde. Geht ja noch. Aber alles muss auch mal ein Ende haben.

Leise stehe ich auf, nehme meine Klamotten und schleiche mich aus dem Schlafzimmer. Nach einer schnellen Dusche ziehe ich mich an und verlasse das Penthouse.

Annie

Das Klacken einer Tür lässt mich aufschrecken. Mein erster Blick gilt der leeren Stelle neben mir, und auf Anhieb krallt sich eine eiskalte Faust in meine Eingeweide.

»Calan?!« Alarmiert schwinge ich die Beine aus dem Bett. Wo ist der Bademantel? Ah, da. Ich springe auf …

»Autsch!« Irgendwas hat mich von hinten touchiert und ich lande der Länge nach auf dem Boden.

»Guten Morgen, Annie. Trockenübung für die Meisterschaft im Brustschwimmen? Ich hoffe aber sehr, du hast dann mehr an. Sonst könnten einige Männer auf die Gedanken kommen, die ich jetzt habe, wenn ich dich so liegen sehe.«

»Mein Gott, Calan …«, sage ich lachend und schiebe mich in den Vierfüßlerstand. Duftet es etwa nach Kaffee?

»Also, Gott ist leicht übertrieben. Aber bleib so, bitte. Das ist der perfekte Platz für das Frühstückstablett.«

»Untersteh dich!« Grinsend komme ich hoch und schlüpfe in den Bademantel. »Du hast eingekauft?«

Er stellt das Tablett mitten aufs Bett. »Höchstpersönlich. Kaffee, ganz wichtig. Milch, Zucker, gekochte Eier, Toast, Marmelade. Ich hoffe, das reicht. Darf ich bitten?«

»Kaffee! Oh, ja. Kaffee! Drei Liter bitte.« Selig lächelnd folge ich seiner Einladung, lasse mich ihm gegenüber im Schneidersitz nieder und fülle zwei bauchige Tassen mit der herrlichen schwarzen Brühe.

Der Himmel liegt in einem Penthouse in Nottingham, nur um das nebenbei erwähnt zu haben.

»Darf ich dich fragen, ob du …«, beginnt Calan, doch im selben Moment fällt mir siedend heiß ein, dass heute Dienstag ist.

»Ach du Sch…! Wie spät ist es?!«

»Kurz nach acht. Wieso? Oh, musst du etwa in die Redaktion?«

Panisch springe ich auf, renne aus dem Schlafzimmer. Wo sind meine Sachen? Ich renne wieder rein.

Calan sieht mich an, als wäre ich ein durchgeknalltes Frettchen. Gut, so fühle ich mich auch, also alles okay.

»Hose?«

»Hab ich auf die Terrasse gehängt zum Lüften.«

»Terrasse … danke!« Umgehend rase ich ins Wohnzimmer, öffne die Schiebetür und schnappe mir Hose, Shirt und … ähm … meinen Spitzenslip und haste ins Bad.

Als ich rauskomme, hält mir Calan ein Telefon hin. »Ruf Susan an und sag, dass du später kommst. Wenn du in diesem Zustand ins Auto steigst, fürchte ich um das Leben vieler Menschen.«

»Da kannst du recht haben. Danke! Dein Telefon?« Ich nehme das Gerät in die Hand. »Ach nein, Robs Telefon, ich Dummnuss.« Dann wähle ich die Nummer der Redaktion.

»Hi Rob«, begrüßt sie mich. »Wieso bist du in Nottingham, solltest du nicht Richtung Bahamas unterwegs sein?«

»Äh, nein. Also doch, sollte er. Ich allerdings nicht. Hi, Susan. Hier ist Annie.«

Natürlich will sie wissen, was ich in Robs Penthouse mache, und ich druckse mich um eine deutliche Antwort herum.

Calan schüttelt schmunzelnd den Kopf und nimmt mir den Hörer aus der Hand.

»Hallo Susan, hier ist Calan.«

Während er ihr mit knappen Worten erklärt, wie wir beide hier gelandet sind, schlendert er in die Küche. Ich tappe hinterher, besinne mich jedoch anders, rase ins Schlafzimmer, greife mir unsere zwei Tassen und eile zurück in die Küche.

»Ja, klar. Ab Freitag. Sicher. Sie … Oh, Moment, da kommt sie gerade mit Kaffee.« Er grinst mich an. »Annie? Susan fragt, ob du den Artikel über Selbstbewusstsein durch Sport bis Donnerstag im Kasten hast.«

»Äh, ja … klar.« Irritiert stelle ich die Tassen auf den Tisch, plumpse auf den Stuhl und verfolge das weitere Gespräch mit großer Skepsis.

Na, die beiden scheinen sich ja prima über meinen Kopf hinweg einig zu werden. Bei was auch immer. Ich verstehe nur: »Voller Erfolg. Klasse. Zwei Wochen? Ach, komm. Drei. Wunderbar. Grüß Ann Terry von mir.«

Calan legt auf und scheint sich diebisch zu freuen. »Alles geregelt.«

»Interessant. Die Temperatur? Die Wasserstandsanzeige? Was zur Hölle meinst du genau?«

»Du kannst heute später kommen, solltest aber bis 10 Uhr da sein. Und sobald du diesen Artikel – sehr interessantes Thema übrigens, von dem du mir auf *Granthouse* mehr erzählen kannst – also, sobald …«

»Bitte, wo?«, unterbreche ich und verschlucke mich fast am Kaffee.

»Du hörst einfach nicht zu. Also … du schreibst diesen Artikel bis Donnerstag, und ab Freitag hast du drei Wochen Urlaub.« Er steht auf, reißt mich an den Händen zu sich, hebt mich hoch und wirbelt mich durch die Küche.

»Bist du irre? Wieso habe ich Urlaub. Hey, mir wird schwindelig!« Lachend falle ich in seine Arme, als er endlich aufhört, sich um die eigene Achse zu drehen. Atemlos blicke ich zu ihm auf. »Schön, dass du dich freust. Darf ich jetzt auch wissen, warum ich meinen kompletten Jahresurlaub nehmen soll?«

»Na ganz einfach«, sagt er breit grinsend und nimmt mich fest in den Arm. »Damit ich dich mit nach Schottland nehmen kann. Du erinnerst dich? Urlaub auf *Granthouse*. Und wir beide haben drei Wochen die Möglichkeit, uns kennenzulernen.«

»Hm, das ist allerdings etwas auf der Strecke geblieben. Aber was sagt deine Mutter dazu? Und Fiona?«

»Fiona? Sie will sich sowieso bei dir entschuldigen. Im Prinzip ist sie ein echt dufter Kerl. Finden wir es einfach heraus. Zu meiner Mutter: Ich habe vorhin, als du noch geschlafen hast, mit ihr telefoniert.«

»Und? Was hat sie gesagt?« Angespannt wippe ich mit dem Fuß. Jaha, geht offenbar auch im Stehen, man lernt nie aus.

»Um sie wortwörtlich zu zitieren«, beginnt er und legt eine kleine, spannungsgeladene Pause ein. »Hol die Kleine her. Und mit Fiona werde ich noch heute ein Wörtchen reden!«

»Das hat sie gesagt?« Ich bin platt. Aber irgendwie passt es zu Brianna. Wir mögen uns. Es liegt nur eben der Vorfall im Whisky-Keller dazwischen. Oder besser: lag.

»Nein, ich schwindle dich an.«

Tausend Gedanken schwirren durch meinen Kopf.

»Was ist mit Mella? Sie braucht mich doch. Ich kann doch nicht einfach für drei Wochen wegfahren!«

Calan lächelt das einfach weg. »Rede mit ihr, ist ja noch ein paar Tage Zeit. Ich denke mir jedoch, jetzt, wo Ian hinter Schloss und Riegel ist, ist die Lage entspannter. Ich bleibe diese Woche hier. Wenn du willst, kannst du auch hier bei mir im Penthouse bleiben. Sozusagen als Übung für den Ernstfall.«

»Puh, das muss sich erstmal setzen.« Ich angle nach der Tasse und kriege sie zu packen. Nach zwei Schlucken laufen die Zahnräder im Hirn tatsächlich besser. Bilde ich mir zumindest ein. »Ich kann nicht weg, mein neuer Wagen kommt am Samstag.«

»Anrufen. Du brauchst ihn sowieso erst nach deiner Rückkehr. Oder lass ihn Mella holen, dann hat sie einen Wagen, während du weg bist.«

Nachdenklich nippe ich am Kaffee. »Klingt vernünftig …«

Und während ich so dastehe, einfach nur in Calans unglaublich blaue und glücklich strahlende Augen sehe und immer noch nicht glauben kann, was ich soeben gehört habe, nimmt er mir wortlos die Tasse ab, stellt sie zurück, führt meine Hand zu seinen Lippen und küsst jeden einzelnen Finger.

»Wir haben noch eine gute Stunde für uns«, flüstert er und verursacht mir mit seiner dunklen, leicht rauen Stimme eine Gänsehaut. »Darf ich Sie in dieser Stunde zu einem köstlichen Frühstück ins Nebenzimmer einladen, Mrs Fairfield? Wäre schade um den Kaffee, die Eier und den leckeren Toast. Außerdem habe ich ziemlichen Hunger.« Er zieht mich an sich und vergräbt sein

Gesicht in meinem Haar. »Das geht mir immer so, wenn ich mich körperlich verausgabt habe.«

»Frühstück?«, kichere ich. »Ich dachte schon, du willst dort weitermachen, wo wir heute Nacht aufgehört haben.«

»Ja, wir müssen uns tatsächlich noch etwas besser kennenlernen. Aber eines weiß ich bereits, Annie.« Er seufzt lange auf, nimmt mein Gesicht in seine Hände und sieht mich ernst an. »Ich bin verliebt. In dich. Ziemlich verliebt, Annie.« Dann küsst er mich. Sehr sanft, sehr lange und mein Herz wird weit, so weit, dass ich springen und jauchzen, weinen und lachen will. Und ich will ihm so gern sagen, dass auch ich mich Hals über Kopf in ihn verliebt habe, aber das geht ja nicht, hab den Mund nicht frei.

Oh ja, jede Zelle in mir will es laut in die Welt rufen: Ich bin verliebt!

Scheiße aber auch! Wer hätte das gedacht?!

Mein Herz klopft und ich spüre, dieser Kuss ist weit mehr, als Worte es ausdrücken können. Ein neues Gefühl macht sich in mir breit. Fühlt es sich so an? Fühlt sich Verliebtsein so an? So zuckersüß, lieblich, wohlig warm und zugleich prickelnd? Wenn ja, dann ist das jetzt wohl amtlich:

Ich, Annie Fairfield, bin verliebt!

Epilog

Wie schnell doch zwei Wochen vergehen.

Mir ist, als wäre ich erst seit wenigen Tagen hier bei Calan, in diesem wunderschönen, altehrwürdigen Landhaus.

Der Herbst hält jetzt Einzug und es hat deutlich abgekühlt. Versonnen blicke ich über das Grundstück, am Steg vorbei auf den Loch Shiel. Die Sonne geht bereits unter und streichelt mit ihren orangeroten Fingern über die Wasseroberfläche.

Leicht fröstelnd schmiege ich mich in Calans Arme. Wir stehen vor dem Wintergarten und ich lausche seinen Worten, als er mir vom *Granthouse* erzählt.

»Mein Ur-Ur-Urgroßvater hat die Steinvilla gebaut und …«

»Hast du nicht noch ein Ur vergessen?«, bemerke ich schmunzelnd.

»Oder eines zu viel. Ehrlich gesagt, keine Ahnung. Aber einer meiner Vorfahren hat das schottische Landhaus bereits in der Mitte des siebzehnten Jahrhunderts erbaut. Der Pool kam erst später.«

»Nicht wahr …« Ich drehe mich um, kuschle mich dicht an ihn und blicke zu ihm hoch. Noch immer kann ich es kaum glauben, dass ich hier mit Calan stehe, er seine Arme um mich legt und mich mit einer Zärtlichkeit ansieht, die mich mit einer behaglichen Wärme erfüllt.

»Du bist das Beste, was mir in meinem Leben passiert ist, Annie«, sagt er leise in mein Haar hinein. »Und ich muss meinem Vater recht geben.«

»Deinem Vater?«

»Hm, ja. Keine Ahnung, warum mir dieser Satz von ihm gerade jetzt wieder einfällt. Vielleicht, weil er wahr ist. Als Siebzehnjähriger habe ich Dad für diesen Spruch ausgelacht. Jetzt weiß ich, dass in ihm unglaublich viel Weisheit steckt.«

Ich lege meinen Kopf an Calans Brust und schließe die Augen. »Was hat er gesagt?«

»Nur die Liebe einer Frau macht dich zum Mann.«

»Er muss deine Mutter sehr geliebt haben.«

»Das hat er.« Calan seufzt lange auf, dann drückt er mich von sich weg. »Morgen habe ich eine fantastische Tour für uns geplant. In aller Frühe fahren wir los. Ich zeige dir den Silberstrand von Morar. Du wirst begeistert sein.«

»Silberstrand?«

»Glitzernde weiße Strände, fast schon karibisches Flair. Unser Schottland hat viel mehr zu bieten als Whisky und Nessie. Ab Arisaig nehmen wir eine Fähre. Aber du solltest ein paar warme Sachen mitnehmen, abends wird es dort sehr kühl, und wir verbringen ein, zwei Nächte dort.«

»Du hast schon ein Zimmer gebucht? Ach, wie toll. Ich freue mich drauf, noch mehr von Schottland zu sehen.« Freuen ist leicht untertrieben, ich kann es gar nicht abwarten. Es klingt komisch, aber in den letzten zwei Wochen habe ich entdeckt, dass dieser Teil der Erde so wunderschön ist, dass ich am liebsten gar nicht mehr nach Nottingham möchte. Schon wenn ich daran denke, vermisse ich die frische Luft, die atemberaubende Landschaft und ihre beruhigende Wirkung auf meine Sinne.

»Kein Hotel. Ich habe dort eine kleine Hütte. Nichts Besonderes, zwei Zimmer, eine Veranda mit einem fantastischen Blick über die Inseln Skye, Rum und Eigg.

Und einen offenen Kamin. Ich fürchte jedoch, wir müssen Holz hacken.«

»DU musst Holz hacken. Aber ich kann uns etwas kochen. Eine kleine Hütte …«, schwärme ich. »Das klingt romantisch.«

»Ist es auch, wenn wir sauber gemacht haben. Ich war seit vielen Jahren nicht mehr dort. Ich hoffe, das ist okay für dich?« Fragend sieht er mich an.

»Das Saubermachen oder dass du schon lange nicht mehr dort warst? Ach, Calan. Ich freu mich so auf morgen, dass …«

Mitten in diesen schönen Moment klingelt mein Handy. Ich hätte es ausstellen sollen.

»Willst du nicht rangehen?«, fragt Calan.

»Eigentlich nicht … Ach, was soll´s.« Seufzend, weil es jetzt auch egal ist, bereits das Klingeln hat mich aus dem Zauber gerissen, fische ich das Handy aus der Jeanstasche.

»Hi Mella, was gibt´s?«, melde ich mich und gebe Calan mit einer Handbewegung zu verstehen, dass er gerne bleiben kann.

Beim nächsten Wimpernschlag föhnt es mir fast den Ohrring weg, so laut quietscht Mella in den Hörer.

»ANNIE! Ich hab eine Wohnung gefunden!«, erklärt sie anschließend, zwar immer noch laut, aber immerhin hat es so auch Calan verstanden. Der hebt einen Daumen.

»Das ist ja fantastisch, Schwesterherz!«, freue ich mich mit ihr. »Wo? Wie groß? Wie teuer? Balkon dabei?«

»Sogar ein Garten! Und es ist fast bei dir um die Ecke. Du kennst die kleine Reihenhaussiedlung? Da! Nicht groß, so vielleicht achtzig Quadratmeter, aber total süß und mit einem Garten und … Es liegt noch unter meinem Budget! Frag mich mal, wann wir einziehen können.«

»Wann könnt ihr einziehen?« Ich komme aus dem Grinsen nicht mehr heraus und würde jetzt am liebsten mit ihr zusammen im Kreis hüpfen.

»SOFORT! Ist das irre, oder was? Die Jungs packen schon ihr Spielzeug ein.«

Nachdem ich ihr versichert habe, ihr beim Umzug zu helfen, wenn ich wieder in Nottingham bin, stecke ich überglücklich das Handy zurück.

Calan nimmt mich in den Arm. »Wenn ich darf, komme ich mit und helfe.«

Plötzlich öffnet sich die Tür zum Wintergarten.

»Hab ich da eben was von helfen gehört?« May streckt ihren Kopf heraus.

Wie ertappt fahren wir herum. »Sorry, May«, sage ich schuldbewusst. »Irgendwie haben wir uns hier draußen festgeredet und eben hat noch meine Schwester angerufen.« Ich packe Calan bei der Hand und ziehe ihn in die Wärme des Hauses. Es duft herrlich nach irgendetwas Gebratenem. »Was kann ich tun?«

»Nichts«, lächelt sie mich an. »Wir warten nur noch auf euch.«

Fast alle haben sie schon an dem riesigen Holztisch Platz genommen: Rob und Sarah, Emilio und May, Fiona und Andrew. Calans Mutter stellt gerade eine Schüssel mit Kartoffelbrei auf den Tisch.

»Das riecht lecker«, sagt Fiona. Seit unserer Aussprache wirkt sie absolut nett und herzlich auf mich. Ich mag sie sehr und ich glaube, das beruht sogar auf Gegenseitigkeit. Wir beide sind zwar grundverschieden, aber trotzdem verstehen wir uns.

Als hätte sie meine Gedanken erraten, klopft sie auf einen der beiden freien Stühle neben sich. »Kommt zu mir, ihr zwei, setzt euch. Wer weiß, ob ihr in Morar zum Essen kommt.« Sie zwinkert verschwörerisch, und ich will etwas erwidern, komme aber nicht dazu.

Calan beugt sich an mir vorbei zu Fiona. »Wolltest du nicht diesen James mitbringen?«, fragt er leise.

»Pscht! Davon wissen nur du und Annie. Es ist noch zu früh. Schließlich habe ich ihn erst zwei Mal getroffen.«

»James? Wer ist James?« Brianna wirft uns einen interessierten Blick zu.

»Ach, nur ein Bekannter«, winkt Fiona ab.

»Aha …« Calans Mutter lächelt wissend und setzt sich. »Wie schön, dass ihr alle hier seid. So eine Zusammenkunft hatten wir schon lange nicht mehr. Das sollten wir öfter tun. Und jetzt lasst es euch schmecken.«

Zustimmendes Gemurmel. Dann wird gegessen.

»Wein oder Wasser, Mrs Fairfield?«, fragt Andrew, der keine Butlerkluft trägt, sondern Jeans und ein kariertes Hemd.

»Annie, bitte«, antworte ich und setze mich. Irgendwie erscheint mir die förmliche Anrede mittlerweile unpassend.

Er zieht verwundert die Augenbrauen hoch. »Dieses Getränk haben wir leider nicht vorrätig.«

»Dann Wasser«, grinse ich und bedanke mich bei Brianna, die jetzt Kartoffelbrei auf meinen Teller häuft, eine Kuhle hineindrückt und sie mit Hackfleisch füllt. Es duftet einfach nur köstlich. »Mince and Tatties … Ich liebe es!« Erst jetzt merke ich, welchen Hunger ich habe.

Wir essen alle mit großem Appetit und gelegentlich merke ich, wie Calan mich immer wieder ansieht.

»Hab ich mich bekleckert?« Instinktiv fasse ich mir ans Kinn, doch Calan lacht nur und drückt mir einen Kuss auf die Wange.

»Leider nein«, sagt er leise. »So ein bisschen Hackfleisch von dir zu lecken, hätte was.«

»Calan!«, antworte ich gespielt entrüstet.

»Ach, Annie«, lenkt mich Brianna ab. »Heute war ich mit meinen Freundinnen in Fort William. Dort wird gerade ein riesiger Fitness-Tempel fertiggestellt. Und sie suchen … halt dich fest … eine Trainerin für Poledance-Kurse. Das wäre doch etwas für dich, oder?«

Statt meiner antwortet Sarah. »Echt?« Sie blickt mich mit großen Augen an. »Hey, das Hobby zum Beruf machen. Wer träumt nicht davon?«

»Ich … äh … aber ich habe doch einen Job. Ich kann mir nicht vorstellen, dass so ein Trainerjob gut bezahlt wird. Und außerdem … Nein. Das geht nicht.« Um nicht weiterreden zu müssen, schiebe ich mir so viel Kartoffelbrei mit Hackfleisch in den Mund, als wäre ich ein Streifenhörnchen und müsste Vorrat für den Winter anlegen.

»Artikel kannst du auch schreiben, ohne in der Redaktion zu sitzen. Als freier Mitarbeiter zum Beispiel. Oder? Geht doch?« May sieht Sarah fragend an.

»Klar, wenn Susan ihr Okay gibt.«

Alle Augen ruhen auf mir, und ich stelle fest, dass ich zuviel Kartoffelbrei im Mund habe. Also zucke ich nur die Schultern. Trainerin werden … Daran hatte ich noch nie gedacht. Aber die Vorstellung hat etwas sehr Verlockendes. Allerdings möchte ich auch nichts übers Knie brechen. Ich schlucke runter und spüle mit Wasser nach.

Calan sieht mich mit einem seltsam freudigen Gesichtsausdruck an. »Klingt interessant, finde ich.«

»Ich kann mir das Stellenangebot ja mal ansehen«, sage ich nachdenklich und wende mich wieder meinem Essen zu.

»Ja, warum nicht?«, meldet sich Brianna zu Wort. »Vielleicht werden fest angestellte Trainer ja ganz gut bezahlt.«

»Vielleicht, ja«, murmele ich.

»Festanstellung?«, fragt May interessiert nach.

Brianna nickt. »Stand so auf dem Aushang.«

Ich blicke auf. »Das wundert mich. Meistens werden freiberufliche Trainer nur stundenweise eingesetzt.« Das Letzte, was ich will, ist, mich selbstständig machen. Aber bei einer Festanstellung …

»Wahrscheinlich wirst du noch andere Bereiche mitbetreuen müssen. Theke, eventuell noch andere Kurse, Bürokram …«, sagt Emilio.

»Ich? Na, für dich scheint das ja schon klar zu sein?«, grinse ich. »Wie gesagt, ich kann es mir ja mal ansehen.«

Hm. Mein Hobby, an dem ich mit Herzblut hänge, zu meinem Beruf zu machen, und meine Kenntnisse weiterzugeben wäre ein Traum, wenn ich ehrlich sein soll. Und wenn ich nebenher weiter Artikel schreiben könnte … Oh, vielleicht wäre es möglich, auch neue Poledance-Figuren einzuführen, die ich mir ausgedacht habe. Je länger ich darüber nachdenke und Kartoffelbrei kaue, umso mehr fühle ich mich fast euphorisch. Aber ich muss auch an Mella denken.

»Ach wie toll!« Sarah freut sich und strahlt über das ganze Gesicht. »Wenn du magst, begleite ich dich und wenn es dir zusagt, dann …«

Andrew rettet mich aus der Situation. »Wer möchte Nachtisch?«

»Was gibt es denn?«, fragt Emilio und schiebt seinen jetzt leeren Teller von sich. »Im Prinzip bin ich satt, wenn es allerdings Cranachan geben sollte …«

»Ja, Mr Munro, Mrs Dewar hat sie zubereitet und mitgebracht.«

»Cranachan?« Calans Augen beginnen zu leuchten. »Das sagt ihr jetzt erst? Jetzt, wo ich zwei Portionen Mince and Tatties in mich reingestopft habe?«

»Ja, glaubst du etwa, ich komme zu so einem Festmahl und bringe nichts mit?«

Wenig später bin ich so satt, dass ich glaube, mich nicht mehr rühren zu können. Cranachan ist ab sofort mein Lieblingsnachtisch. Dieses himmlische Dessert, das Fiona in Gläsern angerichtet und das aus Schlagsahne, Whisky, Honig, Himbeeren und geröstetem Hafer besteht, ist eine kulinarische Sünde. Wahrscheinlich setzt sie sich auf der Stelle als zusätzliche Pfunde auf den Hüften ab. Aber Himmel, das ist es wert!

»Du hast da was ...« Calan beugt sich zu mir und küsst mich auf den Mundwinkel. »Sahne. Hmm, lecker. Sahne und Annie. Können wir das heute Nacht intensivieren?«

»Wie meinst du das genau mit dem Intensivieren?«, frage ich schmunzelnd und so leise, dass es hoffentlich niemand hören kann.

Seine Antwort ist nur ein Blick, aber in ihm liegt alles, was sich eine Frau nur wünschen kann.

Und irgendwie brennen mir plötzlich heiße Tränen in den Augen. Ich schlucke sie mit etwas Wasser hinunter. Dieser Moment ist eigentlich nichts Besonderes. Ich sitze mit ein paar Menschen an einem Tisch und esse ein schottisches Dessert. Tatsächlich jedoch habe ich das Gefühl, als würde sich in ebendieser Minute das Rad des Schicksals drehen. Das hier sind nicht nur ein paar Menschen. Es fühlt sich an wie Familie oder wie das Beisammensein guter Freunde. Dass ich seit Kurzem ein Teil davon bin, wird mir in diesem Moment bewusst. Und neben mir sitzt Calan, mein

Thor. Ergriffen atme ich die hochsteigenden Tränen weg und mein Herz quillt fast über vor Liebe zu diesem Mann.

Unter dem Tisch nehme ich seine Hand, beuge mich etwas zu ihm und flüstere: »Calan, ich … «

Er sieht mich nur an, streicht mit dem Daumen sachte über meinen Handrücken und beugt sich nah zu mir.

»Ich liebe dich, Annie. Oh, da ist ja noch … Darf ich …?«

»Hey …« Lachend weiche ich zurück und tupfe mir mit der Serviette den Mund ab. »Können wir damit warten, bis wir …«

Im nächsten Moment zieht er mich hoch und nickt in die Runde. »Wir müssen dann zu Bett. Morgen werden Annie und ich früh aufstehen. Vielen Dank für das hervorragende Essen. Habt noch einen schönen Abend. Ach, Màthair? Ist noch Sahne da?«

Ende

Liebe Leserinnen und Leser,

Hat Ihnen **Late Summer Hope** gefallen und Sie sind neugierig auf weitere Romane aus meiner Feder geworden? Dann würde ich mich über Ihre Meinung freuen. Ihr Feedback hilft nicht nur anderen Lesern, Neues zu entdecken, sondern auch mir, um nachvollziehen zu können, was aus Lesersicht in diesem Buch gefallen oder weniger gut gefallen hat. Nur so kann ich mich als Schriftstellerin weiterentwickeln. Darüber hinaus sind Ihre Eindrücke als ehrliches Leser-Feedback eine immense Wertschätzung. Dabei müssen es nicht viele Worte sein.

Daher würde ich mich sehr über Ihr Feedback freuen, ganz besonders in Form einer Bewertung auf Amazon.

Ihre

Jo Berger

Lesen Sie auch …

Der #1 Kindle Bestseller Liebesroman 2018!

Verliebt, verlobt … verheiratet!?

»Das Leben ist bunt. Mach es mohnblumenrot, ozeanblau, giftgrün, lila, pink und zitronengelb. Und dann streu Glitzer drauf.«

Er ist ein Womanizer aus einem Adelsgeschlecht. Seine Beziehungen überdauern meist nur eine Nacht. Tiefe Gefühle lehnt er ebenso ab wie das Vorhaben seines Vaters, ihn mit der Tochter eines Geschäftspartners zu verheiraten.

Sie möchte eigentlich ihren Verlobten heiraten, doch die richtige Vorfreude auf die Hochzeit will sich weder bei ihr noch bei ihrem Liebsten einstellen.

Als Mascha von einer Stammkundin unerwartet auf eine Kreuzfahrt eingeladen wird, ist sie völlig aus dem Häuschen. Denn Adele von Grafensberg, eine ältere Dame und herrlich schräger Paradiesvogel - Bunt geht immer – hat überzeugende Argumente.

Auf der Reise geht Maschas Gefühlschaos erst so richtig los. Nicht nur, dass ihr Verlobter sich mit einem Male seltsam benimmt, auch bringt der adlige Manager David Maschas Blut verbotenerweise in Wallung. Oder winkt ihr das Schicksal gerade heftig zu?

Noch während sie hin- und hergerissen ist, nimmt die Reise urplötzlich eine dramatische Wendung, mit der Mascha niemals gerechnet hätte.

Jo Bergers beliebter Roman wird Sie berühren und mitreißen. Halten Sie sich fest und legen Sie Taschentücher bereit, denn dieses Buch gönnt Ihnen keine Atempause und schickt Sie auf eine Achterbahn der Emotionen.

Exklusiv bei Amazon

Leseprobe

Kapitel 1

David

Zufrieden klappte ich den Laptop zu und streckte mich.

Mit Nicolas, meinem Geschäftspartner, hatte ich seit dem frühen Morgen über den Bauplänen eines weiteren Familiendorfes in Indien gesessen und erst vor einer halben Stunde den Start der Baumaßnahmen angeordnet.

Die Einladung zu einem Essen hatte ich jedoch ausgeschlagen. Ein letzter Termin wartete auf mich: ein Treffen mit Stephenie von Straneberg, der Tochter eines mit meinem Vater befreundeten Unternehmers. Nach einer Dusche würde ich wieder wach und einsatzbereit sein. Möglicherweise hatte diese Stephenie Vorzüge, die sie mir nur zu gerne zeigte.

Die Tür öffnete sich und Nic schob sich hindurch, in den Händen eine Flasche Whisky und zwei Tumbler.

»Talisker. Ein gutes Stöffchen.« Er goss je drei Fingerbreit in die Whiskygläser und reichte mir eines.

»Danke. Und ich warne dich: Wenn ich heute nur noch

einmal das Wort *Bauplan* höre, schreie ich.«

»Geht mir definitiv genauso.« Nic fläzte sich in den Sessel und stöhnte wohlig auf.

Ich nippte am Glas, erhob mich und sah aus dem bodentiefen Fenster auf die Lichter Manhattans hinunter. »Das hat schon was. Aber hier dauerhaft zu leben, könnte ich mir nicht vorstellen.«

»Da verpasst du einiges, David.«

»Sehe ich anders. Ich kenne New York mittlerweile gut genug, um zu wissen, dass mir die Stadt zu voll und zu hektisch ist. Die Gegend um Heidelberg passt für mich ganz gut. Zudem sind die Flughäfen Stuttgart und Frankfurt nicht weit. Das ist praktisch.« Ich trank einen Schluck. Der Talisker schmeckte herrlich torfig und floss mir warm die Kehle hinunter. »Geiles Zeug!«

»Ja, nicht wahr? Apropos geil. Hast du mittlerweile eine Frau kennengelernt, die mehr für dich ist als ein Betthase?«

Ich schenkte mir nach. »Nein.«

»Danke für die ausschweifende Information.«

»Nic, du weißt genau, welche Kriterien ich zugrunde lege. Solange in der Richtung nichts passiert … passiert nichts. Ganz einfach.« Ich hob mein Glas und prostete ihm zu.

Seit vielen Jahren waren wir Geschäftspartner. Stellenweise arbeiteten wir wie heute bis spät in die Nacht hinein. Das schweißte zusammen. Da blieb es nicht aus, dass man sich nach Feierabend auch mal privat unterhielt. Nic hatte eine wunderbare Frau und drei Jungs. Drillinge. Ich wollte nicht mit ihm tauschen. Andererseits hatte er die Liebe seines Lebens schon gefunden.

»Mensch Dave, immer noch diesen Quark im Kopf?

Du warst neunzehn!«

»Und sie siebzehn.«

»Eben. Nur weil dir dieses rothaarige Mädel die Sprache verschlagen hat und du bei ihr abgeblitzt bist, musst du nicht dein Leben lang diesem Gefühl hinterherrennen.«

»Tu ich nicht.« Ich setzte mich auf die Schreibtischkante. »Ich renne nichts und niemandem hinterher. Allerdings glaube ich daran, dass es irgendwo diese eine Frau gibt, die … ach, lassen wir das.«

»Eine, die dich umhaut? Dich sprachlos macht? Ich kenne jemanden, der das schafft.«

»Da bin ich ja mal gespannt.«

»Deine Mutter.«

»Treffer. Aber die ist schon verheiratet.« Ich kippte den letzten Schluck Talisker in mich hinein. »Ich muss los. Sorry, Nic, das nächste Mal, wenn ich in New York bin, komme ich zum Essen. Grüß Meg und die Kids von mir.«

»Du hast noch ein Date?«

»So was in der Art, ja.« Bislang wusste ich nur, dass ich mich mit der Tochter eines alten Bekannten meines Vaters treffen würde, aber das war es auch schon. Ein paar Wochen vor meinem Abflug nach New York hatte ich eine Mail von einer Stephenie Straneberg erhalten. Ihr Vater hätte von meinem Vater erzählt, und davon, dass ich demnächst in New York sei. Das träfe sich doch gut, da sie in New York lebte. Ob man sich nicht mal kennenlernen wolle. Bis zu diesem Zeitpunkt hatte ich nicht mal was von einer Tochter gewusst.

»Bin gespannt, was du erzählst.«

»Da wird es nicht viel geben, schätze ich.«

Wenn sie so hübsch war wie auf dem Passfoto und der

Abend sich entsprechend entwickelte, würde sich das Date vielleicht ganz angenehm entwickeln.

Keine fünf Minuten später sprang ich ins Taxi.

»Whitby Hotel«, sagte ich knapp, lockerte meine Krawatte und versuchte, mich auf dem begrenzten Platz hinter dem Fahrer auszustrecken. Ich hoffte, die Fahrt würde sich durch die Staus in New Yorks Straßen nicht unnötig in die Länge ziehen, aber es war bereits nach neun Uhr abends. Vielleicht hatte ich Glück.

Eine halbe Stunde später hielt das Taxi vor meinem Hotel und ich drückte dem Fahrer etwas mehr als den genannten Betrag in die Hand.

»Können Sie mich in einer halben Stunde wieder abholen? Die Fahrt geht zum Restaurant Daniel, East 65th Street.«

Der Fahrer zog lautstark die Nase hoch. »Nobel, nobel. Feinste französische Küche. Da haben Sie ja noch viel vor, Mister. Muss ne verdammt hübsche Lady sein. In dreissig Minuten, hm? Okay, werde da sein.«

Knappe drei Stunden später saß ich nach einem großartigen Essen, mehreren Gläsern Rotwein und erregt bis zum Anschlag neben Stephenie in ihrem Maybach und staunte nicht schlecht. Steph hatte einen Fahrstil drauf, der jedem Formel-1-Piloten Konkurrenz machen könnte.

Der Blick auf ihre sonnengebräunten, festen Schenkel ließ mich schneller atmen, und ich stellte mir vor, wie ich meine Finger unter das kurze, rote Kleid schob und ihre Lustperle stimulierte, während sie durch Manhattans Straßen raste. Steph gab wirklich alles, um mich anzuheizen. Warum sonst hatte sie ein knappes Kleid gewählt, das ihren grazilen Körper wie eine zweite Haut umschloss und jedem Mann das Testosteron aus allen Poren quellen ließ? Der Ausschnitt ging bis fast zum Bauchnabel und unter dem dünnen Stoff stellten sich in der Kühle der Klimaanlage die Brustwarzen auf. Keine Frage, sie übte eine starke sexuelle Anziehungskraft auf mich aus. Auch wenn sie nicht der Typ Frau war, in den ich mich verlieben könnte. Aber das war für das, was ich mit ihr vorhatte, auch nicht zwingend notwendig. Steph war mir zu affektiert, zu sehr mit sich selbst und ihrem Sex-Appeal beschäftigt, als dass ich mich ernsthaft für sie interessieren könnte. Außerdem war sie von Beruf Tochter, liebte Partys und tingelte von einem Nightclub in den nächsten.

Als würde Steph meine Gedanken ahnen, öffnete sie jetzt leicht ihre Knie und schob das Becken ein Stückchen vor. Dabei rutschte der Saum des Kleides noch weiter hoch.

Schlagartig spannte meine Hose und ich drehte mich leicht von ihr weg, um möglichst unauffällig die Beule zur Seite zu drücken, die sich unter dem Anzugstoff deutlich sichtbar in die Höhe drängte.

Unvermutet fuhr Steph in eine steile Kurve, und ich musste mich festhalten, um nicht zu ihr zu rutschen.

Moment mal, wo fuhr sie denn hin?!

»Steph? Das ist nicht der Weg zum Whitby. Absicht?«

»Aber klar, Hübscher. Ich nehm dich mit zu mir. Vorausgesetzt, du bist nicht zu müde, um …«

Sie drosselte das Tempo, leckte sich über die Lippen und warf mir einen lasziven Blick zu.

Statt einer Antwort schob ich meine Hand unter ihr Kleid und … Fuck! Sie trug nichts darunter!

Mascha

»Jetzt geh schon rein, du verdammtes …!«

Auf Zehenspitzen stand ich auf der Trittleiter, streckte mich und schob mit den Fingerkuppen eine Packung Eau de Parfum ins obere Fach.

Geschafft! Na also, ging doch. Ich war zwar klein, aber wo ein Wille war, war auch eine Trittleiter!

Zufrieden sprang ich vom Tritt und fast hätte ich mir mit dem Handrücken über die Stirn gewischt. Wie gesagt: fast.

Scheiß Hitzewelle, und das im September. Wer hätte gedacht, dass nach dem verregneten August der Sommer noch mal aus den Hufen käme? Aber besser spät als nie. Hitze und Muskelkater. Zwei Dinge, auf die ich getrost verzichten könnte. Hitze war ja okay, vorausgesetzt, man läge an einem Pool mit einem Cocktail in der Hand. Aber Muskelkater brauchte kein Mensch. Schon jetzt wusste ich mit ziemlicher Sicherheit, dass ich welchen im Po bekommen würde. Runter von der Leiter und wieder rauf. Strecken, bücken, strecken, bücken. So lange, bis auch der dritte und letzte Karton der Lieferung ausgepackt war.

Zum Glück trug ich flache Sommerschuhe und keine

High Heels wie meine neue Kollegin. Obwohl, mit hohen Schuhen wäre ich größer, aber mit Pfennigabsätzen auf Trittleitern herumzuturnen, war auch nicht das Wahre. Ich konnte auf den Dingern ja nicht mal laufen.

»Mascha? Bist du fertig?« Meine Chefin streckte den Kopf durch die Tür des Lagerraumes.

Ich klappte die Trittleiter zusammen und lehnte sie an die Wand. »In diesem Moment!«

»Wunderbar. Komm doch anschließend gleich zu mir, ja?«

Unter Begleitung der immer leiser werdenden, klackernden Geräusche von Absätzen auf Parkettboden band ich mir die Haare wieder zusammen. Einzelne Strähnen waren herausgerutscht. Gummi gerissen. Na, toll. Ich fingerte ein Ersatzhaargummi aus der Hosentasche, kämmte mir die Haare mit den Fingern durch und band sie zu einem Pferdeschwanz.

Kurz darauf stürmte ich am Pausenraum vorbei, in dem meine neue Kollegin Giselle sich in diesem Moment die blond gefärbte Mähne bürstete.

Diese Giselle war das, was man salopp gesprochen als heiße Braut bezeichnen würde. Immer gestylt, immer mit leichtem Schlafzimmerblick unterwegs. Sie war eine dieser Frauen, die immer sexy aussahen, egal was sie taten. Lag vielleicht am Outfit. Oder an der Größe. Oder an den Haaren. Egal.

Mein Shirt gerade zupfend, betrat ich den Verkaufsraum des »Noblesse«. Kosmetiksalon und Parfümerie in einem und nebenbei mein zweites Zuhause. Seit meiner Ausbildung zur Kosmetikerin war ich hier. Zwölf Jahre nun schon. Warum auch nicht? Ich war zufrieden. Das Gehalt dürfte zwar üppiger sein, aber es reichte aus.

Zudem lag die Parfümerie nur knapp fünfzehn Autominuten von unserem Haus entfernt und im Hinterhof standen uns Mitarbeitern drei Parkplätze zur Verfügung. Das war für Heidelbergs Innenstadt Gold wert.

»Na endlich!« Frau Kohlhaas-Becker stand hinter der Kasse und hielt das Telefon in der Hand.

»Na endlich, was?« Giselle trat neben mich.

»Soeben hat sich Sabrina gemeldet. Sie steht im Stau und kommt etwas später. Ein ganz normaler Samstag also. Wie auch immer, gleich trudeln die ersten Kunden ein. Zur Not musst du im Verkauf mit einspringen, Mascha. Wie viele Termine hast du heute? «

»Bis jetzt nur einen.«

»Ah, diese seltsame alte Dame, richtig? Wie heißt sie noch gleich?«

»Frau von Grafensberg ist doch nicht seltsam? Eher erfrischend bunt, würde ich sagen.« Ich rückte den Namensanstecker auf dem Shirt gerade.

Giselle lachte spöttisch auf. »Du bewunderst doch jeden, der sich traut, andere Farben als Grau- und Beigetöne an sich zu lassen. Beige! Erbrochenes sieht so aus. Das Schlimme ist ja die Tatsache, dass die meisten älteren Leute meinen, Beige tragen zu müssen. Okay, außer dieser Grabenburg vielleicht.«

War ich etwa eine dieser *älteren Leute,* oder was?!

»Grafensberg. Sag mal, dein IQ … liegt der unter oder knapp über Knäckebrot?«

»Mädchen, hört auf, euch zu streiten. Eure Wortwahl lässt zu wünschen übrig! Und Mascha … du solltest tatsächlich frischere Farben tragen. Mintgrün oder so. Vielleicht sogar eine neue Frisur?«

Bitte?! Womit hatte ich es eigentlich verdient, dass jetzt

auch noch meine Chefin in dieses überflüssige Horn blies? Scheinbar lässig zuckte ich mit den Schultern.

»Braun ist nicht farblos und mit Mintgrün würde ich nicht mal eine Wand streichen, geschweige denn Klamotten in der Tönung tragen. Ihr habt ja keine Ahnung! Dezente Farben sind wieder IN. Außerdem liebe ich mein beiges Shirt mit den Glitzersteinchen am Ausschnitt.«

»Ach, sind IN, ja? Etwa auch die sandfarbene Stoffhose in Dreiviertel-Länge, Marke Langweilig, und genauso blasse Slipper dazu.«

»Dezent, Giselle. Dezent. Ganz nebenbei erleichtert die übersichtliche Farbsortierung im Kleiderschrank die Auswahl enorm. Beige, Weiß, Grau und Schwarz. Da liegt man immer richtig.»

»Wie du meinst.« Meine Chefin wandte sich Giselle zu, die jetzt die Augen verdrehte. »Kümmerst du dich um die Kundin, die eben hereingekommen ist? Sie sieht ein bisschen unschlüssig aus. Mascha? Hast du Zeit, um eine kleine Besorgung für mich zu erledigen?«

Immer schön geschmeidig gucken und tief durchatmen.

»Natürlich, Frau Kohlhaas-Becker.«

Frau von Grafensberg würde erst um ein Uhr mittags kommen. Jetzt war es kurz nach zehn. Bis der erwartete Ansturm losging, blieb mir noch ungefähr eine Stunde. Hektisch schielte meine Chefin zur Tür, dann zum wiederholten Mal auf die Uhr.

»Das Postamt hat jetzt auf und mein Paket ist angekommen. Sei so nett und beeile dich.«

An einem Samstagvormittag, wenn ungefähr halb Heidelberg die Pilgerreise zum Postamt antrat? Spitzenidee!

»Kein Problem.«

Oh ja, ich war echt gut im Verkneifen von passenden Erwiderungen.

»Du bist ein Goldstück, Mascha! Ach, und nimm doch bitte Felinchen mit und lass sie kurz Geschäft Nummer 1 erledigen, ja? Sie hat gestern Parmesan genascht und heute viel getrunken. Ich befürchte, sie pinkelt in den Pausenraum, wenn sie nicht nach draußen kommt.«

»Klar.«

Der Yorkshire Terrier war so winzig, da täte es mit Sicherheit auch ein Katzenklo.

»Oh, hier, die Vollmacht brauchst du, sonst bekommst du das Päckchen nicht.«

Im Pausenraum angekommen gab mein Handy mehrere Töne von sich.

> *Hallo Mausi,*
>
> *ich wünsche dir einen schönen Samstag. Hier ist es kühler als in Heidelberg und ich freue mich schon auf dich morgen Abend. Das nächste Mal werde ich darum bitten, diese Infoveranstaltungen nicht mehr am Wochenende abzuhalten. Ich vermisse dich.*
>
> *Dein Alex.*
>
> *PS: Kannst du für morgen diese leckeren Blätterteigdinger machen? Du weißt schon, die mit Schinken- und Käsefüllung.*

Ach, Alex … Sehnsuchtsvoll seufzte ich auf. Seit Donnerstag war er im Hunsrück auf einer Firmenveranstaltung der Versicherungsagentur, bei der er arbeitete. Das *Mausi* allerdings würde er sich wahrscheinlich nie austreiben lassen, obwohl er wusste, dass ich den Kosenamen meiner Kindheit so satthatte wie Giselles Bemerkungen zu meinem Outfit.

Hastig tippte ich eine Antwort: *Vermisse dich auch. Blätterteig geht in Ordnung.*

Ausnahmsweise verwarf ich meinen Plan, morgen Abend gemütlich mit Alex in einem Restaurant zu essen, und würde mich stattdessen nach Feierabend in den Einkaufstrubel stürzen. Das machte mir nichts aus. Ehrlich nicht. Es war völlig egal, wo wir den Abend einläuteten, wenn wir ihn nur mit endlos langem Wiedersehens-Sex in unserem Bett beschließen würden. Fast vier Tage Trennung mussten entsprechend gefeiert werden. Wie jedes Mal nach der jährlichen Firmenveranstaltung.

Kurz überlegte ich, wo Feli das notwendige Geschäftchen erledigen könnte. Ah ja, direkt neben der Post war eine kleine Grünfläche, dort würde ich mit der Hündin eine Runde drehen, sobald ich das Paket im Auto verstaut hatte. Das sollte genügen.

Lesen Sie auch die Story von
May & Emilio

Spring Love Touch
Highland Dream Boy

»Die Sehnsucht wühlt in mir und ich frage mich, ob das jemals aufhört.«

Die alleinerziehende May Johnson hat es nicht einfach. Ihr impulsiver Ex-Mann Dean will sie mit aller Gewalt zurück.

Da kommt die Einladung ihrer Freundin Sarah zu den Highland Games nach Schottland gerade richtig. Obwohl Männer in Schottenröcken bei May nicht gerade hoch im Kurs stehen, ist sie begeistert, ein Wochenende im Traumhotel Glenlaggan Castle zu verbringen.

Im Hotel angekommen, bringt der attraktive Concierge Emilio Munro ihre Gefühlswelt gehörig zum Beben. Allerdings zeigt der ihr die kalte Schulter. Was ist nur mit diesem Mann, in dessen Augen hin und wieder eine tiefe Traurigkeit aufblitzt?

Bei den Games in Inverness passiert schließlich das, was May unbedingt vermeiden wollte. Ungewollt guckt sie unter den Kilt eines Highlanders. Und plötzlich kommt alles anders als geplant …

Der Roman ist eine in sich abgeschlossene Geschichte.

Taschenbuchseiten: 344

New Year Love
Nottingham Bad Boy

Eine prickelnde Lovestory, gespickt mit Romantik, Humor und heißen Szenen.

Er ist erfolgreich, attraktiv und ein übler Frauenheld. Seine Beziehungen überdauern meist nur eine Nacht. Keine Gefühle, keine zweiten Dates. Sie träumt von der großen Liebe und wurde von ihrem Partner kalt abserviert.

Als Sarah Miller das erste Mal auf Rob Forrester trifft, ist es ein Wunder, dass nur ein Glas zu Bruch geht. Denn von solchen Typen hat Sarah ein für alle Mal genug! Doch dann begegnet sie dem Kerl wieder, diesmal bei einer Wellnesswoche in den schottischen

Highlands. Zwischen den beiden knistert es gewaltig, doch Sarah wehrt sich mit aller Kraft gegen den Sturm der Gefühle, den Rob in ihr auslöst.

Noch während sie hin- und hergerissen ist, macht sie eine folgenschwere Entdeckung, aus der es nur einen Ausweg gibt: Sie muss sofort abreisen! Und darf Rob Forrester nie wieder sehen.

New Year Love ist ein in sich abgeschlossener Roman.
Taschenbuchseiten: 270

Zum Buch

Weitere Romane der Autorin

Über eine halbe Millionen Leser waren bisher von den Bestsellern von Jo Berger begeistert. Diverse Medien berichteten über die berührenden Titel, z.B. die Zeitschrift CLOSER, regionale Tageszeitungen und die BILD. Bisher sind folgende Liebesromane erschienen:

»Glück ist Liebe, Honey« (Neuerscheinung Juli 2018, Top Nr. 1 Titel & BILD-Bestseller)

»Late Summer Hope – Highland Gentleman«
»Spring Love Touch – Highland Dream Boy« (Top Nr. 10 Titel und Nr. 3 BILD-Bestseller)
»New Year Love – Nottingham Bad Boy« (Top Nr. 3 Titel und Nr. 2 BILD-Bestseller)

»Mit Mandelkuss und Liebe« (Top Nr. 10 Titel und Nr. 2 BILD-Bestseller)
»Du und ich und das Haus am Meer« (Top Nr. 10 Titel)
»Zwei Herzen im Regen« (Short-Story, ca 60 Seiten)
»Schneeflockenküsschen« (Top Nr. 80 Titel, Berührender und humorvoller Weihnachtsroman)

»Himmelreich mit Herzklopfen« (Top Nr. 30 Titel) – Himmelreich-Reihe, Staffel 2, Nr. 1
»Himmelreich und Honigduft« (Top Nr. 10 Titel) – Himmelreich-Reihe, Staffel 3, Nr. 3

»Kick Off – Fünf Ladys auf Abwegen« (Krimikomödie) (Top 50 Titel)
»Ein Engel für Jule« (Top Nr. 50 Titel)
»Manhattan Millionär - Luxus oder Liebe?« (Humorvoller Weihnachtsroman)
»Hummeln im Bauch« (Top Nr. 10 Titel)
»Das liegt am Wetter« – 1 & 2 - humorvolle Kurztexte aus dem Frauenalltag

Über die Autorin

Die Leser lieben ihren Witz, der in keinem Roman fehlt. Denn wenn Jo Berger zu ihrer Feder greift, dann meist mit viel Humor und Herz. In ihren Romanen geht es um die ganz große Liebe, um Lebenslust, Glück und große Gefühle. Natürlich immer mit Happy End. Es geht um Frauen in den Achterbahnen des Lebens, um Traummänner, beste Freundinnen und Lebensträume.

Und eines ist garantiert:
Lachen, weinen, seufzen und wunderbare Bilder im Kopf.
Ganz einfach Bücher, die ein gutes Gefühl hinterlassen.

Jo Berger lebt mit ihrem Mann und einer Tochter in der Metropolregion Rhein-Neckar.

13731876R00202

Printed in Germany
by Amazon Distribution
GmbH, Leipzig